FLEUR DE SABLE

DU MÊME AUTEUR

Le Patriarche du Bélon, Presses de la Cité, 2004.
La Dame des Forges, Presses de la Cité, 2005.
La Tresse de Jeanne, Presses de la Cité, 2007.
Loin de la rivière, Presses de la Cité, 2008.
La Rivière retrouvée, Presses de la Cité, 2008.
La Tête en arrière, Diabase Editions, 2009. Prix Yann Brekilien. Association des Ecrivains bretons.
La Sorcière de Locronan, Presses de la Cité, 2009.

www.nathaliedebroc.fr

Nathalie de Broc

FLEUR DE SABLE

Roman

PRESSES
DE LA CITÉ

© Presses de la Cité, un département de place des éditeurs, 2010
ISBN 978-2-258-08342-4

A la mémoire de Bruno...
l'ami de Douarnenez

A François et Christian...

« Pourtant je ne peux m'attarder plus longtemps.
La mer qui appelle tout à elle m'appelle aussi,
et il me faut embarquer.
Rester, bien que les heures flambent dans la nuit,
serait me figer,
me cristalliser, m'emprisonner dans un moule.
Je voudrais emporter tout ce que j'ai connu ici.
Mais comment ?
Je suis prêt à partir, et mon impatience,
toutes voiles déployées,
attend le vent.
Je n'ai plus qu'un souffle à aspirer dans cet air immobile, plus
qu'un regard aimant à jeter derrière moi.
Avant que je vienne à toi,
goutte infinie dans un océan sans fin.
Vaste mer, mère endormie... »

Khalil GIBRAN, *Le Prophète*

Prologue

Douarnenez, 5 avril 1980

Le *Fleur de Sable* a retrouvé sa place à quai comme si rien ne s'était passé, comme s'il allait repartir demain pour les côtes mauritaniennes. Excepté les longues traces de rouille qui pleurent de ses hublots, larmes de temps, rien n'atteste que le langoustier attendait sa libération, ni qu'il vient enfin de l'obtenir non des mains de sa marraine pour son baptême officiel – celui-là a déjà eu lieu et le soleil alors brillait bien plus qu'aujourd'hui – mais de celles d'une armada d'huissiers et de tabellions qui se penchent sur son cas épineux depuis... combien de temps maintenant ? Tant d'années qu'Elisa, du bout de ses doigts, compte tout bas plus pour dénouer l'angoisse qui lui étreint le ventre que par souci d'exactitude. Car elle sait pertinemment combien d'années ont passé. Inutile de se leurrer. Chaque jour que Dieu fait, elle l'a barré d'une croix sur le calendrier des Postes, habitude acquise lorsque Christian partait en mer.

Elle sait bien que cela fait dix ans.

Tout comme elle sait qu'une fois montée à bord, son passé va lui claquer au visage, comme claquent au vent ces pavillons colorés dans les mâtures. Elle attend la gifle, la pressent. Voilà pourquoi elle fait les cent pas sur le quai. Elle n'est pas tout à fait prête, ne va pas au-devant de la souffrance de gaieté de cœur. Elle en connaît trop les méfaits, les ressorts, se passerait bien de lui offrir une nouvelle fois matière. Sa nature l'a toujours portée au rire plutôt qu'aux lamentations. S'est-elle moquée des pleureuses, de celles qui larmoient à plaisir et dont la simple évocation de la tragédie fait s'éclairer la prunelle, celles qui jubilent à raconter le malheur d'autrui, à compter, recompter les morts dans les naufrages, à n'oublier aucun de ces détails atroces qui vous soulèvent le cœur, à les énoncer avec un frisson goulu dans la voix :

« Ah, que je vous dise, on en a même retrouvé un, bouche et ventre ouverts… tripailles à l'air, lorgnant le ciel comme s'il en attendait quelque chose. Il avait dû crier… la mort l'aura cueilli avant… »

Et de hocher le menton à se repaître de ces visions de l'innommable, à guetter l'effet de leurs propos sur la mine horrifiée de qui se risque à les écouter.

Ces pisseuses de chagrin ! Elisa refuse de leur ressembler, retarde donc un peu la montée de la passerelle, laquelle grince à appeler ses pas.

Le port de Douarnenez dort encore dans le clapot. Plus pour très longtemps.

Les scellés sur le *Fleur de Sable* ont été ôtés hier à midi, mais Elisa a préféré laisser passer l'après-midi, puis la nuit, longue, sans sommeil, évidemment. La tête tourneboulée comme dans l'attente d'un rendez-vous d'amour. Elle est là maintenant, cernes jusqu'au milieu des joues, mains au creux des poches de son pauvre manteau qui ne la protège de rien, pour calmer leur tremblement.

Qu'attend-elle ?

Qu'espère-t-elle ?

Pas grand-chose.

Tout. De grandes révélations. Elle ricane de sa propre naïveté, de ce côté midinette. Et alors ? C'est son droit, ce cœur qui cogne. Là soudain, elle a envie – non, pire –, elle crève d'entendre la voix de Christian. Le timbre un peu rocailleux comme écorché sur les rochers de l'île Tristan. Au lieu de cela, le concert des drisses, notes de xylophone qui se répondent dans les haubans, la toux grasse d'un moteur qui se refuse à démarrer, les roulements des premiers chariots de la conserverie. Douarnenez sort de sa torpeur, le brouillard se lève sur la baie, une désagréable bruine froide salue son réveil.

Elisa relève le col de laine bouillie. Bon, va-t-elle se décider enfin ? Il lui suffit de quoi ? Un pas, une pointe de soulier et elle basculera dans le monde de Christian.

Ou de ce qu'il en reste.

Germain non plus n'a pas dormi. Lui aussi hésite, rôde sur le port. Les deux ne se sont pas encore croisés. Des lustres que le frère et la sœur ne se sont pas parlé. Pourquoi ? Va savoir ! Eux-mêmes s'en souviennent-ils ? Un jour, ils ne se sont plus salués, plus embrassés, plus rien dit, la brouille s'est installée, et personne, ni d'un côté ni de l'autre, n'a tenté quoi que ce soit pour y mettre un terme.

Germain est persuadé qu'il sera le premier à bord du *Fleur de Sable*, qu'Elisa ne peut que retarder sa venue. Il ne craint pas de la rencontrer. Il ne craint plus grand-chose, a choisi le silence depuis toutes ces années, s'y plaît, s'y vautre même, personne n'est parvenu à lui extorquer un sourire. Il s'en targue, sait pertinemment ce qu'on dit de lui :

« Pas commode, le Germain ! Plus le même depuis qu'il est revenu de sa Mauritanie. Y a pas, ces pays chauds, ça vous tape sur le système... »

Il s'en fout éperdument.

Que vient-il chercher sur le langoustier ? La réponse à ses interrogations ? Peut-être, pas si sûr. D'ailleurs, la trouvera-t-il ? Lui est-elle si nécessaire, cette empêcheuse de dormir tranquille qui le tarabuste et lui plombe ses nuits ?

Elisa a repéré un bruit. Des pas sur le pont.

— Christian ?

Pourquoi son prénom lui est-il venu spontanément à la bouche ? Rien que pour l'entendre résonner dans la cabine vide qu'elle vient d'investir. Autrefois, lorsque, adolescente, elle aimait déjà Christian en secret, elle adorait prononcer son nom dans la solitude de sa chambre, pour le plaisir ressenti sous la langue quand s'effilochait en caresse la dernière syllabe.

Ces pas ne peuvent être que les siens. Il est légitime qu'il revienne aujourd'hui, elle savait bien qu'il reviendrait. L'a-t-elle attendu ! Elle a tant mérité cette récompense pour sa patience, elle ne lui dira pas combien il a tardé à venir. Inutile puisque le cauchemar est enfin terminé, oui c'est ça, ce n'était qu'un cauchemar.

Elle choisit soudain de ne pas aller à sa rencontre, de lui faire la surprise de sa présence, en rit toute seule, même si elle chavire un peu : son corps qu'elle croyait endormi depuis longtemps la trahit déjà. Il palpite de partout.

Pour se donner une contenance, endiguer cette émotion qui va la noyer, elle s'agenouille devant la vieille cantine bleue où Christian rangeait ses affaires, la cantine sans cadenas, n'est-ce pas la preuve irréfutable qu'il n'avait aucun secret ? Elle l'ouvre.

L'odeur lui saute aux narines, s'impose. Ce sucre d'effluves vanillés, doux et âcres à la fois, de l'Amsterdamer que fumait Christian, affadit, écrase le moisi, les relents de bâtiment abandonné, de bois saturé d'embruns, de pêche, de vieux poisson, pourtant si prégnants. Sa respiration s'accélère, elle n'est plus que tremblements. Pour se calmer – Christian ne doit plus être loin maintenant, plus que quelques mètres –, elle extirpe du fouillis un vieux pull, plonge son nez dedans, s'y râpe la joue.

Dans deux minutes, elle en aura le propriétaire contre elle.

Ils fouilleront ensemble dans la malle, riront de ces vieilleries, se bagarreront pour savoir s'il faut les jeter ou non, lui garde tout, elle jette sans états d'âme, pour une fois, elle se laissera peut-être fléchir.

Il descend.

— Christian ?

Germain est entré.

— Ah… c'est toi !

Lequel des deux a parlé ? Les deux ensemble. Dans la voix d'Elisa pointait l'étendue de sa déception, dans celle de Germain, un étonnement bougon. Il a changé, vieilli. Beaucoup. Sans doute se dit-il la même chose en la voyant, les années ne l'ont pas épargnée non plus mais Elisa connaît mieux l'art d'en dissimuler les méfaits.

Germain s'est voûté. Il ressemble un peu plus à leur père. Elle avait oublié la broussaille des sourcils sous le front strié, les paupières tombantes et lourdes brouillant le regard. Autrefois, les filles chaviraient pour lui, Germain savait jouer de son charme. Comment faisait-il, déjà ? Cette façon de lorgner par en dessous, les prunelles vert chat repérant leur proie. Cela marchait à tous coups : en face, on rougissait, on était ferrée. La stratégie ne doit plus opérer. Sa femme, qu'Elisa croise parfois, au marché le vendredi matin, et qui fait toujours semblant d'avoir aperçu une connaissance pour ne surtout pas la saluer, a l'air d'être tout, sauf sous le charme. On dit qu'elle va voir ailleurs et que Germain pourrait aussi bien n'avoir personne à table, ou dans son lit, il ne ferait pas la différence.

Les deux rides qui encadrent sa bouche, devenue si mince – plus qu'un trait –, se sont creusées. Lui autrefois toujours tiré à quatre épingles, l'influence de Christian certainement, porte aujourd'hui une vareuse délavée avec laquelle il a dû dormir, manger, bricoler.

Constellation de trous et de taches. Un embrouillamini de fils qui pendouillent tristement s'est formé à la marque du poignet. Elisa n'aurait aucun mal à imaginer son frère faisant la manche à la sortie de la messe.

Elle s'est relevée. A cent lieues de l'espoir de tout à l'heure lorsque, le nez dans le pull et les épices poivrées, elle était encore certaine de revoir Christian. Lorsqu'elle était si pleine d'assurance.

Maintenant c'est l'exact opposé.

Face à Germain, elle ne comprend pas ce qui lui arrive. La rage qu'elle s'est toujours efforcée de contenir ces années durant remonte, un raz-de-marée dans la baie, elle ne peut plus rien maîtriser, se dédouble, proche de l'explosion, ça éructe en elle, ça hurle, ça tempête, ça déborde, ça se déchaîne. La tendre, la raisonnable, la sensée, la toujours calme Elisa n'est plus qu'une furie qui tombe à poings raccourcis contre le torse de son frère, le bombarde de coups aveugles, entrecoupés de chapelets plaintifs : « Pourquoi ? Pourquoi ? »

Germain ne bronche pas. Il laisse la grêle l'accabler, encaisse sans un mot, attend l'accalmie. Quand elle survient, il reçoit Elisa contre lui et, premier geste de tendresse depuis des années – il s'en étonne lui-même –, referme les bras sur sa sœur qui hoquette comme une petite fille.

Ils restent là soudés, dans le silence de la cabine, devant la malle ouverte et ses bouffées d'Amsterdamer, chacun dans ses pensées qui, à peu de chose près, se ressemblent, se mêlent. Germain en sait certainement plus long qu'Elisa. Mais maintenant qu'il est là, que la paix est tacite, elle ne doute pas qu'il reconstituera le puzzle, qu'il éclairera les zones d'ombre.

Elle n'attend que cela depuis dix ans.

La vérité sur Christian, son mari.

Le geste d'Elisa a rouvert la porte. A toute volée. Le battant cogne dans la tête de Germain. Il ne voulait pas retourner en arrière. Jamais. A aucun moment de ces longues années il n'en a eu l'intention. Une confortable amnésie volontaire qu'il dorlotait. Mais c'était sans compter ce qui arrive, ici dans cette cabine, devant la cantine rouillée de Christian. Tout est maintenant plus fort que lui, le passé lui sourd des pores de la peau, un barrage se rompt, il a beau essayer d'en retenir les flots, c'est désormais impossible et ça le fait sourire. Imperceptiblement. Une délivrance se prépare qu'il anticipe avec un soupir de plaisir, il va capituler, il accepte de capituler.

Il se souvient.

DOUARNENEZ

1954-1958

1

Fin janvier 1954

— Pourquoi tu te sens toujours obligé de faire ces conneries ?

Installé à califourchon sur la branche d'un hêtre, Christian est furieux. Il déteste ce que Paolig est en train de faire : cracher sur les têtes des promeneurs qui passent à quelques pieds au-dessous d'eux. Evidemment, Paolig recommence, il vise même et il faut avouer qu'il est adroit. De son hêtre à lui, de l'autre côté du chemin des Plomarc'h, qui domine toute la baie de Douarnenez, il s'amuse comme un fou, nargue Christian.

— Le grand seigneur n'aime pas ça ?

Juché sur un troisième arbre, Germain met son grain de sel :

— Vous n'avez pas bientôt fini, tous les deux ? On avait dit qu'on roulait nos cigarettes. C'était pas la peine que je me donne tout ce mal pour piquer le tabac de mon vieux !

Paolig se moque :

— T'as récupéré que de la cendre, oui !

— T'avais qu'à t'en charger ! Toujours plus malin que les autres...

— Descends pour voir lequel est le plus malin !

Le sang de Germain ne fait qu'un tour. Il descend de ses hauteurs, il a des poings, il va s'en servir. Sérieusement même. Au passage, son short s'accroche à une fourche, une déchirure nette en angle droit. Tant pis. Il lorgne du côté de Christian qui dégringole de son perchoir, visiblement aussi prêt à en découdre que lui, Paolig n'a qu'à bien se tenir.

Tout avait pourtant bien commencé.

Un dimanche découvert aux allures de printemps, pas une brume jusqu'à la pointe de la Chèvre. Pour la perspective de la première cigarette qu'ils avaient décidé depuis quinze jours de fumer dans le bois des Plomarc'h, vaste allée plantée d'un double alignement majestueux de hêtres que le soleil parvient rarement à percer. On dirait une cathédrale. Pas une mince affaire de grimper là-haut sur ces troncs trop lisses, dépourvus de branches ou de moignons pour s'y caler le pied avant d'atteindre les frondaisons. Une fois bien installés, très vite, Germain, Christian et Paolig ont compris le parti qu'il y avait à demeurer, dans le plus grand silence. Une vue imprenable sur la baie certes, mais surtout une position idéale pour surprendre, sans être repérés, les conversations, les baisers des amoureux, les disputes des vieux couples, les secrets des notables qui ont fait de l'endroit le but de leurs promenades dominicales.

Mais comme à chaque fois Paolig a dérapé. Il n'a aucune patience. Se tenir tranquille au-delà de dix minutes lui demande trop d'efforts, il y a toujours un moment où une idée lui vient, une idée qui ne devrait pas lui venir. C'est plus fort que lui. Jambes pendantes, au-dessus du monde, il s'est cru le roi. Le défilé de crânes, casquetté, chapeauté, était trop tentant ; il a essayé un premier jet de salive, un autre a suivi, aussi peu élégant que les précédents. D'où la colère de Christian.

Maintenant ils sont trois sur le plancher des vaches à se toiser.

Horrifiés, les rares badauds se sont écartés. Leur promenade dominicale risque d'être gâchée par cette engeance en furie.

Comme d'habitude, Paolig est sûr de lui. Chatouilleux dès qu'il s'agit des bonnes manières, Christian a sa mine des mauvais jours, fermée, distante. Quant à Germain, ne pas fumer cette première cigarette depuis le temps qu'il l'attend l'énerve prodigieusement. Il voudrait donner une bonne raclée à Paolig qui l'oblige à différer l'événement.

Paolig se croit toujours plus costaud que tout le monde.

Pas de chance, il l'est. Enragé, teigneux, il a commencé sans préambule, jeu de jambes et de poings accordés. On le dirait sur tous les fronts, surtout celui de Christian qui s'orne déjà d'une bosse grossissant à vue d'œil. Germain n'a pas non plus eu le temps d'esquiver l'attaque qu'il se retrouve à terre avec une narine qui pisse le sang. Et le sang, Germain n'en supporte pas la vue. Tête en arrière, nez enflé, il abdique aussitôt, Christian de même qui se frotte le front et s'inquiète de cette excroissance : un œuf de pigeon au moins.

Fin de la castagne. Elle aura duré quelques secondes à peine.

— Vous en voulez d'autres ? ricane Paolig.

Non, ils n'en veulent pas d'autres, la démonstration a été suffisamment concluante.

Germain ne sait pas pourquoi, mais le rire le prend. Malgré le sang sur sa chemise et sa tête un peu sonnée. Paolig est trop drôle, coudes pliés en position de boxeur, à tricoter des jarrets. Il ne lui manque que les gants et le peignoir.

— Tu te crois sur un ring ?

Christian hésite un peu avant de rire aussi. Tout lui, cette circonspection. Enfin, il se lâche. Paolig va-t-il en profiter pour faire pleuvoir les coups à nouveau ? Cela se pourrait car il a l'air de se demander si c'est du lard ou du cochon. Non, il s'y met aussi. Les voilà tous les trois à se rouler dans l'herbe, à hoqueter de fou rire, de toute façon leurs bagarres se terminent toujours ainsi, plus ou moins tôt. Aujourd'hui c'est tôt.

Le premier, Germain se relève, débraillé, le short à jeter, mais avec son idée en tête :

— Alors on se le fume ce clope, oui ou non ?

Ils avaient failli oublier, c'est le grand jour.

Le calme leur revient comme une vague. Ils se regardent. Qui va s'y coller le premier ? Instinctivement les deux se tournent vers Christian ; le chef, même si cela n'a jamais été clairement énoncé, c'est lui. La main sur sa bosse – ce qui lui donne un air éminemment sérieux –, Christian semble réfléchir. Il a conscience de son rôle, on attend de lui qu'il tranche. Du bout du menton, il désigne Paolig :

— Toi qui es le moins dégonflé !

Quoique un peu déçu, Germain en sifflerait d'admiration. Alors là, il est fort, Christian ! Paolig va se rengorger tellement il se sentira flatté et c'est lui qui essuiera les plâtres si ça tourne mal.

Paolig tombe dans le panneau. Evidemment :

— J'étais sûr que vous seriez pas chiches !

Il en profite également pour faire remarquer à Germain :

— T'as une tête de drapeau ! En figure de proue avec ton pif, tu pourrais servir de phare.

La moutarde recommence à monter au nez de Germain, endroit fort sensible pour le moment, suffisamment pour ne pas risquer un coup par là.

Paolig sort de la poche de sa chemise une espèce de boudin mal ficelé dont la barbe pend des deux côtés. La bagarre a à peine chiffonné la première vraie cigarette de leur vie.

— Les allumettes, demande-t-il à Germain comme le ferait un chirurgien pour réclamer son scalpel.

Germain s'empresse, fouille dans son short, en sort une petite boîte humide et racornie où se côtoient trois pauvres allumettes soufrées.

Paolig en gratte une dans le sens vertical.

Le tabac marmouse piqué aux châtaigniers avant la floraison, les inflorescences de maïs récupérées dans les champs et la cendre de vrai tabac s'enflamment en se recroquevillant. Ça sent un peu bizarre dans la hêtraie, un mélange de paille sèche et de tourbe. A la limite de l'écœurement.

Paolig aspire en creusant les joues plus que nécessaire. Concentré. Christian et Germain sont suspendus à ses lèvres qui continuent d'aspirer. Finira-t-il jamais ? Germain hausse les épaules, faut toujours que Paolig essaie d'en remontrer.

— Qu'est-ce que t'attends pour souffler ?

Paolig secoue la tête, il ne veut pas ouvrir la bouche. Germain parierait qu'il va essayer de sortir la fumée par le nez, tout ça pour épater la galerie et se faire mousser.

Mais quelque chose cloche.

Indubitablement.

Paolig avale, avale. Maintenant il a l'air d'une cheminée mal ramonée qui aurait stocké la fumée de tous les feux de la Saint-Jean réunis, à croire que ladite fumée va lui sortir par les oreilles. Ses yeux sont aussi rouges que ceux des lapins myxomatosés du père Gouariou, il se met à tousser, cracher. Germain et Christian s'écartent, manquerait plus qu'il leur dégobille sur les pieds. Non, il pleure. De grosses larmes qui viennent se mélanger à la poussière récupérée tout à l'heure lorsqu'ils roulaient à terre, de rire.

Maintenant aucun des trois ne songe plus à rire. Le front appuyé contre un arbre, Paolig a le teint cireux, la main droite à hauteur du cœur, de peur qu'il ne s'échappe, sans doute. Les hoquets ne sont pas loin. Boucle close, il les retient en fronçant les sourcils, l'air horriblement mal à l'aise.

Christian et Germain n'en mènent pas plus large que leur copain ramoneur. Sous peine de déchoir, ils sont contraints eux aussi de passer l'épreuve et prient secrètement que quelque chose advienne qui les en exempterait.

Pas une mouche ne vole.

La gorge de Paolig semble le théâtre d'étranges mani-
festations, mais il continue de serrer les lèvres, pour for-
mer barrage à l'irréparable.

Sans un mot, Germain se met à tasser le tabac de
deux doigts malhabiles dans le papier OCB. Christian
l'imite. Les voilà à lisser d'un bout de langue pointée la
partie à coller, en se surveillant du coin de l'œil. Le
résultat n'a pas meilleure allure que l'infâme mégot de
Paolig. Echaudé par l'expérience de celui-ci, Germain
se contente, la cigarette à peine posée sur sa lèvre,
d'aspirer une très petite goulée d'air, dans la foulée
expire bruyamment un soupçon de fumée à moins que
ce ne soit l'illusion d'une fumée. Quelques gouttes de
sueur lui coulent du front. Christian a la tête du martyr
que l'on conduit à l'échafaud mais l'amour-propre
prend le dessus. Il se redresse, soupire avant de craquer
la dernière allumette, personne ne peut savoir qu'il donnerait cher pour que celle-ci ne s'enflamme pas.

Pas de chance, une flamme monte claire, insistante ;
il se résigne, approche le rouleau fripé, ferme les yeux,
le nez. Tout. Avale ce qu'il doit avaler, recrache autant
et vite, tousse à s'en étrangler, sa bouche lui fait l'effet
d'un cendrier froid.

Tandis que Paolig, trois hêtres plus loin, vient enfin
de se libérer l'estomac.

A grand bruit.

2

Trois.

Ils sont trois.

Partout, tout le temps.

Trois.

Avec la conscience que c'est un bon chiffre. Le leur, en tout cas. Bon de savoir que rien ne peut se faire pour l'un sans l'adjonction obligatoire des deux autres, tellement leur trio tombe sous le sens. Trois, depuis la communale, sur les hauteurs de Douarnenez, avec le port du Rosmeur pas loin. Jamais très loin pour servir de toile de fond à leurs jeux, qu'ils jouent aux billes, qu'ils s'échangent leurs calots à coups de poing, ou qu'ils s'échappent ni vus ni connus de l'école de la rue Victor-Hugo le temps d'une récréation pour courir sur les quais lorgner pinasses, chaloupes et malamocks, ces chalutiers au nom d'oiseau.

Lesquels ne manqueront pas de les emporter un jour.

Paolig, Germain, Christian.

Inséparables. Les mêmes bêtises, les mêmes larcins aux halles, les mêmes bicyclettes, pour les filles on verra. Ce qui se passe sous leurs jupes n'est pas encore à l'ordre du jour. Il y a pour le moment bien trop d'autres chats à fouetter pour s'y intéresser. Les autres chats : études, quoique très accessoirement, et bateaux, toujours eux, essentiels, sous toutes leurs formes.

Paolig Le Bihan rêve d'embarquer sur les hauturiers. Même si les deux autres le soupçonnent de ne le vouloir que par pur esprit de contradiction, simplement parce que le père Le Bihan a pêché la sardine à la côte sa vie entière, et qu'entre le père et le fils rien n'a jamais été simple. Un vieux compte à régler. Fils de... voilà ce qu'est le plus gros problème de Paolig, qui se perd dans l'ombre tutélaire de Corentin Le Bihan, figure du port. Lui qui se sent déjà si petit, à porter un nom pareil, cela a fini par déteindre. Le Bihan ! Petit de père en fils... pas étonnant qu'il le soit. D'une tête au-dessous de la moyenne pour son âge. Et comme si cela ne suffisait pas, son père en a rajouté une couche en l'affublant du pire surnom qu'il pouvait trouver : Bidorik[1]...

Trapu, court sur jambes, râblé, musculeux, le cheveu en brosse et l'œil noir, Paolig ressemble pourtant étonnamment à son père. Et comme lui, capable de soulever un bœuf ou de brandir le poing dès qu'on lui cherche noise. Cependant, l'utilité de soulever un bœuf ne paraît pas criante, tandis que les centimètres manquants... manquent. Cruellement.

Sa position de dernier d'une fratrie de six n'arrange rien. Il compte, sans compter. C'est-à-dire qu'on l'oublie facilement, par la force des choses, non par

---

1. Le plus petit cochon de la portée.

volonté. Parce que sa mère travaille à la conserverie, et qu'elle a bien été obligée de laisser Paolig, bébé, au creux de son couffin seul à la maison, sous la garde... de Dieu le plus souvent, d'une voisine parfois, parce que son frère, avant lui, a tout de même six ans de plus et ne pouvait être le compagnon de jeu d'un nourrisson... parce que, parce que... la liste serait longue de toutes les raisons qui ont fait que Paolig a toujours été « oublié ». Aussi est-il dans l'ordre des choses que depuis son plus jeune âge il ait cherché en permanence à rappeler aux autres qu'il existait. Tâche inépuisable. Rien de psychologique là-dedans, tout dans les poings.

Et exister enfin pour Paolig, ce serait se libérer du joug paternel. Tout l'inverse des projets de Corentin Le Bihan, qui a définitivement dans l'idée que, comme ses frères, « Bidorik » reprendrait le flambeau de la pêche à la sardine selon la tradition douarneniste : avec les filets droits. Car il y a deux façons de pêcher cette foutue sardine, celle de la baie ainsi que l'ont fait, depuis toujours, les pêcheurs douarnenistes jaloux de leurs prérogatives, et celle des envahisseurs venus du Pays bigouden, qui ne détesteraient pas imposer leur filet tournant, leur bolinche ! A vrai dire, Paolig se moque bien de choisir entre l'une ou l'autre technique, le tout étant de contrer son père. Puisque la pêche à la sardine a priori ne le concerne pas : trop petit, ce poisson, trop petit pour lui qui se verrait plutôt faisant route vers Terre-Neuve ou ailleurs, pourvu que ce soit loin. Très loin. Tout plutôt que rester confiné ad vitam aeternam entre la pointe de Morgat et la plage du Ris. Paolig est le seul de la fratrie à avoir cette ambition. Les autres de ses frères se sont sans contestation rangés derrière leur père : deux ont embarqué avec lui depuis quelques années déjà, les autres sur des sardinières amies. Et tout ce monde-là rapporte des paniers d'une sardine gavée à la rogue de morue[1], mets de roi que les bateaux se plaignent tous de payer trop cher à la goélette pourvoyeuse venue de Norvège :

« C'est quand même malheureux de pêcher une sardine nourrie au caviar... »

Donc, par pur esprit de contradiction, du haut de ses douze ans, Paolig a pris fait et cause pour la bolinche, sans vraiment comprendre de quoi il retourne, ni les enjeux que cela induit. Juste à cause de son envie d'ailleurs que symbolisent parfaitement les envahisseurs du Guilvinec ou d'ailleurs... Pourtant il aurait tout lieu d'être fier de son père, de se ranger derrière sa bannière quand celui-ci le traîne assister aux réunions du soir à l'abri du Marin où l'on monte aux créneaux contre les bolincheurs. L'entendre prendre la parole, voir ses arguments repris dans la bouche des autres pêcheurs, être applaudi, tout cela pourrait flatter son orgueil de Le Bihan. Non, être « bidorik » lui reste en travers. Il en veut à son père, un point c'est tout. L'obstination et la rancune font partie intégrante de l'héritage familial.

En revanche, Paolig voue à sa mère, Anna, une véritable adoration.

Petite – évidemment ! –, maigrichonne, le châle noir perpétuellement serré contre une poitrine plate, celle-

---

1. Les œufs de morue, que l'on mélangeait à de la farine d'arachide pour servir d'appât.

ci a commencé à travailler à la friture[1], ses douze ans à peine sonnés, puis est parvenue à force d'obstination au rang convoité de contremaîtresse aux usines Chancerelle, tout en faisant six garçons qu'elle mène à la baguette. Main leste, œil vif, bouche mince.

Les soirs où le ton grimpe haut au 5 de la rue Monte-au-Ciel, Anna ferme les fenêtres pour ne pas offrir au voisinage l'écho de la dispute. Le mot « bolincheur » suffit à la déclencher. Et ce mot, Paolig le lance généralement en pâture en plein milieu du dîner, histoire de faire enrager son père. A tout coup, celui-ci démarre :

— Je le ferai plier, ce môme, tu m'entends !

Le poing paternel s'abat sur la table, secoue les assiettes, renverse les verres. La tablée attend la suite, qui ne manque jamais :

— Ce n'est pas un morveux qui va faire la loi ! Qu'est-ce que tu en sais, des bolincheurs, mon gars ? Tu n'y connais rien...

Devant ses frères qui ricanent ou qui pour certains ne pipent mot, l'insolent benjamin lâche :

— Ce que j'en sais, c'est qu'un jour ils entreront dans la baie parce que c'est ça le progrès et que vous, les vieux de la vieille, vous voulez pas le voir... et là, vous serez comme deux ronds de flan.

En général cela se termine rapidement :

— Dehors ! Je t'ai dit dehors... tu m'as entendu, Bidorik... ?

Anna s'interpose :

---

1. Conserverie.

— Corentin, es-tu devenu fou ? Tu ne vas pas mettre ce gamin dehors. Il a douze ans, tu l'as oublié ? Sans compter que les voisins...

— C'est ça qui te soucie au premier chef ? Les voisins ?

— Corentin !

La pression retombe, Paolig est envoyé dans sa chambre. Plus tard, quand le calme est revenu, que l'on a rouvert les fenêtres, Anna essaie de mettre un peu d'huile dans les rouages, côté Paolig surtout, en lui portant un morceau de pain.

— Qu'est-ce que tu es allé parler à ton père de ces histoires ? Tu sais bien que ça le met en colère. A croire que tu le cherches...

— Mais c'est vrai, m'an, un jour il faudra bien que la baie soit à tout le monde, et ce jour-là, le Tad, il se retrouvera sans boulot...

— Tu ne vas pas recommencer ! Et le respect, tu l'as oublié ? Si tu continues comme ça, tu embarqueras encore plus tôt que prévu... c'est ça ce que tu veux ?

— Si c'est pour aller à la morue, je dis pas non...

Anna lui passe la main sur les cheveux, essayant d'assagir à la fois les épis et l'humeur de ce dernier fils si entêté.

— Tu sais bien qu'il ne te laissera jamais faire. Pourquoi te mettre martel en tête ? Tes frères ont embarqué pour la sardine, ils ne s'en portent pas plus mal. Regarde Jean qui va s'établir bientôt, et Yvon tout pareil. Ton tour viendra vite... bien trop vite !

Paolig soupire. Lui qui pensait avoir gagné la bataille est bien obligé de reconnaître que cet argument-là, ou plutôt ce qu'il perçoit dans la voix de sa mère, pourrait avoir raison de ses ambitions. Il n'est pas loin de flancher, prêt à sacrifier ses rêves, juste pour cette caresse – si rare – du soir. Puis, la nuit venue, quand Anna redescend, son ambition lui revient comme la marée.

Paolig se redit que la sardine ne sera jamais pour lui, que son horizon ne s'éclaircira que le jour où il dépassera les limites de la baie.

Il ne sait pas encore comment, mais la solution viendra.

Ce n'est qu'une question de patience, pour cela il en aura. Pour cela seulement.

Trois maisons plus bas, dans la même rue, côté numéros pairs, vit Germain. Lui et Paolig ont usé leurs fonds de culotte de concert sous le crachin salé qui dégouline des vareuses et des filets mis à sécher « a stribil[1] » d'une fenêtre du premier étage à une autre de la maison d'en face, en travers de la rue. Les premiers rideaux d'un théâtre à ciel ouvert.

Chez Germain, les coups de gueule ne manquent pas non plus, et les coups de ceinture encore moins. Jos Cariou, le père, est un rien colérique. Bel euphémisme car il ne fait pas bon s'y frotter. Il met le travail au-dessus de tout, lui sacrifie tout, y compris sa vie de famille. Sous son hangar de tôle où il peut geler à pierre fendre certains matins d'hiver, il dessine, rabote, scie,

---

1. Suspendu. Tout ce qui est mis à sécher à Douarnenez est a stribil...

cheville tout ce qui partira sur l'eau. Le chantier Cariou, qu'il tient de son père et celui-ci de son père – depuis 1890, création de l'entreprise Cariou –, retentit chaque jour de semaine et parfois le dimanche jusque tard dans la nuit des coups de masse. Dundees, chaloupes, gabares, chalutiers, palangriers, thoniers sortent de ses mains et de celles de ses apprentis, sans oublier depuis quelques années les langoustiers inspirés de ceux de Camaret. Inspirés seulement... Jos Cariou est chatouilleux sur ce point : il ne manquerait plus qu'on le soupçonne d'avoir copié les plans du Camarétois Auguste Tartu, grand faiseur de ce type de bateaux.

Germain ne craint qu'une chose, excepté les colères de son père, devoir embaucher au chantier. Lui, les langoustiers, il ne veut pas les construire mais les mener. Pour égaler ceux qui, depuis les années trente, ont conquis les mers à la poursuite de la langouste verte, tous ces découvreurs qui, grâce à cette pêche de substitution au-delà du cap Finisterre, là-bas, dans les mers chaudes d'Afrique, se sont consolés de la crise de la sardine au début du siècle. Ce qui le différencie de Paolig : à l'un les mers froides, à l'autre la chaleur. Si Germain ne transige pas sur la température de son futur, Paolig se montre parfois prêt à se laisser fléchir, surtout en hiver. Tout n'est qu'une question de distance après tout, plus il y aura de milles entre Douarnenez et lui, mieux ce sera. Germain en joue pour mieux le convaincre :

— Une fois que tu te seras gelé les mains à fond de cale à saler ta morue, et que tu y auras perdu un doigt ou deux, tu te diras qu'il aurait mieux valu doubler les Canaries que Terre-Neuve.

Il y a de quoi être ébranlé, surtout par le savoir de Germain question géographie, quoique ce ne soit pas la seule matière où il brille : il aime l'école. Au grand dam de son père :

— A quoi ça va te servir, je te le demande, toutes les conneries qu'ils te fourrent dans le crâne ! Alors que, plus tard, tu auras besoin de savoir trouver ton chemin jusqu'au chantier !

Avoir pour seule perspective quotidienne, sa vie durant, de traverser tout Douarnenez pour retrouver le Rhu... et d'y passer ses journées la tête abrutie par le bruit de la scie et du marteau... qui ne se sentirait découragé par avance ? Germain l'est, mais le cache, et travaille juste avec un peu plus d'acharnement pour oser un jour s'opposer à son père. Seule sa sœur Elisa, de deux ans sa cadette, tresses frisées et genoux perpétuellement tamponnés au mercurochrome, est au fait de ce grand secret.

Le frère et la sœur sont également complices lorsqu'il s'agit d'essuyer les colères de leur père. Front commun avec pour consigne : baisser la tête et attendre que passe l'orage, pour éviter d'avoir à en subir dans le bas du dos la cuisante démonstration. Heureusement, cela n'arrive que les soirs où le père Cariou rentre tôt, exceptionnellement, et ces soirs-là, Marie-Berthe Cariou a trouvé la solution pour soustraire ses enfants au tempérament bilieux de leur père : les expédier au lit dès la soupe avalée. Elle ne cherche que la paix, aplanit le terrain pour l'obtenir et y parvient en se taisant la plupart du temps.

Timide, Marie-Berthe a été jolie, autrefois, mais la perte de son fils premier-né lui a brouillé l'esprit autant que les traits. Elle vit désormais dans le passé, renvoyée au temps où, jeune épousée, elle riait des plaisanteries de Jos, au temps où lui n'avait pas encore fait de son travail l'unique remède au chagrin de perdre ce premier enfant. Pourtant, deux autres leur sont venus depuis, mais un ressort est irrémédiablement cassé chez les Cariou. Aussi, hormis les colères paternelles, le silence est-il roi au 8 de la rue Monte-au-Ciel.

Fait notable dans un passage où cris, rires, débordements en tout genre, fracas de bouteilles et jurons fleurissent de haut en bas. A une minute du port.

Encore un peu plus bas, en contournant la chapelle Sainte-Hélène, à l'angle de la rue de la Rampe, dans une petite maison basse et mitoyenne de l'épicerie boulangerie, Christian Kervel rêve de la Marine. Avec une majuscule. Alors que sa grand-mère Mélanie, elle, se refuse, depuis 1927, à jeter un œil au-delà de la digue :

— J'aime pas la mer, je vais jamais la voir. Les touristes n'ont qu'à y aller pour moi...

Elle a des circonstances atténuantes. La Manche lui a volé son mari la nuit du 31 mars 1927. Le *Telen Mor*, de Tréboul, pour lequel Jakez Kervel donnait la main occasionnellement, a sombré corps et biens, entraînant avec lui dix-huit marins dont pas un n'est revenu. Mais ce naufrage n'a pas suffi à la grande avaleuse ; cette même nuit, elle a digéré le *Petit Jojo* et le *Mon Désir*. Alors il ne faut plus parler de l'océan à

Mélanie, pas même de la baie, et personne ne le fait. De toute façon, qui se risque à avoir le dernier mot avec Mélanie Kervel est certain de se faire rabattre le caquet en deux temps trois mouvements.

La Mélanie, comme on l'appelle à la conserverie, était autrefois acheteuse d'usine. Coiffe de penn sardin[1] amarrée à son chignon sec et gris, tablier croisé dans le dos sur une jupe noire, châle formant corselet, elle était de celles qui attendaient le retour des bateaux, un tricot à la main pour ne pas perdre de temps. Quand les chaloupes venaient se coller à quai, Mélanie lâchait ses aiguilles, courait au bout de la digue pour être la première, et peu importe que le vent s'engouffrât sous sa jupe, la fît ressembler à une montgolfière, elle parlementait avec les pêcheurs sur le prix de leur pêche, l'œil aguerri, la voix portant loin. Impossible de la leurrer sur la qualité de la sardine et le prix du mille qu'elle devait acheter pour le compte de son patron. Intransigeante, la Mélanie.

— Fallait pas me la faire, à moi ! La sardine, ça me connaît. Pas question de lui frotter les yeux au vinaigre pour les rendre brillants !

Sur le pont de nuit comme de jour, suspendue au bon vouloir de la marée et au retour des pêcheurs, ses sabots claquant le pavé. Avec une parenthèse d'importance entre novembre 1924 et janvier de l'année suivante, quand les femmes d'usine ont troqué l'air d'*Aux marches du palais* contre celui interdit dans les fritures :

---

1. La forme de la coiffe évoque la tête d'une sardine, d'où le nom breton.

Dès le matin au lever de l'aurore
Voyez passer ces pauvres ouvriers
La face bleutée et fatigués encore,
Où s'en vont-ils ? Se rendre aux ateliers
Petits et grands, les garçons et les filles
Malgré le vent, la neige et le grand froid
Jusqu'aux vieillards et mères de famille
Pour le travail ils ont quitté leur toit

Saluez riches heureux
Ces pauvres en haillons
Saluez ce sont eux
Qui gagnent vos millions

Mélanie a bien hésité un peu avant de se lancer elle aussi dans la grève des penn sardin, parce que sa position « privilégiée » lui offrait moins à dire contre son patron, mais ce que réclamaient les filles était juste : un franc de l'heure au lieu de quatre-vingts malheureux centimes.

— Travailler plusieurs jours pour une livre de beurre… c'était pas une vie ! Fallait nous voir dans les rues de Douarnenez ! On les entendait, nos sabots, même nos hommes ont suivi ! Ils n'allaient plus en mer. Plus de poissons, plus de conserveries, plus rien ne tournait.

Ce refrain, Christian l'a entendu dès le berceau. Tout comme celui de la victoire qui a suivi :

— On n'a pas bataillé pour rien ! Tout, qu'ils ont cédé, les patrons ! Tout. On a même failli avoir une conseillère municipale. Et la première femme, encore !

Pas de chance pour nous, on n'avait pas le droit de vote ! Mais on y était presque... à une coiffe près !

Bataille gagnée, certes, mais l'après s'est avéré moins chantant. La criée toute neuve a fait perdre à Mélanie son emploi d'acheteuse, elle est retournée à ses boîtes de fer-blanc estampillées Chancerelle, à étêter ses sardines. En reprenant *Aux marches du palais*, que Soizic, la mère de Christian, avait elle-même entonné, dès ses douze ans, au-dessus de son gril, à ranger les sardines à la main.

Les temps ont changé. La paix a ramené la sardine dans la baie, quoique Mélanie affirme qu'elle n'en était jamais partie :

— Dame ! On n'a pas pêché cinq années d'affilée ! Le poisson, il s'en est donné pendant ce temps-là.

Ce qui ne correspond pas vraiment à la réalité. On pêchait bien dans la baie en temps de guerre, sous la surveillance constante des Allemands, qui pistaient les chaloupes pour ne pas les voir prendre la route de l'Angleterre, mais Mélanie n'est pas à cela près.

Tout comme elle a choisi de ne plus aller voir la mer, elle a mis une croix définitive sur cette période, et pour cela aussi elle a de bonnes raisons. Elle a perdu son fils Hervé, l'époux de Soizic, le père de Christian, qu'un camion allemand a emmené en décembre 1942, après dénonciation du groupe de résistants auquel il appartenait. Et comme un malheur ne vient jamais seul, Mélanie en sait quelque chose, elle ne parle pas beaucoup de Soizic non plus. Cette belle jeune femme blonde à laquelle Christian ressemble si fort et dont le portrait orne le buffet de la grande pièce sombre aux côtés d'Hervé.

A force de partir chaque soir à la recherche de son mari sur la route qu'avait empruntée le camion allemand, Soizic a pris froid. Une mauvaise grippe a eu raison de son désespoir.

Mélanie et Christian se sont retrouvés seuls. Il avait à peine six mois.

3

Chez les Kervel, dans le silence extrême de la petite maison basse, on entend la grosse pendule soupirer à l'heure tapante, comme si elle prenait son élan avant de lancer ses coups, et les pages des livres se tourner. Ceux de Christian. Empruntés à la bibliothèque et qui tous parlent de mer et d'aventures.

Le dernier en date, qu'il a voulu partager avec ses deux copains, est à rendre avant la mi-février de cette année 1954. Pourquoi partager celui-là et pas un autre ? L'ouvrage qui l'a enflammé a quelque chose de plus dans l'horreur. L'épopée tragique d'une certaine frégate, la *Méduse,* que menait l'incompétent commandant Duroy de Chaumarey.

Et parce que Christian a le don de tenir en haleine Paolig et Germain dès qu'il se met à raconter, le voilà, un jeudi après-midi pluvieux, qui leur détaille l'odyssée comme un journal de bord, ainsi qu'il l'a lu, reprenant à son compte certaines envolées et termes savants du récit :

— Le 16 juin 1816, la division formée par la *Méduse,* frégate de trois mâts et quarante-quatre canons, la plus

43

récente et la plus rapide de la flotte française, la corvette l'*Echo*, la flûte la *Loire* et le brick l'*Argus* quitte Rochefort par beau temps. Sa mission : transporter le nouveau gouverneur du Sénégal, colonie récupérée à l'Angleterre par le traité de Paris. A bord, deux cent cinquante personnes. Des cartes obsolètes...

Paolig grimace, mais se refuse à reconnaître qu'il ne connaît pas ce mot. Tant pis, il fera sans. De toute façon, Christian ne s'est pas arrêté :

— ... et un commandant qui n'a pas mis les pieds sur un bateau depuis vingt-cinq ans. Il ne sait même pas faire le point.

Là, Christian hausse les épaules de mépris, un minimum, quand même, de faire le point. Lui, à la place du capitaine...

Paolig ne tient pas en place. Il a l'impression d'y être, de sentir le vent.

— Après ?... Mais va donc !

— Quinze jours de mer plus tard, ils sont en vue des côtes d'Afrique, là où les courants sont dangereux, où affleurent récifs et bancs de sable. Comme celui du banc d'Arguin.

Sur l'atlas déployé à même la table, un coup d'œil suffit à Germain pour repérer le lieu, ce banc d'Arguin, longue bande de sable qui vient lécher les côtes de la Mauritanie. Fier de lui, l'index pointé :

— C'est là !

Les deux autres se penchent.

— Mince, c'est pas grand !

— Tous les bons marins savent qu'en mer la route la plus courte... reprend Christian.

— Eh, tu t'y crois, toi ! coupe Paolig, rigoleur.

— Mais c'est vrai, tout le monde sait, à commencer par ton père, que naviguer c'est pas obligatoirement suivre une ligne droite.

— Laisse mon père là où il est, tu veux.

— Oh, commencez pas, vous deux !

— Faut toujours qu'il la ramène, le capitaine...

Christian, vexé, fait mine de se lever.

— Puisque c'est comme ça, j'arrête. Tu n'auras qu'à la lire tout seul.

Le soupir exaspéré de Germain monte aussi sec :

— Mais y aura pas une fois où vous vous chercherez pas ? C'est pas croyable, ça ! On est là, tranquilles, à écouter son histoire et ça ne rate pas, faut que vous vous engueuliez. Vous êtes fatigants à la fin. Christian, continue. Paolig, la ferme !

Pas souvent que Germain hausse le ton, ça n'en a que plus de poids. Les deux contrits regardent ailleurs. Paolig s'agite sur sa chaise, mains sous ses cuisses ; Christian s'éclaircit la voix :

— La frégate la *Méduse* est plus rapide que les autres bâtiments, elle file devant, distançant les autres. Bien que les hommes d'équipage aient mis en garde le capitaine de ne pas trop s'approcher des côtes.

Paolig ferait bien une réflexion sur les compétences des commandants, mais Germain le regarde d'un drôle d'air. Prêt à mordre.

— Il est dix heures du soir, le 1er juillet, lorsque l'officier de quart ordonne : « A sonder ! » On lui répond : « Quarante-cinq brasses, monsieur... »

45

Christian fait toutes les voix, lui aussi est à bord. Il tonne les ordres. Pour un peu il grimperait sur la grande table de la salle à manger, monterait à l'abordage du buffet.

— On sonde d'heure en heure. Rien d'inquiétant. Pourtant, le capitaine de l'*Echo*, la corvette qui suivait, s'est dérouté, préférant prendre un peu de large. La *Méduse* continue sa route. Têtu, le Chaumarey ! Parce que maintenant, sous les coups de deux heures du matin, l'eau se trouble ; le raisonnable serait de suivre l'*Echo*. Je t'en fiche ! La *Méduse* continue de mettre le cap en plein sur le Banc. Au lieu d'empanner. L'enseigne de vaisseau prend sur lui, malgré les ordres du capitaine, de sonder encore une fois. Et là...

— Là ? répète Paolig, bouche bée, nœud à l'estomac comme s'il y était.

— Ar galeou que c'est ![1] Plus que seize brasses sous la quille. Il faut remonter au vent, filer au plus vite. Pas question, dit un autre enseigne.

— Quel droch ![2] commente Paolig.

— Pire que ça, c'est un lâche ! s'enflamme Christian. Il a trop peur de finir fouetté ou pendu en n'obéissant pas aux ordres du capitaine.

— Alors il préfère risquer la vie de tout le monde ?

— Ben oui !

— C'est nul...

— A ce moment-là Chaumarey, qui était parti faire un somme dans sa cabine, remonte, s'aperçoit que les eaux sont troubles.

---

1. « La galère ! »
2. « Quel crétin ! »

— Il serait temps.

— Paolig, t'es pas obligé de faire un commentaire à chaque phrase.

— Ton Chaumarey, il a vu que les eaux étaient pas claires, qu'est-ce qu'il a dit à ce moment-là ?

Christian s'est levé. Un pied sur sa chaise, il lève le bras en criant :

— Tribord toute !

Il marque une pause, baisse le bras, accablé :

— Mais trop tard, la *Méduse* est a sko[1]... à marée hautc.

— La honte ! laisse échapper Paolig.

— Il faut alléger la frégate. Passent par-dessus bord avirons, mâts de rechange. Mais comme ce n'est pas suffisant, on démâte le perroquet, la hune. En attendant la marée descendante pour jeter l'ancre... Pas de chance, elle n'accroche pas, malgré tous les efforts. Il faut alléger encore et c'est à ce moment-là que se prend la décision de construire un radeau pour y installer tout ce qui alourdit le navire : barriques d'eau et de vin, voiles et bouts de rechange.

— Il était comment, ce radeau ? demande Paolig, gourmand.

Il est entré dans le concret, voit l'embarcation naître sous ses yeux. Il a déserté sa chaise, tourne autour de la table comme s'il s'essayait à mesurer sur la terre battue les dimensions que lui livre Christian :

— Vingt mètres sur sept !

— Tu parles d'un radeau, il était énorme, leur truc !

---

1. « Echouée ».

— Sûr ! L'équipage l'a même appelé « la machine ». De chaque côté dans le sens de la longueur, ils ont noué deux mâts de hune ; dans le sens de la largeur, quatre mâts et des planches et à l'avant deux vergues de perroquet croisées en V pour faire la proue du navire.

Paolig siffle. Il continue son manège, parle tout seul mais tout haut, répète en moulinant des bras :

— Deux mâts dans ce sens, un dans celui-là...

— Tu peux pas rester un peu tranquille. Tu nous donnes le tournis.

Paolig n'entend pas Germain, n'écoute plus Christian, qui se délectait déjà à la perspective de leur détailler la suite, les scènes de panique sur le radeau, les barriques de vin défoncées et bues jusqu'à la folie par les cent quarante-sept occupants de l'esquif inhumain, abandonnés à leur sort par un capitaine qui a choisi le confort d'une chaloupe. Voire de leur dévoiler en apothéose la reproduction du tableau de Géricault éclatant de nudités qui clôt le livre. Paolig n'en a que faire ; plus qu'une idée en tête, qu'il offre à ses deux comparses, yeux brillants, mains accrochées à la table, tandis que respire trop fort la pendule :

— Les gars ! Si on allait sur l'île Tristan ?

4

— C'est ta fête aujourd'hui !

Tout sourire édenté, un gamin de Tréboul rigole.

Il a fallu qu'on lui refasse cette blague idiote encore une fois, pas un carnaval où Paolig y échappe. Il va le savoir, qu'on va brûler Denn'Paolig[1]. Une raison supplémentaire d'en vouloir à son père qui l'a déclaré Paolig à la mairie le jour de sa naissance. Chaque année, Paolig n'y coupe pas, mais il est reconnaissant à Germain et Christian de n'être jamais tombés dans ce panneau. Eux n'ont jamais fait le rapprochement entre le pantin grotesque qu'on va pendre dans moins d'une heure à la poulie au-dessus de la place des halles et leur copain.

Alors le morveux, Paolig va le faire déguerpir au plus vite. Surtout que son déguisement est ridicule : encore un énième pirate.

— Tu veux que je demande à mes copains de t'en mettre une ?

Il désigne d'un coup de menton Christian, capitaine à galons évidemment, et Germain en marin à vareuse, la

---

1. Le bonhomme Carnaval.

lèvre supérieure charbonnée d'une moustache plus vraie que nature.

Impressionné, le gamin se recule, sans demander son reste, se fond dans la foule.

Tout le monde attend. Il fait un froid à rougir les nez, s'ils n'étaient déjà grimés, à geler les pieds qu'on lève en cadence pour lutter contre le début d'engelures. On se bat les flancs, on boit du vin chaud, pour oublier le vent qui s'est engouffré sur la place pavée et réfrigère les costumés parfois trop légèrement pour la saison. Des fenêtres, des balcons, débordent des spectateurs, un peu plus à l'abri, lesquels se permettent du haut de leur impunité de railler les déguisements les plus inventifs dont un nombre incalculable de femmes qui n'en sont que par caricature : lèvres outrageusement peintes, tailleurs serrés aux entournures et mollets gainés de bas qui dissimulent mal une pilosité révélatrice.

On commère à qui mieux mieux. Qui sera « l'heureux » élu douarneniste de l'année, pris pour cible, et dont l'effigie finira pendue au crochet de boucher dominant le chapiteau du marché sous les quolibets et les rires ? L'orchestre se fait remarquer de loin ; il a entamé un tour des rues avoisinantes, on entend les cuivres qui couvrent le reste de la fanfare, et, de loin en loin, les coups sourds sur la grosse caisse.

Paolig, Germain et Christian attendent eux aussi, avec une fébrilité qu'ils maîtrisent difficilement et qui n'a pas grand-chose à voir avec le gibet du fantoche là-haut, ni avec le défilé de dimanche. Tous leurs espoirs sont concentrés sur la marée haute dans deux jours, sésame de l'escapade à laquelle ils rêvent depuis l'histoire du radeau de la *Méduse*. Lundi matin, ils prendront d'assaut l'île Tristan ; lundi matin, ils seront ces aventuriers qui bravent les mers ; lundi matin, le monde d'en face avec ses secrets leur appartiendra. Et pour s'emparer de ce monde, ils ont pensé à une des embarcations du cortège de carnaval, la plus belle, qui donnera à leur virée toutes ses lettres de noblesse... Jamais personne n'aura franchi le passage du Guet sur un tel navire... On se souviendra d'eux comme les premiers conquérants. Plus que deux nuits, sans sommeil, et lundi matin...

Les échos de la fanfare approchent. Elle débouche, étincelante, vociférante, couvrant toutes les voix, encadrant une charrette tirée à bras d'hommes déguisés en mégères à perruque d'un blond platine au-dessus d'yeux charbonneux à grands faux cils. En équilibre instable sur les planches, un gigantesque fantoche en carton bouilli à la tête démesurée coiffée d'un haut de forme.

Sur son passage, cris, rires, interrogations, suppositions :

— Qui c'est, c't' année ?

— Paraîtrait qu'ils ont épinglé l'adjoint au maire...

— Pas trop ressemblant !

— C'est peut-être pas lui, va savoir !

— Moi je pencherais plutôt pour le directeur de la conserverie...

— Mais non, il a pas les moustaches en guidon de vélo.

Les supputations se perdent entre cymbales et flonflons.

Roulement de tambour, Denn'Paolig est à pied d'œuvre pour subir l'ultime outrage, sa pendaison en grandes pompes. Tout le monde a les yeux rivés sur la corde qui descend. Assemblée hétéroclite d'ombrelles, de mousquetaires, d'anges grotesques, de pirates éméchés, litron déjà à la main alors que la fête démarre à peine, de chinois à longues nattes, de Tintin à houppette disciplinée de brillantine, d'infirmières aux biceps saillants et aux jarrets poilus, de marquis incongrus dans une ville rouge comme Douarnenez. D'ailleurs, il se fait siffler. A moins que ce ne soit le pantin qui monte maintenant au milieu des applaudissements, des lancers de confettis et des chants :

> *Sonn'ar biniou, bag'ar tambour*
> *Toll'ar Mardi-Gras é kreiz'ar mour...*
> *An Denn'Pôlig, An Denn'Pôlig*
> *An Denn'Pôlig'Mardi-Gras...*

Son ventre est tendu à craquer sous un gilet de garçon de café aux reflets de satin. Dans le dos dépassent d'étranges mèches, annonciatrices des pétards dont son corps est gorgé, en perspective du brasier dont il sera la victime dans trois jours.

Un arlequin passe. Christian l'a déjà vu quelque part. Impossible de mettre un nom sur le visage masqué d'un loup, les cheveux sont ramassés sous le bicorne noir. Les gestes sont légers, l'arlequin a l'air de danser. Christian a oublié Denn'Paolig, oublié Germain qui rigole devant le monstrueux bonhomme en train de se balancer au-dessus des têtes. L'arlequin lui sourit puis s'éloigne lentement en se retournant par deux fois.

Christian le suit des yeux aussi longtemps que les pointes du chapeau restent visibles, les losanges de couleurs du costume continuent de flotter en s'éloignant parmi les faux bédouins, les religieux défroqués, les amiraux à étoiles, les oiseleurs et leurs cages à oiseaux empaillés.

— Tu viens ?

Le coup de coude de Paolig l'a ramené à la réalité.

— Tu as aperçu un fantôme ? demande Germain.

Il suit le regard de Christian, tombe sur les couleurs, le bicorne, s'esclaffe :

— Ben, t'as jamais vu ma sœur ? Tu reconnais pas Elisa ?

— C'est pas ta sœur que je regardais, y a un type là-bas, il travaillerait pas sur le chantier de ton père ?

Germain cherche, bien sûr ne trouve rien, se demande si Christian ne lui a pas monté un bateau, mais ce n'est pas le genre du « capitaine ». D'ailleurs, celui-ci est retourné admirer le bouffon pendu. Collé à Paolig, il rigole aux éclats. Germain a dû rêver.

5

— T'as la clef ?

— Évidemment ! s'insurge Germain, les deux mains énervées dans ses poches.

Comme si on pouvait le prendre en flagrant délit d'oubli ! Alors qu'il n'a pas dormi de la nuit, à réfléchir à tout ce à quoi il devait penser : lampe de poche, bout, casse-croûte... Il n'a pas encore trouvé le trousseau mais ça ne saurait tarder. Il avait tout vérifié dans sa chambre. En prenant bien garde de ne pas réveiller sa sœur, un exploit, tant elle a l'oreille fine.

— Alors grouille-toi d'ouvrir, s'impatiente Paolig qui, d'un air anxieux, inspecte le quai face au chantier Cariou, on va se faire piquer.

— Qui veux-tu qui vienne à c't' heure ? Ils sont tous en train de cuver du bal d'hier, du défilé...

— C'est vrai qu'ils étaient pas frais, rit Paolig. A commencer par mon père. Tu l'aurais vu... Il s'est arrêté à la porte de la maison. Dedans, heureusement. Il ronflait tout ce qu'il pouvait sur le paillasson. Il a fallu que je passe par la fenêtre pour sortir, ce matin.

— Et le tien, Germain ? interroge Christian, hilare d'imaginer le père Le Bihan affalé sur sa terre battue.

Germain sort le nez de son sac fourre-tout.

— Il était de bonne humeur !

Les deux autres relèvent de concert :

— Sans blague ?

— Si, je vous jure ! Jamais je l'avais vu rigoler comme ça. Pour une fois qu'il gagnait le défilé...

— Germain, tu la trouves ta clé ? Si ça continue, on va louper la marée.

— Je cherche, je cherche... j'étais pourtant sûr...

— Vide ton sac ! conseille Paolig. On va trier dans ton bazar.

Voilà les trois à genoux, à fourrager dans le fouillis renversé à même le sable. Il y a de tout : un canif, un chewing-gum, deux carrés de chocolat, un quignon de pain très rassis, une douzaine d'écrous (?), un sifflet, deux morceaux de sucre, trois images Meunier, un vieil écheveau d'étoupe, un crayon à mine, une lampe de poche rouillée et sans ampoule... une figurine de cycliste peinte en rouge sortie d'un paquet de biscottes Magdeleine... mais pas de clé.

— Ce serait pas ça, ce que vous cherchez, par hasard ?

La voix un rien moqueuse les fait se retourner.

— Elisa ! Qu'est-ce que tu fous là ?

Nattes sombres nouées à la va-vite qui lui descendent jusqu'au milieu du dos, vareuse trop grande pour elle sur un short sans doute emprunté à son frère et pieds nus malgré le froid, la sœur de Germain nargue les trois copains en agitant la grosse clé du chantier à bout de main :

— J'ai pensé que tu pourrais en avoir besoin, dit-elle en faisant mine de rebrousser chemin. Mais j'ai dû me tromper...

— Arrête ton cirque, donne-moi cette clé, s'énerve Germain.

— Demande gentiment.

Paolig sent déjà ses poings prêts à parler, fille ou pas :

— T'entends ? On t'a dit de donner cette clé !

— Eh, mais ça va pas avec toi ! T'es pas obligé de lui parler sur ce ton, s'insurge Christian. Les gars, elle nous apporte la clé et c'est comme ça que vous la recevez ?

Il se tourne vers Elisa, très grand seigneur.

— S'il te plaît, tu veux bien me donner la clé ? On n'arrive pas à ouvrir la porte du chantier...

— Raconte-lui ta vie pendant que tu y es, coupe Paolig.

Elisa ignore le grognon, sourit à Christian puis, avec un rien de malice, glisse aux trois ébahis :

— A condition que je vienne avec vous.

Germain sent la moutarde lui monter au nez :

— Pas question, tu files à la maison, tu vas tout faire rater.

— Si je retourne à la maison, papa va me demander pourquoi je suis sortie... et qu'est-ce que je dis ?

— Ce que tu veux, ça m'est égal. Tu nous fais perdre notre temps.

— Alors si c'est comme ça, je vais rester là jusqu'à ce que vous vouliez bien que je vienne avec vous.

Paolig bout, Germain n'en est pas loin. Christian... Christian ne comprend pas trop bien ce qui lui arrive. Elisa le fait rire avec son nez un peu retroussé qui fronce en trois petits plis sur les narines quand elle sourit, ses yeux verts aux taches dorées. Il y en a combien ? Quatre ? Pas le même nombre d'un œil à l'autre. Incroyable ! Il se demande soudain si l'expédition n'est pas le cadet de ses soucis. Il serait d'avis de revenir demain ou après-demain, on n'est pas à une marée près. Ou alors, il y a une solution :

— Et pourquoi on l'emmènerait pas ?

La question laisse les deux autres abasourdis.

— Une fille ? dit Paolig d'un air dégoûté.

— Eh oh, c'est ma sœur quand même, fait Germain.

— Peut-être, mais on avait pas dit qu'on embarquait aussi les filles. Elle va se mettre à chialer dans les trois minutes dès qu'on sera sur l'eau.

— Pourquoi je chialerais ? C'est jamais qu'un bateau, je parie que tu sais même pas les courants qu'il y a dans la baie, que je les connais mieux que toi.

— Alors ça, ça m'étonnerait !

— Je vois pas pourquoi on discute comme ça, de toute façon, on montera jamais à quatre dans la gondole... intervient Germain.

— La gondole du défilé ? crie Elisa. La tannée que tu vas te prendre si papa sait que tu lui as pris sa gondole !

— Il le saura pas... si tu lui dis pas.

— Ecoutez, pourquoi ne pas discuter de tout ça à l'intérieur ? On s'installe et on voit. Dehors, on se gèle, coupe Christian en tendant la main à Elisa pour qu'elle y dépose la clé.

Ce qu'elle fait en souriant aussi simplement que si rien ne s'était passé. Sous l'œil ahuri de Paolig et le soupir résigné de Germain, que plus rien venant de sa sœur ne peut étonner.

— Plus à gauche !

— Attention, y a un clou qui dépasse, manquerait plus qu'on l'abîme !

— Et toi, tiens-la de ton côté, c'est moi qui supporte tout le poids !

— Je voudrais t'y voir, bougonne Paolig, le dos plié sous la coque de la gondole.

Les trois suent à extirper l'embarcation de son perchoir, il a fallu grimper sur un escabeau, la tenir à bout de bras. Pas légère, loin de là. Le père Cariou n'a pas lésiné sur la qualité du bois lorsqu'il l'a construite. Il a dû employer du chêne ! Enfin voilà le précieux fardeau déposé sur le sol plein de sciure du chantier. Ça n'aura pas été sans mal, ni sans cris, ni sans fous rires silencieux d'Elisa, qui a surveillé toute l'opération assise par terre à distance de sécurité. Elle s'est tout de même gardée du moindre commentaire, mais sa langue l'a démangée plus d'une fois. Elle s'est retenue parce que Christian souriait chaque fois que leurs regards se croisaient. Elle le trouve beau, on dirait qu'il vient d'ailleurs. Très blond, très grand, très mince, des yeux très clairs. Ce n'est pas une gondole qu'il lui faudrait mais un drakkar, il a une tête de Viking. Bras autour de ses genoux repliés, Elisa se balance doucement, se répétant pour elle toute seule : « Viking, Viking. » Aux anges.

La ligne de la gondole est superbe. La coque a un peu souffert des festivités. Le rouge de Chine présente quelques éraflures sur la proue ouvragée et coupante comme une dague. Deux petits bancs au milieu et une partie de l'arrière couverte. De quoi s'installer à...

— Quatre ! insiste Elisa. Vous voyez qu'on peut être tous ensemble. De toute façon, y en a toujours un debout pour ramer.

Paolig voudrait la faire taire :

— Tu vas pas nous apprendre comment on navigue là-dessus !

Non, Elisa ne va pas leur apprendre, cependant aucun des trois ne sait vraiment comment manœuvrer l'énorme rame dont s'est emparé Germain et qui mesure au moins trois fois sa taille... D'emblée, il la remet à Christian. Après tout c'est lui le « capitaine », puisqu'il est l'aîné à trois mois près du trio. Pas pour rien qu'on lui a donné ce surnom, ce sera lui le rameur.

Sans Elisa, Christian aurait reculé, mais devant elle, impossible. Il ne peut perdre la face, prend un air avisé. Nom d'un chien, qu'il est lourd, cet aviron. Et on s'installe où exactement quand on est gondolier ? Dommage qu'on ne lui demande pas de godiller. Ça il connaît, il a même un sacré coup de poignet, mais les gondoles ne sont pas monnaie courante dans la baie...

Il croise les yeux verts d'Elisa, admiratifs, ce qui le requinque d'emblée. Advienne que pourra, il avisera une fois sur l'eau. Ça ne doit pas être si sorcier que ça.

— On est partis ? dit-il en posant la rame sur la gondole, comme s'il avait pratiqué l'exercice toute sa vie. An niérèze[1] ! et chacun son côté.

---

1. Cri de guerre qui exprime à la fois la conquête et les jeux d'enfants.

Tout le monde obtempère, y compris Elisa, qui se place juste derrière le Viking. Elle est maintenant certaine que si elle se fait toute petite, demeure bouche cousue, elle embarquera, aussi marque-t-elle sa bonne volonté en prenant sa part du poids. Heureusement, là où elle est placée, le chargement est minime. Mais pas du côté de Germain, qui se manifeste, cent mètres à peine parcourus.

— On ne va pas la porter jusqu'à la cale du Guet quand même ? Y a au moins un kilomètre...

Sans prévenir, il a lâché sa prise, se frotte les mains, déjà endolories. Paolig rouspète :

— On perd du temps, la marée ne va pas nous attendre.

— Si elle descend, c'est pas très grave, le fond de la gondole est archiplat, objecte Christian.

— Oui, mais y a plein de caillasse par là !

— T'as peur ?

— J'ai pas peur, mais y a de la caillasse, répète Paolig avec obstination.

— Caillasse ou pas, c'est vraiment loin... continue Germain, totalement démobilisé.

A maintes reprises, Elisa a vu son père aux prises avec ce type de problème, de sa voix flûtée elle propose :

— Si on la faisait rouler sur des rondins ? Y en a deux qui servent qu'à ça au fond du chantier. Papa les range toujours à la même place.

Aussitôt dit, aussitôt fait, avec une légère pointe de mauvaise volonté du côté de Paolig, qui aurait préféré avoir l'idée lui-même, mais qu'Elisa a balayée d'un « T'es drôlement costaud » qui le ravit... et lui fait soulever les deux morceaux de bois en deux temps, trois mouvements, puis prendre avec une efficacité consommée la direction des opérations :

— Christian et Germain, vous ferez passer le rondin de devant à l'arrière de la gondole, dès qu'on aura avancé de toute sa longueur. Compris ? Elle – il est encore un peu tôt pour prononcer le prénom d'une fille – et moi, on la fera glisser. On y va !

La demie de sept heures vient de sonner au clocher de l'église du Sacré-Cœur. Un petit vent frisquet s'est levé, qui vient rafraîchir les quatre porteurs, en nage, épuisés devant la cale du Guet. Le clapot s'est levé lui aussi, ourlant d'une écume peu engageante, voire menaçante, les vagues qui viennent gifler avec régularité la descente pierreuse. L'île Tristan semble pire que lointaine. Inaccessible. Entre elle et eux, les affleurements rocailleux de l'îlot Saint-Michel. Il y a du danger par là. Dans la tête de chacun, le dilemme est cornélien. Aucun n'a très envie de monter dans la gondole, mais aucun non plus n'est prêt à le reconnaître devant les autres, sous peine de perdre définitivement la face. Il est vrai également que l'on ne s'est pas épuisé tout ce chemin pour renoncer devant trois misérables vaguelettes. Même Elisa se sent piégée par son propre caprice, elle veut pourtant faire bonne figure à cause de Christian et réciproquement. Bref, tout le monde est coincé. Il n'y a peut-être que Paolig qui se réjouit de grimper dans l'embarcation malgré le début de houle. Fils de sardinier, il en a vu d'autres et redonne l'élan qui manquait.

— On la met à l'eau ? Toi, dit-il en désignant Elisa, tu te mets au milieu à l'arrière et tu n'en bouges plus. Germain, à bâbord sur le banc de devant ; je vais m'asseoir à côté de toi. Et toi, Christian, tu nous pousses avant de monter dedans. Eh ! N'oublie pas la rame.

Comment Christian pourrait-il oublier cet engin gigantesque qui lui encombre les mains et pèse des tonnes ? Comment monter à bord, en poussant la gondole, en tenant la rame, sans perdre l'équilibre ? Les trois à la fois, sans se couvrir de ridicule, ou éborgner tout le monde ? Cette rame est une horreur, avec ses quatre mètres de long, une horreur dangereuse et récalcitrante. Une fois en place, Christian, debout – il se demande encore comment –, en a la révélation car il s'avère totalement incapable de plonger ladite rame dans l'eau : elle s'y refuse, jaillit comme un pantin de sa boîte, obstinément. On la croirait dotée de pouvoirs maléfiques, d'une volonté propre.

— On bouge d'ici ? ricane Paolig.

— Ça vient, ça vient !

Christian aimerait que ça vienne. Vœu pieux. Pour le moment, il s'est contenté de prendre la cale pour appui afin de quitter la place, en donnant une forte impulsion avec le pied, au risque de passer par-dessus bord. La gondole a avancé de quelques mètres, ballotte tout près de la terre ferme. Heureusement, la caillasse est de l'autre côté. Mais d'ici l'île... il y a un océan entier. Pourquoi n'y a-t-il pas de voile sur une gondole ?

Opportunément, le courant vient s'en mêler. L'esquif commence à prendre une certaine allure sans que Christian intervienne. Il va pouvoir faire illusion. Pour diriger la gondole, ce ne sera pas très simple, mais il lui suffira de se servir de l'extrémité de la rame comme gouvernail. Quant à accoster sur l'île, il préfère ne pas y penser pour l'instant. Chaque chose en son temps.

Alors que la distance avec la cale est déjà conséquente, de son banc, bien sage, Elisa ose un timide :

— C'est normal, l'eau qui rentre comme ça par le fond... ?

6

— Café que vous aurez ? On n'a pas idée de s'embarquer pareillement ! Et si je n'étais pas passée par là ? Hein ! A donner à manger aux poissons que vous seriez.

C'est certain, le fait que Mélanie soit passée devant la cale du Guet à cette heure tient du miracle, tout comme le fait que l'endroit était désert, que personne ne pourra donc colporter l'incident à qui de droit avant l'heure. Elle remercie le Seigneur de lui avoir inspiré sa lubie du matin. Elle n'explique rien de plus, certainement pas qu'elle aime aller prier au bord du Rhu lorsque son fils lui manque trop.

Les quatre petits sont à tordre. Ils l'ont échappé belle.

— Trempés comme ma soupe ! Ah vous êtes beaux !

Ils n'en mènent pas large, surtout Germain, qui se demande comment il va annoncer que la superbe gondole rouge de Chine gît par le fond, à cent mètres du Guet, et que la rame continue sa vie dans la baie au hasard des courants. Jamais il n'aurait pensé que le fond était une simple planche clouée et que l'eau pouvait s'y engouffrer aussi joyeusement à gros bouillons.

Paolig aussi revient de loin, peut-être plus encore que les autres, il est le seul à ne pas savoir nager. Elisa l'a discrètement tiré par le col de son pull, il lui doit une fière chandelle. Elle n'a rien dit, lui non plus. Il s'est contenté, une fois sorti de l'eau, de la regarder de l'air le plus misérable du monde, qui signifiait : « Va pas vendre la mèche. »

Elle ne le fera pas, même si elle sait que Christian sait, lui aussi, car il les a vus alors que lui-même se précipitait pour venir à l'aide d'Elisa. Admiratif, il s'est rendu compte qu'elle se débrouillait parfaitement toute seule. Il n'a pas pris le relais auprès de Paolig, pour ménager la fierté de celui-ci, et puis parce qu'ils étaient très près du bord, que tout danger était écarté.

Ils avaient l'air fin[1], sur la cale, là où Mélanie les a récupérés, dégoulinants et tête basse. Elle connaît trop bien le père Cariou et ses colères pour ne pas soustraire ses rejetons à l'inévitable « gueulante ». Après tout, ce ne sont que des gamins et l'île Tristan est trop tentante. Elle les comprend. Elle-même, mais c'est si loin, est allée batifoler de nuit avec son pas encore mari, de l'autre côté de l'île sous les pins parasols. A fêter les rameaux avant Pâques, est arrivé Hervé, le père de Christian. Donc, elle serait malvenue de ne pas se montrer indulgente, va inventer un prétexte pour garder tout ce monde à sécher et le renvoyer quand le père Cariou sera au chantier. Mélanie sent qu'elle va mentir et se signe à la hâte devant l'évidence inéluctable.

----

1. A Douarnenez, on prononce « fine ».

Elle a posé le pain de deux livres et la motte de beurre salé à côté de la cafetière émaillée, rien de tel que le café pain beurre pour consoler de tout, coupe tartine sur tartine qu'on dévore en silence. Elisa a pourtant un rien de malice dans son œil vert, elle éclaterait bien de rire, celle-ci. Mélanie aussi, qui se retient, prend un bol sur le vaisselier, se verse le troisième café de la matinée, le sature de sucre, pour « s'adoucir la vie », et s'amuse de tous ces museaux trempés dans le leur. Le nez renifleur, le cheveu qui goutte encore, les tremblements nerveux d'une peau un peu bleue malgré le feu du fourneau ronronnant à plein.

Les estomacs pleins, on tient conseil de guerre. Quelle version servir au père de Germain et d'Elisa pour expliquer l'absence de la gondole au clou du chantier ? Mélanie glisse – quel mauvais exemple :

— Et si vous ne disiez rien pour le moment ? Si ça se trouve, votre père ne va même pas s'en rendre compte... !

Germain et Elisa la regardent. Médusés. Une adulte peut cautionner le mensonge ? L'idée va à l'encontre de leur conscience, mais... après réflexion, surtout du côté de Germain, qui – réflexe très tôt acquis – se frotte la joue par anticipation, ce ne serait pas si bête.

— Vous croyez qu'on peut faire ça ?

Les quatre sont suspendus à la mine toute ridée de Mélanie, plissé soleil d'un cuir tanné sous la coiffe blanche. Au creux de l'éventail, un regard délavé comme une vareuse marine oubliée dans l'eau et, au-dessous, une grande bouche qui contredit le chagrin à fleur de paupière et serait toute prête à laisser libre cours à la gaieté qu'elle sent monter devant ces figures presque choquées par la rouerie d'une aïeule.

C'est qu'ils me feraient la morale, encore !

Par solidarité, ou déjà ruse féminine, Elisa lance :

— Y a pas d'autre solution. On se tait.

Paolig opine du chef. De toute façon, rétrospectivement, il est tellement sonné par son aventure, tellement reconnaissant à Elisa pour ce qu'elle a fait qu'il est prêt à acquiescer avant même qu'elle ouvre la bouche. Il remue la tête à la façon des statues qui remercient quand on glisse une offrande dans le tronc d'une église, surtout préfère se faire oublier... après tout, l'idée de la gondole, c'est lui.

Christian n'hésite pas longtemps. Si Elisa le demande, évidemment il se rangera à sa résolution. Germain tergiverse pour la forme, quelques petites secondes, puis laisse échapper un profond soupir, non parce qu'il s'est résigné à s'aligner à l'avis général, mais pour l'indicible soulagement : il évite une scène qu'il prévoyait déjà mémorable, pour ses joues ou ses fesses, suivant l'humeur de son père, mais des deux côtés identiquement douloureuse, sans compter l'interdiction de sortir des mois durant.

— Et quand la marée descendra... ?

On avait oublié la grande dénonciatrice. Mais pas Paolig.

— C'est vrai, ça ! enchaîne Germain, déjà affolé.

Il quête un soutien du côté de Mélanie, si elle sait mentir, elle doit connaître une formule magique.

Mélanie trouve la parade :

— On avisera à ce moment-là. Ton père ne passe pas son temps au bord de l'eau, que je sache ! Et si quelqu'un vient lui rapporter que sa gondole est sur les cailloux devant la cale, il n'ira certainement pas imaginer que c'est son garnement de fils qui l'a laissée là, mais plutôt un fêtard des Gras[1] pris de boisson...

Ça se tient. Aucune réplique autour de la table, le raisonnement est imparable et la caution *morale* qu'offre Mélanie encore plus.

— Il faut jurer, assène Elisa à la cantonade. Que personne ne dise jamais rien.

Les mains tombent les unes sur les autres, y compris celle de Mélanie, que le fou rire démange de plus en plus, pas question c'est trop sérieux. Elle irait bien jusqu'à leur faire promettre de ne plus jamais aller du côté de l'île Tristan, mais cette cause-là est perdue d'avance ; aussi se contente-t-elle de leur recommander une dernière fois, sans y croire, alors qu'ils sont à peu près séchés, à peu près présentables sur le pas de la porte, fins prêts pour retourner chez eux sans que nul puisse soupçonner leur mésaventure :

— Et ne vous avisez pas de retourner par là-bas, c'est bien compris ?

Personne ne promet, évidemment.

Pire, elle sait déjà qu'ils recommenceront à entendre Paolig fanfaronner, mains dans les poches, à peine sur le pavé de la rue Anatole-France :

— Quand même, on a eu du goût[2] sur la gondole... hein ?

---

1. « Du carnaval ».
2. « On s'est bien amusés »

7

Comme on pouvait le prévoir, l'affaire de la gondole a fait du reuz[1]. D'autant que la marée descendante a offert le spectacle affligeant d'une autrefois belle embarcation, abîmée dans la vase, les flancs déchirés par l'action conjuguée du ressac et des arêtes aiguisées des rochers voisins. Au comptoir des bistros du port, tout Douarnenez s'est engouffré dans les suppositions les plus abracadabrantes. On a soupçonné les voisins, les étrangers, les bolincheurs pendant qu'on y était. Un plaisantin qui avait dû forcer sur le cidre a même avancé l'idée qu'il avait vu Denn'Paolig se délivrer de son perchoir pour une promenade au clair de lune au son d'un *'O Sole Mio* retentissant jusqu'à Tréboul... qu'il s'est empressé d'entonner pour mieux appuyer son propos. On a vidé force verres, réglé quelques querelles prétextes qui restaient en suspens. Tout juste si une légende ne s'est pas installée, alimentée par commérages, rumeurs, dépositions de témoins sortis d'on ne sait où jurant leurs grands dieux qu'ils avaient

_____
1. « A fait grand bruit ».

assisté à la scène et dénonçant pour l'occasion de vieux ennemis. Beaucoup de « cause » mais, heureusement pour eux, personne n'a regardé du côté des enfants, puis février a glissé et le soufflé est retombé.

La gondole, ou ce qu'il en reste, est à nouveau rivée à son clou. Chaque fois que Germain passe au chantier, il regarde ailleurs. Un nœud à l'estomac. Pas facile de garder un secret pareil, trop pesant même si son père est tout sauf tendre avec lui, ce n'est pas une raison pour le tromper de la sorte, aussi quand l'idée de retourner sur l'île Tristan anime à nouveau les compères, c'est lui qui diffère, autant que faire se peut, le prochain voyage, par acquit de conscience, par culpabilité. Pas certain qu'il connaisse jusqu'à l'existence de ces sentiments, mais il dépérit à vue d'œil et Elisa n'en mène pas large non plus. A dire vrai, aucun de la bande ne se sent fringant quand le hasard leur fait croiser Jos Cariou, encore moins lorsque celui-ci sourit, et comme par un fait exprès, cela lui arrive souvent depuis quelque temps. Au chantier, les commandes se sont mises à affluer : plusieurs demandes pour de nouveaux langoustiers ont été enregistrées dernièrement, manne bienvenue dans l'escarcelle Cariou, plutôt à sec les années précédentes. C'est donc inhabituellement joyeux qu'un matin d'avril Jos lance à son fils, à la table du petit déjeuner :

— Allez hop ! Terminée, l'école, tu embauches lundi. Il est temps que tu apprennes ton futur métier.

Une bonne humeur qui tombe à plat. Car pour Germain cette décision paternelle est la goutte d'eau qui fait déborder la baie. Voilà des mois qu'il se retient, qu'éprouvé par ses scrupules il serait prêt à se constituer prisonnier pour se soulager l'esprit, et on lui sert la mort inéluctable de tous ses beaux projets. C'est trop, son horizon se bouche. Soudain, devant son père, sa mère, devant Elisa, il éclate en sanglots nerveux. De stupéfaction, Jos Cariou hausse les sourcils, laisse tomber sa cuillère, il n'a plus envie de sourire. Qu'a-t-il fait au bon Dieu pour engendrer une telle chiffe molle ?

A Marie-Berthe, qui s'est précipitée au secours de son fils, il hurle :

— C'est ça ! Vas-y ! Mais jusqu'à quel âge tu vas le torcher, ce môme ?

Elisa sait le prix qu'attache Germain à ses études. Du fond de son bol de café au lait, elle ose :

— Et son certificat d'études ?

Ah ça, mais tout le monde veut le mettre de mauvaise humeur, ce matin ! Alors que la journée avait si bien commencé...

Une poigne s'abat sur la table.

— Quoi, son certificat d'études ? Qu'est-ce que tu me chantes-là, pissouse ? Y a pas de certificat qui tienne. J'ai des commandes, faut que ça tourne. Pas de temps à perdre. J'ai besoin de main-d'œuvre. Sans compter que je vois bien où ça mène, les études. A ça.

Et l'index désigne avec un mépris certain Germain, qui essaie plutôt mal que bien de retenir le trop-plein de larmes.

— Ma parole, cette maison est pleine de badouallé !

D'un coup de reins, Jos Cariou s'est levé de sa chaise, laquelle va valser contre le mur ; du mépris, il passe à la menace :

— Lundi matin, tu es au chantier. Exécution.

La porte claque, engouffrant un courant d'air qui laisse les trois cloués à leur siège. La massive silhouette paternelle met un certain temps à s'effacer des esprits... tout comme l'index pointé. Quelques minutes filent. Le désarroi de Germain laisse maintenant place à une colère tout aussi ravageuse, colère contre le monde entier, ou contre lui-même qui s'est donné en spectacle. Colère dont sa mère, venue poser un bras sur son épaule, fait les frais aussitôt : sans ménagement, il la repousse et tout comme son père, dans un semblable fracas, claque la porte derrière lui.

Sans doute la seule à savoir le prendre, Elisa va entrebâiller la porte si malmenée de la chambre qu'ils partagent ; assis à la table face à la fenêtre, Germain *s'amuse* avec son vieux canif, l'air rogue. Il le plante, entaille le plateau avec concentration, acharnement, recommence. Enfermé dans son désespoir.

— Mais t'es droch ou quoi ! Arrête donc !

Elle s'assoit près de lui.

— C'est pas comme ça qu'il faut s'y prendre.

— T'y connais quelque chose dans les couteaux, toi, maintenant ?

— Je te parle pas des couteaux, mais du Tad !

— Ah ! Si tu as le mode d'emploi, je suis preneur...

— Qu'est-ce qui t'empêche de passer ton certificat d'études et de travailler au chantier ?

Germain laisse échapper un ricanement :

— Et pourquoi pas d'aller à la sardine pendant que tu y es ? J'ai que deux mains !

— Et un seul cerveau !

— Très drôle !

Germain a repris son ouvrage. Exutoire idéal. La lame du canif gratte, entame, triture le bord de la table, les fibres du bois apparaissent, un bois filandreux qui se recroqueville sur lui-même en copeau. Pourtant, la suggestion d'Elisa a incontestablement fait son chemin. Couteau en l'air, au bout d'un court moment, Germain se tourne vers sa sœur.

— Toi qui es si maligne, comment je fais ?

— Tu vas voir le maître et tu lui expliques...

— Je lui explique que j'ai un père qui ne comprend rien à rien...

— C'est pas ses affaires, à l'instituteur ! s'énerve Elisa. Et puis le Tad est pas plus droch qu'un autre !

— T'appelles ça comment, alors, de pas vouloir que je finisse l'année comme tout le monde ? A trois mois près ! Qu'est-ce qu'il en avait à faire que j'aille jusqu'aux vacances... ça lui coûtait rien !

— Tu l'as entendu ? Il a des commandes.

— J'en ai rien à foutre, de ses commandes. J'en ai rien à foutre, de son chantier.

Elisa n'est pas loin de capituler. Qu'il le reconnaisse ou non, Germain montre parfois un caractère très semblable à celui de leur père. Aussi buté, pas un pour relever l'autre.

Elle essaie un dernier argument :

— Je vois pas en quoi ce sera compliqué de demander au Tad d'aller passer ton certificat quand tu travailleras au chantier. Il donne bien une demi-journée de congé aux ouvriers quand ils ont un enterrement...

— Tu parles d'une comparaison !

— Oh, t'as qu'à te débrouiller tout seul après tout ! Je te trouve des solutions, t'es là à pleurnicher...

Elisa recourt à l'ultime coup de massue :

— Finalement, il raison, le Tad !

La phrase à ne pas dire.

La colère de Germain remonte d'un cran. Deux taches rouges lui auréolent les pommettes. Ses yeux brillent. D'un coup de poignet sec et franc, il lance le couteau en plein milieu de la table, la lame vibre sur la blessure du bois, taillade profonde. Il a oublié Elisa, parle tout seul :

— Je trouverai, je sais pas comment, mais je trouverai...

Le lundi suivant, il est à poste dix minutes avant l'heure. Sa façon à lui de se rebeller. Il a soigneusement évité le petit déjeuner en tête à tête avec son père, a flâné au bord de l'eau, le ventre creux, pour se retrouver devant la porte du chantier, pas plus rassuré que cela. Maigrichon dans ses culottes courtes rapiécées, la tignasse frisée si facilement disciplinée mais qui le désespère et en socques de bois, avec lesquels il bat le sable pour se réchauffer. Malgré la saison, il grelotte, autant de dépit que d'inquiétude sur l'attitude trop souvent imprévisible de son père qui arrive pourtant tout sourire, essoufflé, le gratifie d'une tape sur l'épaule :

— De la graine de patron... ça présage que du bon !

Pour lui hurler, moins de cinq minutes plus tard :

— Même pas foutu de faire la différence entre une varlope et un riflard[1] ! Qu'est-ce qui m'a fichu un pao khol[2] pareil !

La douche écossaise continue jusqu'à midi. Mais Germain s'aperçoit très vite que tout le monde est logé à la même enseigne et que personne parmi la dizaine d'ouvriers ne semble s'en préoccuper. Alors qu'il s'escrime à dompter la lame récalcitrante du rabot, un employé lui glisse discrètement :

— Faut pas t'en faire ! Ton vieux y gueule, mais c'est pas un mauvais bougre.

Ce disant, il soulève sa casquette et la remet en place comme pour saluer le « pas mauvais bougre », et rallume un mégot vissé au coin de la bouche.

L'expression « pas mauvais bougre » du plus âgé du chantier résonne à l'oreille de Germain, mais il n'a pas le temps de rêver très longtemps : un « T'as pas autre chose à faire que de rester à bayer aux corneilles ? » lancé du fond du chantier le fait se remettre à l'ouvrage aussitôt, et se demander si son père n'est pas pourvu d'yeux pivotant sur cent quatre-vingts degrés. Marcel Stephan peut repasser avec les compliments sur son père, Germain est loin d'être convaincu.

Depuis huit heures, il n'a pas lâché sa planche. Excepté pour la pause casse-croûte prise à l'ombre de l'arbre sur la grève avec un morceau de pain et une tranche de lard épaisse comme une roue. Les autres ont arrosé copieusement la venue du petit nouveau pas loin de piquer du nez contre le tronc. A peine avait-il fermé

---

1. Rabot, comme la varlope, mais une taille au-dessous.
2. « Empoté ».

un œil qu'il a fallu reprendre du service, au même endroit, devant la même planche toujours aussi rétive qui se hérisse maintenant d'étranges boucles, résultat de ces coups de rabot inexpérimentés. Une ampoule s'est formée au gras de son pouce, son bras droit, mû par un lancinant mouvement de va-et-vient, lui semble prêt à se détacher. L'odeur de la sciure, pas franchement désagréable, le fait cependant suffoquer. Il n'attend qu'une chose : son lit, sur lequel il se jette, enfin, quelques interminables heures plus tard, sans même prendre le temps du dîner, sans un mot pour sa mère qui s'est tordue d'inquiétude tout ce lundi. Mais sous les sarcasmes de sa sœur :

« Peuh ! Déjà fatigué ? »

Germain ne lève pas une paupière, il dort déjà. Tant pis pour la polémique. Et pourtant polémique il y a, moins de deux jours plus tard, non avec sa sœur mais entre son père et l'instituteur, descendu en blouse grise dès la sortie de l'école de la rue Victor-Hugo pour régler ses comptes :

— Auriez-vous oublié que l'école est obligatoire ? Germain ne s'est pas présenté...

Jos Cariou est maître chez lui, le fait sentir :

— Il apprend son futur métier. Ça vaut mieux pour lui que de perdre son temps à avaler des âneries dont il n'aura jamais le besoin.

Homme d'une grande patience, monsieur Fauvel a expérimenté des dizaines de fois ce type de discussion dans les fermes ou au bord des quais pour ramener les enfants vers les bancs de sa classe. La plupart du temps, il a obtenu gain de cause. Ce n'est jamais qu'une négociation de plus. Aussi, du haut de son mètre quatre-vingts, aussi droit qu'un I sur son tableau noir, une main dans la poche de son sarrau impeccable à peine saupoudré de craie, tient-il tête :

— Et lui avez-vous demandé s'il avait envie de faire ce métier plus tard ?

Le charpentier de marine tombe des nues :

— Et puis quoi encore ? Depuis quand on demande leur avis aux gosses ? Il fera ce qu'on lui dira, un point c'est tout.

— Je pourrai signaler son cas à l'Académie...

Il ne faut pas chatouiller trop longtemps Jos Cariou, surtout lorsqu'il a un langoustier à livrer :

— Essayez un peu, pour voir !

Tous les ouvriers se sont arrêtés. Le rabot ne rabote plus. Germain ne perd pas une miette de l'altercation et déglutit à chaque tirade. Qui des deux va gagner ? Son sort se joue là. Et tout soudain, une vague, la vague de colère qui l'avait submergé le dernier dimanche, du temps où il était encore écolier. Oui, son sort ! C'est bien de cela qu'il s'agit ! La solution qu'il cherchait, l'occasion de dire enfin ce qu'il veut, d'autant que, cette fois, il a un allié dans la place.

Son père ne l'a pas vu arriver, bien trop occupé à faire taire monsieur Fauvel. A son approche, ce dernier lui sourit :

— Justement, si nous demandions à l'intéressé ?

Jos Cariou se retourne, comme piqué par un taon.

— Qui t'a autorisé à lâcher ton travail ?

Découvrant tout l'atelier à l'affût de la conversation, il se met à hurler :

— Vous autres, vous vous croyez au spectacle ? Faut que je vous botte le cul pour...

Les veines de son cou sont prêtes à éclater. Ses poings se resserrent en cadence. Germain connaît trop son père pour ne pas comprendre qu'il se contient encore, mais plus pour très longtemps. En général, à ce stade, les coups de ceinture pleuvent. Heureusement pour lui, il y a trop de témoins, Jos Cariou se contente de siffler entre ses dents :

— Toi, je t'ai dit de reprendre le travail... Et plus vite que ça !

Mais Germain fait front. Insensiblement, il s'est rapproché de monsieur Fauvel. Sa voix chevrote un peu quand il lance :

— Je voudrais le passer, mon certificat d'études...

Il met toute l'intensité de sa conviction dans sa petite phrase. Il sait bien qu'obtenir le diplôme convoité, c'est gagner presque à coup sûr la dispense pour embarquer. Tout son rêve tient dans ces deux mots.

Le visage de Jos Cariou passe au rouge violacé. Les veines frôlent l'implosion. Le contraste avec monsieur Fauvel est saisissant, car celui-ci, affichant un calme imperturbable, a posé une main sur l'épaule de Germain et explique en articulant avec lenteur, comme il doit le faire pour ses élèves qui n'ont pas saisi la leçon :

— Il y a certainement moyen de s'arranger. Vous gardez votre fils, je le fais travailler après l'école. Tout le monde y trouvera son compte.

Germain sent la main se crisper très légèrement, ce qui lui donne un sursaut de courage pour ajouter :

— Jusqu'en juillet... c'est pas très long.

— On t'a demandé l'heure ?

La phrase n'est pas plus aimable, mais le ton de Jos Cariou a changé et Germain le perçoit aussitôt. Pour ne pas perdre la face, pour ne pas avoir l'air de céder trop facilement, son père va négocier sa défaite :

— Si jamais je le prends à manquer le chantier un seul matin et à ne pas y rester jusqu'à cinq heures le soir, vous aurez de mes nouvelles, école obligatoire ou pas.

Monsieur Fauvel a le dernier mot :

— Je ne puis douter que vous ayez enseigné à votre fils la notion de respect d'un contrat.

8

— Maintenant on pourrait la faire, notre virée...

Assis sur le mur de pierre surplombant la plage des Dames, Paolig balance les jambes. Il a lancé son défi comme il lance les cailloux au-dessous de lui, sans viser, mais en atteignant à chaque fois le but qu'il s'est secrètement fixé : le chaos de rochers, une branche de bois flotté, un seau d'enfant oublié sur le sable.

Germain a relevé la tête. Il y a une seconde, il s'ennuyait, l'été lui paraissait interminable, et soudain, tout s'éclaire :

— On pourrait, ouais...

Paolig saute de son perchoir.

— Surtout que les Richepin[1] sont partis il y a trois jours, c'est le moment.

Les deux courent vers Christian qui, quelques mètres plus loin, rêvasse, une longue tige d'herbe folle dans la bouche, le visage tourné vers le large. Il met un certain

---

1. Illustre famille, unique propriétaire de l'île Tristan jusque dans les années 1970. Dans ses rangs on compte le poète Jean Richepin, académicien, l'actrice Cora Laparcerie et, à la génération suivante, un des paroliers de Georges Brassens.

temps à sortir de sa rêverie, mais, aucun doute, son œil a frisé. Cependant la raison, comme souvent, lui fait mettre le doigt sur l'obstacle numéro un :

— Et Vidocq, qu'est-ce qu'on en fait ?

— Le gardien ? dit Germain. Pfuuuuttt ! Simple comme bonjour ! Pas de souci, il mange dans la main de mon père, qui le laisse se fournir en bois et clous au chantier, en échange de lapins qu'il attrape sur l'île. Vous pensez bien qu'il m'a à la bonne...

L'obstacle principal levé, reste un détail d'une extrême importance que Christian mettrait bien sur le tapis, détail qui n'a rien à voir avec le fait de cacher aux parents respectifs cette échappée inconcevable, d'échafauder un plan imparable pour qu'elle ne soit pas découverte, pour qu'on ne s'interroge pas sur les lits désertés, un détail tellement difficile à aborder qu'il ne sait pas comment s'y prendre. Paolig, sans le savoir, vient à la rescousse, lui permet de garder la tête haute :

— Tu sais, Germain, ce qui serait bien, c'est qu'on mette Elisa dans le coup !

— Tu en pinces pour ma sœur ou quoi ?

— On lui avait promis de l'emmener, je tiens parole !

— T'as raison, approuve Christian en soupirant exagérément. On l'emmène... Bien obligés !

L'herbe dans laquelle s'enfonce à pas feutrés la petite troupe lourdement chargée est tendre sous les pieds nus. Peur délicieuse au ventre, les quatre ont franchi la pire des difficultés : se frayer un chemin dans la pierraille qui relie à sec le Guet aux abords de l'île Tristan, via l'îlot Saint-Michel et les ruines de l'ancienne conserverie[1]. La grande marée basse de ce début de juillet a été leur complice, mais ils n'en menaient pas large à se faufiler dans cette caillasse aiguisée comme tessons de bouteille, et n'ont soufflé qu'une fois le but atteint.

Paolig n'avait pas posé le pied sur le sable devant la maison de maître, brique rouge et pierre de taille, qu'il est allé coller son nez à la fenêtre du grand salon.

— Je parie qu'on peut apercevoir le plateau d'argent...

— Quel plateau ?

— Celui sur lequel l'actrice se faisait porter toute nue pendant les dîners...

— Avance, au lieu de raconter des carabistouilles !

Car restait à remonter le chemin boisé, sentier sombre sous la voûte fantasmagorique d'ormes et d'acacias, jusqu'au nord, là où Vidocq leur a assigné, moyennant toute la réserve de tabac du père de Germain, plus un cent de clous et quelques planches de chêne, prix fort de son silence, un coin rien que pour eux :

« Derrière le fort, à l'abri de la petite maison. Mais n'allez pas chiper les pommes dans le verger ni vous promener du côté de la chapelle. Si je vous y prends, je vous réexpédie illico sur le continent. Je risque gros, a expliqué le géant roux, pas envie de perdre ma place... »

Une place en or que la surveillance de sept hectares de verdure, enclave paradisiaque où abondent bambous, araucarias, pins parasols, cognassiers, néfliers, magnolias, myrtes du Chili et pommiers, bien communs au milieu d'un tel exotisme.

---

1. Détruite par les Allemands en 1940.

Les quatre ne regardent rien de ces merveilles, trop chargés, trop concentrés. Vivement qu'ils puissent se soulager le dos. Ils ont pensé à tout : paquets de nouilles, roue de vélo sans rayons mais pourvue d'un morceau de filet pour la pêche aux crabes cerises, allumettes et bâche pour s'abriter... Procession étrange dans ce sanctuaire vert qui les impressionne un peu. Le jour tombe, amplifie les bruits des bois, le terrain est inconnu. Pas de trace de Vidocq, qui doit ronfler quelque part au sud, près de l'habitation des Richepin. Il fera sa ronde de surveillance plus tard, viendra jeter un œil sur l'expédition, verra si elle est conforme à ses exigences. Elle le sera, personne n'a envie de retourner prématurément sur le continent, l'Aventure, c'est maintenant. Avec le soleil qui s'endort mollement derrière les frondaisons des pins, au-dessus de l'imposant bâtiment militaire crénelé, percé de meurtrières, refuges à canons, lequel inspire Germain ; il s'est arrêté pour jeter ce souhait au beau milieu du chemin :

— Peut-être qu'on va trouver le trésor de la Fontenelle[1] !

Comme si les trois autres avaient pensé la même chose en même temps :

— Il paraît qu'il est caché au milieu de l'île, là où il y a des ronces.

— Et si c'était dans les douves ? Je parie que personne n'a jamais creusé.

---

1. Guy Eder de Beaumanoir de La Haye, dit la Fontenelle. Ce brigand, qui sema la terreur à la fin du XVIe siècle en Trégor et en Cornouaille, aurait enterré le butin de ses exactions dans l'île Tristan. Depuis sa mort en place de Grève à Paris en 1602, l'emplacement du trésor demeure une énigme...

La petite voix d'Elisa se fraie son chemin au milieu de l'enthousiasme des garçons :

— Moi, je préfère l'histoire de Tristan et Iseut... Peut-être qu'ils se sont cachés dans le fort.

— Tu mélanges tout ! Le fort a été construit en 1863, Tristan et Iseut, c'était bien avant l'an mil.

Christian sait, et quand Christian sait, tout le monde s'aligne, y compris et surtout Elisa. Un grand silence suit. Chacun plonge dans ses pensées, l'Histoire s'est invitée. On installe la bâche en hâte, rêvant de brigandage ou de voile blanche pour la blonde Iseut, c'est selon. On dormira presque à la belle étoile sous cette toile tendue par quatre piquets enfoncés à coups de masse. Chipée au chantier.

La nuit est tombée sur le campement de fortune. La chaleur de juillet n'est pas encore redescendue, du sol monte un parfum de foin coupé, de fleurs des champs. Les grillons crissent, s'interrompent dès que Paolig essaie de les attraper, reprennent leur concert. Sur un foyer improvisé de pierres, le feu s'éteint doucement mais les braises rougeoient au moindre souffle d'air et laissent apparaître les carapaces vides d'un festin de crabes que l'on a cuits à l'envers dans leur coque à même les flammes.

Les quatre somnolent. Un peu à l'écart, Elisa s'est appuyée contre un tronc d'arbre d'où elle peut regarder Christian toute à son aise. Elle se dit que quand elle sera grande elle ne vivra jamais très loin de lui.

Est-ce l'obscurité qui fait s'amorcer une conversation différente de celle du jour ? Qui commence à parler du futur ? Paolig et son envie de lointain :

— Quand on partira sur notre langoustier...

Germain sourit dans le vague, l'idée est tentante, mais :

— Et si ça ne collait pas, nous trois, sur un bateau ?

— Tu veux rire, ça colle à terre, non ? Vous verrez, je vous dis qu'on sera comme maintenant. Ensemble. Amis pour la vie, toujours...

Germain soupire, porté par le bien-être ambiant. Amis pour la vie, il en est certain lui aussi, en revanche question langoustier, le doute se faufile : il le voit comme un de ces vœux que l'on fait en suivant la trajectoire éclair d'une étoile filante, avec la volonté aveugle d'y croire tout en sachant que c'est irréalisable. Germain est prisonnier du chantier, prisonnier de son père, engagé dans une voie sans issue. Et, malgré son certificat d'études obtenu avec les honneurs, il se voit ad vitam aeternam rabotant la même planche sans espoir de salut ; l'âge adulte lui paraît à des années-lumière.

Appuyé sur un coude, Christian n'a encore rien dit. Quand Paolig a parlé du langoustier, il s'est mordu les lèvres, mais s'est tu. Il n'a pas envie de décevoir son copain, pas maintenant, l'heure est trop douce, mais il se sent un peu traître. Son rêve est autre. La Marine... Dans quelques années, il partira.

L'ombre d'un nuage voile la lune. Christian se demande si, en faisant rêve à part, on peut quand même demeurer amis pour la vie.

9

Octobre 1958

De la cale ronde, Paolig jette son mégot.

Une grande expiration, tant il est énervé. Le destin une fois de plus lui met des bâtons dans les roues, comme s'il s'acharnait à disloquer impitoyablement le trio si prometteur. Rien ne lui sera épargné : Christian est parti direction Saint-Mandrier pour son école des arpètes[1], Germain est de plus en plus invisible, trop absorbé par le chantier de son père, à moins qu'il n'ait délibérément choisi de l'éviter pour ne pas ressasser les espoirs d'avant. Et maintenant c'est son tour, le coup de massue : rien de moins que la guerre. La guerre de la bolinche. La guerre entre son père et lui par la même occasion, l'une n'allant pas sans l'autre.

Le combat n'est pas à armes égales, Paolig se sent seul, au comble de l'exaspération parce que cela fait des années qu'il en parle et que jamais son père n'a

---

1. Apprentis mécaniciens de la Marine.

voulu l'écouter. Pénible, cette sensation d'être seul contre tous, sans un copain à qui se confier, Christian qui s'est fait la malle et Germain qui s'en fout. Ah, il est bien, lui, au milieu de tout ça ! Il n'en peut plus de ces Douarnenistes arc-boutés sur leurs habitudes, réfractaires à tout changement, incapables de comprendre que le progrès est à leurs portes et que c'est inexorable. Tout ça pour un filet ! Qu'il soit tournant ou pas ne change rien, l'avenir veut se frayer un chemin dans la baie et tout le monde s'y refuse. Paolig a pressenti bien avant les autres ce qui se profilait mais, pour son père, cela signifie avoir choisi le camp des traîtres. Ça n'allait déjà pas très bien entre eux deux, maintenant cela explose. Toute la fratrie s'est rangée comme un seul homme derrière Corentin Le Bihan. Qui écouterait un morveux de seize ans ? Personne, surtout depuis que l'ennemi a osé franchir les limites du bastion. L'irrémédiable s'est produit : les bolincheurs sont entrés dans la baie. Paolig ricane : pourquoi pas « les loups sont entrés dans la ville » tant qu'on y est ! En attendant, Douarnenez bout, tout sens dessus dessous, quasi à feu et à sang comme si le point de non-retour était atteint.

Il y a deux jours, le coup de filet – tournant bien sûr – de l'*Astre des Flots* a été exceptionnel. Une prise comme personne n'en avait jamais fait, unique dans les annales. Evidemment, avec un hectare de mailles, on ne pêche pas pareil : plusieurs tonnes de sardines, une part[1] de soixante-sept mille francs alors qu'avec un filet droit son père et

---

1. Bénéfice brut à partir duquel est calculé le salaire de l'équipage.

les autres ont beaucoup de mal à atteindre les trente mille francs... et encore s'ils les atteignent !

Donc la pinasse d'Audierne a tiré le gros lot sauf que le gros lot venait de l'intérieur de la baie de Douarnenez, la ligne de démarcation ayant été violée : l'expression flotte dans toute la ville. Et Paolig n'en finit pas de penser qu'il fallait s'y attendre, anticiper. Mais non ! Au lieu de cela, Douarnenez a déclaré l'état de siège, la bataille navale des filets : un jeu grandeur nature contre les barbares du Sud ; Paolig rigolerait s'il ne se sentait pas si mal. Déchiré.

Il est au spectacle, aux premières loges, à observer les quais où souffle un vent de fronde. Dans les bistros, on fourbit les armes à grand renfort de « cause », il ne fait pas bon avoir un avis contraire, ni émettre la moindre critique. Les bagarres fleurissent à tous les coins de rue, les vieux de la vieille contre les bleus. Tout le monde a été enrôlé pour surveiller la baie, pour empêcher les intrus de se faufiler dans le « nid à sardines ». Paolig s'est défilé deux fois, il n'y coupera pas la troisième, sous peine d'être fichu à la porte de la maison pour toujours, dixit le père Le Bihan :

« Tu peux être sûr que si tu te ranges du côté des traîtres, je te raye de ma vie. Plus de fils, je n'aurai plus de fils. Et sans regret aucun ! »

Paolig a haussé les épaules, mais rien répondu, cela le démangeait pourtant. Il est partagé entre l'envie d'en découdre avec son père, le pousser dans ses derniers retranchements, et le regard affligé de sa mère. Pour le moment il penche encore pour Anna, se réfrène. Malgré sa bonne volonté ou ce dernier rempart, Paolig ne tiendra plus très longtemps. Un jour, cela pétera. Lui et son père en sont à deux doigts. Ou alors il faudrait que la guerre de la sardine s'éteigne d'elle-même. Un armistice soudain.

Mais c'est l'inverse qui advient : pour mieux contrôler les bateaux qui jouent les béliers à l'approche des eaux douarnenistes, voilà le père Le Bihan, ce matin d'octobre, aux côtés du meneur de la fronde, Jo Quéméner, partis demander l'intervention des Affaires maritimes. Les deux ressortent satisfaits de l'entrevue, ils ont obtenu gain de cause ; au dragueur de mines déjà de faction, s'ajoutera la vedette des autorités du port. La riposte ne tarde pas de l'autre côté de la drôle de « frontière » : à la barbe des marins de Douarnenez, à quelques brasses du quai, s'est aventuré un deuxième bateau pirate. Pas longtemps, mais suffisamment pour narguer ses surveillants. On y est ! La réplique est féroce. Deux thoniers immatriculés DZ tombent sur le fendeur des mers à coups de tangon, le décapitent de son mât en deux temps, trois mouvements et assomment, malchance, un des matelots. Sérieusement.

Le feu est mis à la poudre.

Le 4 octobre, ce n'est plus un bateau qui s'aventure mais une flottille entière qui force le barrage. Les bolinches sont filées. Corentin Le Bihan est de ceux qui contre-attaquent à coups de boulets de charbon, de pommes de terre, de pétards, contre les intrus, armes aussi dérisoires qu'inopérantes. Les eaux se préparent cependant à la suite, on aligne les pinasses du cru en barricades...

— Qu'ils essaient un peu, ces sagouins, de venir dans le port, hurle Quéméner, le sang coulera, c'est moi qui vous le dis !

Des mots qui trouvent un écho dans la bouche de Le Bihan, juste derrière lui, poing levé.

Mais les sagouins en question n'ont cure de telles menaces, ils foncent, pinasses contre pinasses. La baie prend des allures de Trafalgar pour enregistrer la même défaite cinglante au terme de la journée. Les sudistes sont dans la place, bientôt ils investissent les quais. Dans les rues, les batailles ne se comptent plus, peu importe ce qu'on trouve sous la main, le moindre projectile est utilisé... y compris les sardines. Tout n'est plus que débordements et excès. Qui est de quel bord ? Personne ne sait plus, on cogne... Sabots et poings tombent en rafales, tout est bon pour soulager la hargne de ces derniers jours, la tension accumulée. Pour tenir la marée, le père Le Bihan a forcé sur le vin. Il ne fait pas bon croiser sa route.

Paolig l'a soigneusement évité. Il veut continuer à le faire tant que durera l'embrasement. Il est devant la cale ronde où il vient de jeter son mégot, à deux pas du café de la Rade. Ça tempête là-dedans. Encore une réunion entre deux bagarres, se dit Paolig, qui s'approche pour entendre ce qui se discute bien qu'il s'en doute : au quatrième jour de « guerre » déclarée, les uns n'entrevoient une issue possible que dans la lutte, les autres, pansant leurs plaies, commencent à se lasser, d'autant que le vieux Jo Quéméner a payé les pots cassés : une jambe coincée sous les projectiles divers et variés. On parle d'amputation. Le combat vient de prendre une autre tournure.

Mais ça continue cependant de gueuler à l'intérieur, tandis que les quais se sont un peu apaisés ; les rixes sont allées s'effilocher en ville. La fatigue se fait sentir chez les combattants.

Paolig s'est appuyé dos au mur du café, il roule tranquillement une autre cigarette, se persuadant que tous ces fous furieux finiront bien par accepter l'évidence, que les choses changeront par la force du progrès.

— Alors mon saligot, t'as l'air plutôt content de ce qui arrive !

Son père est sur le seuil, narquois, raide poche[1], remonté telle une pendule neuve.

Ce n'est pas la première fois que Paolig est confronté à l'ébriété de Corentin Le Bihan, mais c'est la première fois qu'il le voit dans un tel état. Yeux rougis, barbe de trois jours, cheveux hirsutes malgré la brosse, poings quasi affûtés. Il a envie d'en découdre, cela saute aux yeux. Pas Paolig, ou alors pas comme ça. C'est leur affaire, une trop vieille affaire pour la régler devant tout le monde, pas devant les vieux, qui viennent de sortir du café à peu près dans le même état.

Paolig veut s'éloigner, mais le père Le Bihan ne l'entend pas de cette oreille, il l'attrape par l'épaule.

— Je t'ai parlé, mon gars, et tu te défileras pas. Pas cette fois, ce serait trop facile !

Derrière eux, une voix avinée lance :

— Corentin, laisse-le donc !

Trois, quatre silhouettes se détachent de la porte. Aussi chancelantes. Aucun ne manifeste la moindre

---

1. « Ivre ».

agressivité envers le fils Le Bihan, même si celui-ci n'a jamais caché où allaient ses sympathies.

— C'est un môme, fous-lui la paix.

— C'est ton môme, Corentin. Il y connaît rien, à la pêche d'ici. Laisse tomber. Il apprendra la vie plus vite qu'à son tour.

— C'est moi qui la lui apprendrai. Et pas plus tard que maintenant. Parce que tout ce qui arrive aujourd'hui, c'est sa faute...

— Arrête tes conneries !

— Si vous voulez pas me suivre, lance Le Bihan en retenant toujours son fils par le col, ça regarde que vous. Mais venez pas me demander de parler en votre nom aux Affaires maritimes demain. S'il y en a un seul contre moi ce soir, vous vous démerderez tout seuls.

Ceux qui s'interposaient hésitent soudain. L'un d'entre eux préfère même rebrousser chemin, pousse à nouveau la porte de la Rade, exporte quelques secondes le brouhaha, disparaît sans demander son reste. Les autres attendent, mais la volonté de retenir Le Bihan n'est plus si offensive.

Celui-ci ricane pour lui-même :

— Je savais bien que pas un ne moufterait. On n'est plus que tous les deux, mon gars, et il va bien falloir que tu t'expliques, maintenant.

Paolig n'a pas bougé, persuadé que c'est le seul moyen de calmer son père. Mais c'est compter sans la succession de ballons de blanc pris au comptoir.

— Que tu sois mon fils ou non, t'es rien d'autre qu'un traître. Et j'ai honte pour toi, Bidorik...

Paolig veut bien calmer le jeu, mais il y a des limites. Et le père Le Bihan vient de franchir la dernière avec ce sobriquet honni...

— Et toi, tu t'es vu ? Y a de quoi avoir honte tout autant... Si tu crois que c'est comme ça que tu vas les arrêter, tu te trompes, et salement... !

— T'as toujours été de leur bord, je parie que t'en sais bien plus que tu n'dis !

— Même si je savais quelque chose, sûr, je te dirais rien.

— Je veux pas de traître chez moi !

— On n'est pas chez toi ici, et j'ai droit d'y être tout autant.

— Douarnenez ne veut pas de toi, mon gars !

Paolig éclate d'un rire amer :

— Tu t'es toujours cru le maître, hein ! Mais cette fois-ci tu as vu, il y en a d'autres qui prennent la place. T'es dépassé et tu t'en rends même plus compte. Et c'est pas en lançant la grosse artillerie contre les bolincheurs que tu gagneras.

Est-ce le mot « bolincheur » qui attire brusquement le monde dehors ? On pousse les portes, on dévale les rues voisines. Le père Le Bihan est trop connu sur le port du Rosmeur pour qu'on ignore les relations entretenues avec son benjamin.

— Ça devait arriver, depuis le temps que ça couve...

Un attroupement s'est formé autour des deux. On retient son souffle. Quelqu'un part en courant chercher Anna Le Bihan.

— Des fois qu'il y aurait du grabuge...

— Ça risque... Corentin a bu un coup de trop.

— Le fiston ferait mieux de ne pas s'y frotter.

Paolig est très légèrement plus petit que son père. Mais, selon toute logique, une même corpulence et sa jeunesse devraient lui donner l'avantage. Cependant la logique n'a plus rien à faire sur le quai Grivart, juste la haine latente entre ces deux-là. Toute la frustration, toute la rage accumulées depuis des années remontent dans les poings de Paolig. L'espace d'un instant, il a été tenté de reculer mais maintenant il s'y refuse, pas devant tout Douarnenez, Douarnenez qui ne veut pas de lui, Douarnenez qui a choisi comme un seul homme le camp de Corentin Le Bihan, lequel n'a jamais vu plus loin que le bout de son quai.

Paolig hésite encore. Oh pas longtemps ! Une petite seconde. Une seconde, ce n'est rien, c'est déjà trop. Le coup que lui assène son père en pleine figure le lui prouve. Avec une puissance qu'il n'aurait jamais imaginée compte tenu de son état, d'une violence telle que le souffle lui manque. Paolig vacille comme un arbre qu'on abat, des mouches bourdonnent dans sa tête. De ses narines coule quelque chose de chaud, d'épais. Il veut tenir debout, il veut répliquer, mais ses bras ne semblent plus reliés à son corps, il s'ébroue et, dans son mouvement de tête, quelques gouttes rouges s'éparpillent.

La foule est suspendue à sa réaction, elle s'est reculée pour offrir plus de place au combat, répond par vagues aux mouvements des deux combattants. Paolig ne distingue que des ombres, une grande masse noire, démesurée, hostile, qui fait bloc contre lui. Il ramasse ses muscles, courbe le dos. Le cœur lui toque de partout, dans les oreilles, au creux de son cou, dans les mains. Il doit tenir pour que la honte ne soit pas de son côté, puisque c'est lui qui a raison. Il a raison, comment pourrait-il en douter ?

Il n'est plus qu'une bête blessée qui veut se relever. Tenir tête, si ce n'est donner les coups. Il se redresse, se déploie tant bien que mal. A-t-il l'intention de répliquer ? Nul ne peut le dire. Son père se méprend-il ? Il lui porte le second coup, malgré l'intervention de deux hommes jaillis de la presse :

— Eh, tu vas pas tuer ton fils, quand même !

Paolig a tout juste le temps de se dire : Si, ça y est ! Sous les « Oh ! » atterrés, il s'écroule.

Face contre le pavé.

Fatigué, si fatigué.

10

— Il t'a sacrément amoché, ton père !

Germain s'essaie à la rigolade. La tête de Paolig est enflée comme un ballon de baudruche échappé des Gras. Ses joues affichent des couleurs qu'il n'avait jamais vues, un dégradé d'arc-en-ciel. Il aimerait bien l'entraîner vers la plaisanterie mais Paolig ne marche pas. Depuis trois jours, il s'est enfermé dans un mutisme total. Personne n'est parvenu à lui tirer un mot. Si... Elisa. C'est la seule que Paolig supporte et à laquelle il offre un semblant de sourire autant que peuvent le lui permettre ses lèvres gonflées, fendillées, croûtées de noir.

Les copains de son père l'ont traîné dans un piteux état, encore sous le choc, jusque chez les Cariou. Paolig avait trouvé la force de murmurer qu'il ne voulait plus jamais remettre les pieds chez lui. Il refuse depuis de traverser la rue. Anna, sa mère, vient chaque matin avant de partir à la conserverie, passe chaque soir en en sortant. Il ne l'accueille pas mieux que les autres, et pourtant ça lui fend le cœur de voir sa mine. Il se doute bien de ce qu'elle entend, le père

Le Bihan n'a jamais fait dans la discrétion, tout le voisinage sait désormais qu'il n'a plus de fils.

— Tu verras, ça lui passera ! Un peu de patience, assure Anna au chevet de Paolig, muet.

De la patience et puis quoi encore, de l'indulgence pendant qu'on y est ? Paolig n'attend pas, n'attend plus, se console en apprenant que son père n'a pas dessoûlé depuis le fameux jour et surtout que la guerre de la bolinche se poursuit sans lui. De toute façon, il ne veut plus entendre parler de tout ça, préfère ne pas relever lorsque sa mère soupire. Il a conscience qu'elle espère, qu'elle lui tend une perche, mais il se refuse à la saisir, estimant qu'elle aussi a choisi son camp. Un camp qui n'est pas le sien. Aussi, pour mettre un terme à leur tête-à-tête inutile, il se retourne, tête vers le mur comme à chaque fois, et fait mine de s'endormir.

Il n'y a qu'une chose qui l'empêche de sombrer tout à fait : l'envie de partir, de tout quitter. Comme il ne peut pas bouger tant son corps lui pèse, l'imagination a pris le relais. Il échafaude, construit, organise ses rêves. Non seulement il partira, même s'il ignore encore quand, comment, avec ou sans langoustier, mais en plus il fera fortune. Ce sera sa vengeance suprême. Tout Douarnenez le jalousera, son père s'inclinera. Il sera Paolig Le Bihan, non plus fils de son père. On dira de lui :

« Ah oui, le Le Bihan qui a réussi ! »

Bien plus que tous les discours, ces songes le soutiennent. Et puis, il est bien chez les Cariou. Marie-Berthe est la discrétion personnifiée, on ne l'entend pas, une vraie souris grise, elle ne dit rien – idéal pour lui en ce moment –, passe peut-être un peu trop de temps à égrener les « mon pauvre petit », mais à force Paolig ne les remarque plus. Quand il en a soupé, il s'endort, s'enfuit dans le sommeil, y passe des heures, jour ou nuit. Seuls les éclats de voix de Jos Cariou peuvent venir à bout de cette léthargie et encore. Ce dernier est tellement absorbé par son chantier que c'est à peine s'il a noté la présence d'un nouveau pensionnaire sous son toit.

Il a simplement demandé à Paolig :

— Pas d'embrouille chez moi. Je veux pas d'ennuis avec ton père.

Paolig est bien trop sonné pour songer à la moindre embrouille. Il promet tout ce qu'on voudra pourvu qu'on le laisse dormir.

Puis, bientôt, il songe moins à dormir. Un dérivatif est venu tout balayer. Ce remède qu'il attend chaque soir avec fébrilité a un nom qu'il prononce pour lui-même de plus en plus fréquemment. Celui d'Elisa. Elle arrive en fin d'après-midi, s'assied à ses pieds, rit, virevolte, occupe toute la chambre, n'en finit pas de parler de tout, de rien, avec un entrain qui « réveillerait un mort », affirme Germain, qui essaie en vain d'y mettre le holà :

— Mais tu vois pas que tu le soûles, ce pauvre Paolig ! Il est en convalescence, il ne se relèvera jamais si tu continues !

— Je te soûle ? C'est vrai, Paolig ?

C'est dit dans un éclat de rire, en écartant d'une main rapide les cheveux qui lui mangent le visage et qu'elle s'autorise dénoués à la maison car au lycée, c'est interdit. Une rivière de cheveux tout en vagues d'un brun chaud qui lui descendent jusqu'aux reins et où se glissent quelques reflets que Paolig qualifie de soleil.

Comment résister à un tel tourbillon ? Paolig ne résiste pas. Il a craqué déjà depuis un certain temps, sans se l'avouer jamais. Mais à se trouver en permanence avec cette présence dans la maison, qui même quand elle n'est pas là fleure Elisa, il est bien obligé de constater qu'elle occupe une bonne partie de ses pensées. Peut-être le sait-elle ? Peut-être pas. Maintenant qu'il est dans la place, Paolig se dit qu'il parviendra bien, d'une façon ou d'une autre, à le lui faire comprendre, voire partager. Il en est comme de ses rêves, tout lui semble possible depuis qu'il a élu domicile chez les Cariou. Chaque soir, il attend la venue d'Elisa, fait semblant de dormir, pour qu'elle se moque :

— Paolig, ne me dis pas que tu dors encore ?

Il exagère un peu ses courbatures, grigne du visage quand il se retourne, un peu plus lentement qu'il n'en est capable en réalité.

— Ça te fait mal ? Ton père n'y a pas été de main morte...

Puis elle saute du coq à l'âne, « Que je te raconte !... », et déroule sa journée, en ponctuant son récit de rires, de mimiques qui font fondre Paolig, puis marque un silence pour reprendre son souffle, repartir dans la foulée :

— Tu ne veux pas savoir où ils en sont, pour la bolinche ? Ils ont gagné... ajoute-t-elle sans attendre la réponse. A partir du 1er janvier prochain, ceux d'ailleurs auront le droit de rentrer dans la baie, signé le ministre de la Marine marchande. Tu te rends compte ? Dis quelque chose... ça doit te faire plaisir, non ?

Même pas. Soudain la victoire – et victoire y a-t-il réellement ? – est amère, comme une page qui se tourne. Paolig se demande tout à trac si le fait que son père n'ait pas dessoûlé depuis tous ces jours n'est pas le résultat de cette décision du ministère plutôt que du fait de lui avoir cassé la gueule. Il l'imagine perdu sur sa chaise à parler tout seul, à ran-ouenner sur ces foutus bolincheurs qui vont lui bousiller sa baie maintenant qu'ils y ont droit de cité... et il ne comprend ni comment ni pourquoi une vague de pitié le submerge.

Merde ! Le vieux et sa baie...

Plus de deux semaines ont passé, Paolig n'a pas réintégré le 5 alors que toute trace de couleurs suspectes a depuis longtemps quitté ses joues. Personne ni d'un côté ni de l'autre de la rue n'ose aborder le sujet, certainement pas Anna, qui espère toujours que Paolig reviendra à d'autres sentiments envers son père, encore moins Marie-Berthe, qui s'effraie d'un rien et que la perspective de s'immiscer ne fût-ce que d'un mot dans la vie d'autrui fait se renfermer dans sa coquille de timidité.

Jos Cariou, lui, ne s'encombre pas de ces « sornettes de bonnes femmes » ; un dimanche soir, il convoque Paolig et lui met le marché en main :

— Mon garçon, pour le moment tu es là, c'est entendu. Mais chez moi, on n'est jamais resté sans rien faire. Le choix, tu l'as : soit le chantier, j'ai toujours besoin de mains, soit reprendre la sardine. A toi de voir, mais vite. Je nourris pas les bouches inutiles...

Comme pour donner plus de poids à sa proposition, Jos Cariou l'a faite devant témoins, toute la famille réunie. Personne n'est à l'aise, personne sauf Paolig, car curieusement il apprécie l'alternative qui va l'aider à tirer un trait sur avant. Il en a soupé, de la sardine. De plus, l'autre jour, il a vu Germain compter, recompter sa paye après sa semaine de travail, en faire autant ne lui déplairait pas. Il a une petite idée derrière la tête, un cadeau pour l'anniversaire d'Elisa à la Toussaint. D'ici là, il aura économisé suffisamment.

Sans réfléchir plus avant, il n'en pas besoin, il jette :

— Le chantier !

Tout le monde se détend. Jos se fend d'un sourire et Germain d'une grande tape dans le dos de son ami.

— Tu rigoleras moins demain soir, à mon avis !

Comme d'habitude, Elisa rit. Spontanément, elle appuie son rire d'un baiser sur la joue de Paolig. Baiser rapide, léger, furtif, qu'il reçoit, chamboulé sans rien en laisser paraître, évidemment. Mais dans son lit la caresse des lèvres d'Elisa lui trotte dans la tête. Il en est certain maintenant, elle pense de même. Sinon pourquoi l'aurait-elle embrassé, devant tout le monde ? C'est bien la preuve, non ?

Il emporte cette preuve, si délicieusement tangible, avec lui chaque matin qui suit, preuve qui décuple son enthousiasme. Il est de tous les côtés du chantier à la fois, tant il se sent heureux. Il ne sait pas faire grand-chose mais y met une réelle bonne volonté. Il a eu la chance de ne pas être préposé au rabot.

— Il y a du favoritisme là-dessous, lui a fait remarquer Germain. Moi j'y ai passé des jours... !

Non, Paolig, étant donné sa force, transporte. Tout. Planches, madriers, écumiers[1]... tout ce qui pèse passe par ses mains. Jos Cariou a vite jaugé l'énergie sous-employée et estimé qu'il pouvait la mettre à rude épreuve. Paolig ne se plaint pas, serre parfois un peu les dents sous la charge mais s'exécute sans rien dire. Ce temps passé à courir d'un point à un autre du chantier lui laisse tout loisir de penser. A Elisa, c'est entendu, à la broche qu'il va lui offrir, mais pas uniquement. Il y a un langoustier en construction juste devant le chantier, Paolig ne perd pas une miette de l'avancée de l'atelier : membrures et pont ont été posés, chevillés sur la charpente axiale. Quatre ouvriers travaillent chaque jour à installer les bordés, ensuite ce sera le calfatage. Il enregistre tout en se disant qu'un jour ce sera son tour, son langoustier sera au même endroit, il y mettra la dernière main, lui-même. Il aura appris comment faire, et Elisa en sera la marraine et... et..

— Dis donc, ça a l'air de gamberger... tu n'as rien d'autre à faire ?

Paolig vient de faire l'expérience des yeux à cent quatre-vingts degrés de Jos Cariou. Il a aussi intercepté le regard moqueur de Germain, à qui il adresse un clin d'œil appuyé. Il est heureux ! Rien ne peut ternir cette jubilation qui le porte. Rien...

Elisa était déjà belle, avec le vert un peu étrange de ses yeux aux taches d'or, et son nez retroussé, maintenant

---

1. Pièces métalliques très lourdes rivées au bastingage et qui servent à faire passer les cordages ou aussières pour amarrer le bateau.

elle irradie, semble flotter. Paolig est sous le charme. Est-ce la broche en forme d'étoile de mer où brillent trois pierres – pas encore précieuses, sa bourse ne le lui permettait pas – de couleurs différentes qu'il vient de lui offrir, enveloppée dans un papier de soie qui crissait lorsqu'elle l'en a extraite ? Ce ne peut être que cela. Paolig a reçu le deuxième baiser en prenant soin de le savourer plus que le premier. Celui-là, il l'avait prévu, il s'y était préparé, espère bien qu'il sera suivi d'un troi-sième, mais loin des regards. Leur moment à eux, qui ne saurait plus tarder. Elisa a l'air ravie, l'air d'être ailleurs, n'écoute pas vraiment ce qu'on lui dit, rit à tout propos. Elle vient de souffler ses quinze bougies sur l'énorme kouign-amann que Marie-Berthe a fait cuire tôt ce matin, se lèche les doigts pleins de sucre mêlé de beurre, admire encore la broche qu'elle a épinglée au revers de son chemisier.

— Paolig, tu t'es ruiné ! Je parie que toute ta paye y est passée… il ne fallait pas !

Mais si, il fallait ! Et si cela n'avait tenu qu'à lui, il aurait acheté la boutique entière. Voilà ce qu'il a envie de lui dire. Au lieu de ça, il dévore sa troisième part de kouign-amann, pas loin de s'étouffer. Une vie sans nuages, c'est ce qu'il entrevoit, une vie toute tracée… avec Elisa. Bon, c'est vrai, il est très jeune, Elisa encore plus, mais maintenant qu'il a un travail il saura attendre, ce ne sera qu'une question de… quelques courtes années. Tout roulera comme il l'a décidé : Elisa, le langoustier… il ne peut plus en douter, le reste ne compte plus, il a tout oublié, n'a plus de passé, cela englobe la maison d'en face et son occupant. Le père Le

Bihan qui, paraît-il, n'est plus que l'ombre de lui-même. Qu'est-ce qu'il y peut, lui, Paolig ? Est-ce sa faute à lui, si la sardine a fui la baie depuis la guerre de la bolinche ? Comme si le poisson bleu avait compris qu'il valait mieux quitter les lieux après y avoir semé le trouble. Est-ce sa faute à lui si dans moins de deux mois le monde de son père s'écroulera définitivement, lorsque seront rangés au grenier les filets droits, que les bolincheurs seront en pays conquis ? Corentin Le Bihan ne sera pas le seul frappé de plein fouet, déjà Paolig a entendu dire qu'au moins vingt bateaux ne repartiraient pas pour la campagne de pêche du printemps. Il y a de la faillite dans l'air. Son père sera peut-être de ceux-là ; si c'est le cas, Paolig sait d'avance qu'il ne s'en remettra pas. Les semaines passées ont effacé la pitié qu'il ressentait. Il campe sur ses positions, son père lui doit des excuses, il n'en démordra pas.

Mais il a autre chose à penser. Décidément, Elisa est trop belle. Depuis tout à l'heure, elle regarde la porte comme si elle attendait quelqu'un, puis sourit béatement, s'amuse de l'air interrogateur de Paolig, qui se demande quel mystérieux message elle veut lui faire passer, tout en se sentant complice. Suprême privilège. Il n'a cependant pas très longtemps à attendre pour comprendre. Le visage ébloui d'Elisa quand la porte s'ouvre le renseigne.

Christian est là.

11

Jupe en corolle, Elisa s'est blottie aux pieds de Christian. Elle l'a pour elle seule. Dans la petite chambre si bien rangée, presque impersonnelle puisqu'il ne l'occupe plus que quelques jours dans l'année, de la rue de la Rampe. Les livres d'autrefois n'ont pas bougé. Un bel alignement. Mille fois, Elisa en a lu les tranches dorées : Henry de Monfreid, Herman Melville, Pierre Mac Orlan, Ernest Hemingway, Bougainville... Tous parlent de la mer qui a pris presque toute la place dans la tête de Christian. Elisa espère qu'il reste un coin pour elle, s'accroche à ce « presque ». Ses lettres, fréquentes et régulières, le sous-entendent, mais elle aimerait en être certaine, que ce soit clairement énoncé et de vive voix si possible.

Qu'ils ont eu de difficultés à se réserver ce moment ! La permission d'une petite semaine de Christian va se terminer demain et jamais ils n'ont eu l'occasion d'être seuls. Ils le sont, enfin pas tout à fait. Mélanie a demandé qu'on laisse la porte entrebâillée :

— Je voudrais entendre, moi aussi.

— Mais, Mam Goz, je t'ai déjà tout raconté cent fois ! lui crie Christian à travers le mur, en souriant à Elisa.

Ils ont tant à se dire. Maintenant ils ne savent plus par quoi commencer. Elisa a appris beaucoup de choses déjà. Christian est assailli de questions partout où il passe, partout on lui a demandé l'autorisation de toucher au porte-bonheur qu'il portait sur la tête le premier jour de son arrivée. Depuis, il a goûté à nouveau aux vêtements civils. Demain il reprendra le bachi[1], la vareuse, au grand col marin, qu'il portera obligatoirement glissée dans le pantalon à pont de serge marine et ses brodequins de cuir brut pour lesquels il a dû sacrifier trois boîtes d'un cirage noir et gras afin de les rendre présentables pour l'inspection. Impitoyable.

Il y aurait tant à dire. Christian reste silencieux. Ce silence ne lui pèse pas mais il est difficile de partager ce qu'il vit là-bas dans l'antichambre de la mer, c'est si loin. Il ne racontera pas combien il s'est senti perdu la première fois qu'il s'est retrouvé dans cette immense cour de l'école de Saint-Mandrier où chaque région d'origine des apprentis avait son banc attitré, et où s'y asseoir passait par un véritable rite initiatique. Pas plus qu'il n'évoquera le passage chez Kapoul, le coiffeur qui tondait à la chaîne et sans états d'âme. Il en porte les traces évidentes, ce qui n'a pas été le plus facile à vivre. Ou le premier contact avec le réfectoire, la première marche au pas, la promiscuité dans les chambrées de cent dix, mais l'amitié aussi, les rires... tout ce qui fait

---

1. Casquette avec le pompon rouge.

son quotidien depuis trois mois et qu'il va retrouver dans deux jours après avoir traversé toute la France dans son « train patates »... avec son sac et son barda plié au cordeau.

Le choix qu'il a fait de cette vie, il ne le regrette à aucun moment parce qu'il le mènera sur le bateau qu'il convoite. Encore un peu de temps et si tout va bien il embarquera sur la *Jeanne*. Elisa comprendra car dans cette vie, dans sa vie future, il l'inclut. La question ne se pose même pas, la distance le lui a confirmé. Rien ne pourra se faire sans elle qui se tient devant lui, avec son visage souriant, dans les yeux les taches dorées qu'il s'amuse à compter comme avant. Il y en avait combien, déjà ?

Il veut vérifier, prend le menton dans sa main, le lève vers lui. Une seconde auparavant, il ne pensait qu'au jeu, qu'à compter. Soudain le trouble réciproque, car Elisa a rougi. Elle ne rit plus. Sa poitrine se soulève au rythme de son souffle qui s'est accéléré. Christian l'aperçoit dans l'échancrure du corsage. La peau mate, ambrée, qui semble de soie. Si douce... La bretelle du soutien-gorge tendue contre la rondeur de l'épaule et... un minuscule grain de beauté juste dans le creux entre les seins, et cela le trouble plus encore.

Le désir. Il a fait connaissance avec lui, il sait ce qui s'ensuit. Il l'a expérimenté comme les autres là-bas à Toulon, grâce aux bons soins de Miquette et à son initiation expéditive derrière les tentures rouge passé du bordel dans le quartier « Chicago ». Mais le désir qu'il ressent maintenant est à cent lieues de ces expédients. Ce serait mentir de dire qu'il n'a pas envie de sentir sa peau contre la sienne, de renverser Elisa sur le lit qui est derrière eux. Il en crève d'envie. Mais Elisa n'a que quinze ans, et avec elle ce sera autre chose.

Elle a mis les bras autour du cou de Christian, c'est elle qui l'attire à lui, elle qui ferme les yeux et approche sa bouche. Elle sent la menthe. Ses lèvres se posent contre les siennes. Chaudes, vivantes. Ses doigts se sont écartés en caresse sur sa nuque. Un frisson traverse Christian. De sa langue, il entrouvre la bouche tendue, Elisa s'est imperceptiblement reculée. Christian insiste doucement, très doucement mais avec un rien d'autorité. Elisa se raidit, puis sa bouche se soumet en un inaudible gémissement.

Ils ont tout oublié, jusqu'à Mélanie dans la pièce à côté, qui se rappelle à leur bon souvenir :

— Christian... il faudrait bien que tu finisses ton sac. Dame, je sais pas plier tout ça comme c'est l'usage !

Ils se séparent vivement. A regret. Les yeux rieurs et la bouche déjà complice. Ils se reprendront, tout à l'heure, demain matin, peu importe, mais ils se reprendront. L'envie de l'autre est née. Elisa se lève la première, lisse sa jupe.

— Il faut que je file !

— Déjà ?

C'est bon d'entendre le « déjà ».

— A tout à l'heure ?

— Evidemment !

Leurs mains se caressent de la paume, du bout des doigts, se répètent : à tout à l'heure, ont un mal fou à se séparer. Un baiser rapide mais qui redonne envie. Il faut fuir ! Elisa s'envole.

Ils ne se sont rien dit. A moins que ce ne soit l'essentiel.

Un attroupement qui s'étend jusque devant l'épicerie-buvette cueille Elisa au sortir de la maison. Elle plane encore au-dessus du monde, accrochée à son nuage, a envie de crier à tous ces gens qui se pressent et commentent elle ne sait quel événement :

« J'ai embrassé un homme pour la première fois ! »

Un homme ! Christian est-il un homme déjà ? A n'en pas douter. On le sent différent des autres. Il possède une assurance que n'a pas Paolig par exemple, ni Germain d'ailleurs... Germain qui s'extrait de la foule, l'attrape par le bras.

— Où t'étais ?

— Chez Christian, pourquoi ? C'est quoi, tout ce monde ?

— Le père Le Bihan vient de faire une attaque ! Il est dans un sale état. Les pompiers l'ont emmené. T'as rien entendu ? Même pas la sirène ? On dirait que tu viens d'une autre planète, ma parole. Pourtant sa maison est à deux pas. De là, tu aurais dû...

— Ça va ! J'ai compris ! J'ai pas entendu, j'ai pas entendu. Et Paolig ? Il le sait ?

— Je fonce au chantier le chercher. Heureusement, Christian ne part que demain. On sera pas trop de deux pour le soutenir.

La douche est glaciale. Elisa craint de ne pas avoir Christian pour elle avant son départ, regarde Germain partir en courant, reste plantée là sans savoir quoi faire, perdue dans la bousculade, avec ses sensations toutes neuves.

Le lendemain, ses craintes sont avérées : ils n'ont pas trouvé une minute pour s'isoler. Leurs mains se sont frôlées lorsqu'ils se sont croisés, mais rien de plus…

Car tout naturellement, avec l'accident du père Le Bihan, dont l'état suscite les plus vives inquiétudes – il n'est pas impossible qu'il reste cloué sur un fauteuil sans l'usage de la parole ni de ses membres –, le trio s'est reformé. Et Elisa a compris qu'il lui fallait s'effacer.

Les trois se sont enfermés dans la chambre de Germain jusqu'à l'heure du train, il s'agit de convaincre Paolig qu'il n'est pour rien dans ce qui arrive. Avec les mêmes arguments des deux côtés.

— C'est lui qui t'a cogné, pas l'inverse, n'oublie jamais ça !

Mais Paolig ne veut pas entendre. Il n'en démord pas :

— Je l'ai toujours provoqué, vous le savez aussi bien que moi.

— C'est pas en te rongeant les sangs, et en ressassant tout ça, que tu lui rendras la santé !

— Pour une fois, Christian, c'est toi qui parles sans savoir, s'agace Paolig. Tu n'es plus là depuis des mois… Qu'est-ce que tu peux dire ? T'as rien vu, rien compris ! De toute façon, t'as toujours été ailleurs, et tu crois qu'il te suffit d'arriver pour que tout le monde…

Il ne finit pas sa phrase, mais l'essentiel est dit, avec agressivité, comme souvent entre ces deux-là. Avant, c'était un jeu, leur façon de s'entendre, cette fois il y a plus, une notion inédite que Christian ne saisit pas, une

rancœur là-dessous. Germain essaie d'alléger l'atmosphère :

— Eh ! Lui tombe pas dessus comme ça !

— Je lui tombe pas dessus. Qu'il se mêle de ce qui le
regarde...

— Mais bon sang, qu'est-ce qui te prend ? Je comprends que tu sois mal... je veux que t'aider...

Paolig hoche le menton. Assis par terre en tailleur, les
épaules tombantes, dans sa tête, ça tourneboule. L'accident de son père est omniprésent, mais Elisa encore
plus, et c'est Christian qui l'aura, maintenant il le sait.
Une infinité de détails lui reviennent en mémoire : *Ce
que j'ai été con ! Elle a toujours pensé à lui. Comment j'ai
pu croire que tout serait possible...* Jamais Elisa ne l'a
regardé, lui, comme elle regarde Christian, en donnant
l'impression que soudain une lumière s'allume à l'intérieur et l'éclaire de partout.

Non, c'est vrai, Christian n'y est pour rien si Elisa
l'aime. Oui c'est vrai, Christian ne cherche qu'à l'aider,
mais son aide, pour le moment, il n'en veut pas, il ne
peut pas. Ce que Paolig aimerait c'est que leur amitié se
mette en veilleuse, le temps de ne plus avoir aussi mal...

— Ouais, t'as raison, j'sais pas ce qui m'arrive,
parvient-il à murmurer en se relevant.

— C'est de voir ton père dans cet état.

— Ça doit être ça, oui... bon, les gars, je ferais mieux
de retourner au chantier. Germain, tu diras à ta mère
que je passerai la saluer tout à l'heure. Ce soir, je ren-
trerai à la maison. Faut que j'aille aider la Mam. Christian, salut, on se verra peut-être pour ta prochaine
perm'...

Le « peut-être » s'incruste, longtemps après la porte refermée. Les deux restent là, la tête dans le vague.

Christian se dit que le choc ressenti par Paolig a été suffisamment violent pour lui faire perdre toute notion du raisonnable. D'ici Noël, tout sera rentré dans l'ordre, les choses redeviendront telles qu'elles ont toujours été. Germain est plus sceptique. Lui était là ces derniers mois, il a vu, comment aurait-il pu ne pas voir ? Il hausse les épaules dans son monologue intérieur.

Indéniablement, leur amitié en a pris un coup. Christian n'a pas l'air de s'en douter. Est-ce utile de l'en informer ? Germain se dit qu'il lui parlera demain.

Ou bientôt.

Enfin, un jour.

Ou... pas du tout.

1964-1966

12

En mer, avril 1964

Tout. Christian a tout vu comme les autres, ressenti le même choc devant la hauteur des gratte-ciel de New York, glosé sur la même sensation d'infiniment petit au pied de ces géants de pierre et de verre, arpenté Central Park à petites foulées, ri devant les écureuils, compté les limousines sur la Ve Avenue, s'est prêté au jeu des cireurs de chaussures installés à la sortie du métro de Wall Street, compris le fonctionnement géométrique de la ville, avec ses avenues du nord au sud et ses rues qui la coupent d'est en ouest, admiré le soleil couchant derrière la statue de la Liberté, mais comment expliquer qu'il ne veut que la mer...

A chaque escale, il ressent la même chose. Pas un moment malgré les ports visités, ces lieux dont la seule évocation des noms fait déjà rêver : Rio de Janeiro, Valparaiso, Canal de Panama, Carthagène, pas un moment où il ne se soit senti décalé. Pas simple de traîner les pieds lors des sorties en compagnie de tous les permissionnaires trop heureux de savourer les découchers autorisés.

Ce n'est pas que Christian dédaigne les bonnes fortunes, il a juste hâte de se retrouver là où il est bien : à la mine[1] ! Pour le moment, il ne veut rien d'autre. Une ambition rivée au corps de gravir les échelons, jusqu'à pratiquer ce que certains nomment à demi-mot zèle, d'un ton un peu équivoque.

— T'es à New York pour t'amuser. Faut décrocher, mon vieux ! lui rappelle le bidel[2].

Est-il anormal ? Si différent des autres ? Il a débarqué cependant, sous le hangar démesuré du Pier 90, suivi la troupe bien décidée à avaler tout Manhattan en profitant de son statut. Les matelots français ont quelques privilèges : dispensés de files d'attente, à condition qu'ils se présentent en uniforme. Pas un monument qu'ils n'aient visité grâce à cet appréciable passe-droit qu'ils doivent à leur pompon rouge, attraction d'autant plus utile quand les filles sont belles.

Même si lui n'arbore plus le bachi mais la tenue de sortie grand bleu marine, grade de second-maître oblige, Christian a essayé de faire bonne figure autant qu'il en était capable. Il a ri presque autant, bu en quantité peu raisonnable, repris les refrains des chansons françaises d'Edith Piaf ou de Maurice Chevalier que tout le monde hurlait en chœur sur les banquettes de moleskine rouge du restaurant français, le Tout-Va-Bien, passage obligé de l'escale pour la *Jeanne*. Haut lieu des rencontres new-yorkaises où, de l'état-major à l'équipage, tout le monde a ses habitudes autour des nappes à carreaux, et où l'on vient chercher sa petite dose de

---

1. La salle des machines.
2. Le capitaine d'armes qui régit la discipline à bord.

nostalgie. Après des mois loin de chez soi, retrouver des Bretons perdus dans l'immensité de la ville, cela vous accroche quelques brillances humides au coin de l'œil, surtout si le dîner a été bien arrosé.

Nostalgie. Dangereuse lorsqu'elle s'ajoute à la déception, Christian a attendu son tour à la distribution de courrier sitôt la *Jeanne* à quai, avec toute la patience dont il était capable, pour se retrouver devant le vague-mestre. Les mains vides.

— Second-maître Kervel, rien pour vous ! Ce sera pour la prochaine fois.

Mais la prochaine fois, c'est dans quinze jours. Autant dire une éternité. Autant dire jamais. Trois escales sans Elisa. Trois escales ! Près d'un mois sans l'écriture ronde toute en douceur sur des enveloppes vélin achetées par cinq à la papeterie de Douarnenez. Il a d'abord pensé à un accident. Mais Germain le lui aurait écrit. Trois lignes, comme il le fait toujours. Ainsi sa dernière missive reçue à Fort-de-France, datée de début février, c'est dire si l'acheminement a traîné :

Tout va bien. Je viens de baptiser mon premier langous-tier. Il est loin le temps du rabot. Dans deux jours les Gras... pas de gondole en vue, mais un carrosse... celui-là non plus ne passera pas le Guet !! Amitiés. G.

Ou bien il l'aurait su par Paolig. Non, il ne l'aurait pas su par Paolig, car celui-ci n'écrit jamais. Déjà, à l'école, l'écriture n'était pas son fort. Maintenant c'est pire, pas une ligne en deux ans. Et c'est à peine s'ils se sont croisés lors de ses permissions. Paolig chercherait à l'éviter qu'il ne s'y prendrait pas autrement.

Donc pas d'accident. Alors quoi ? Quelqu'un ? Elisa partie avec un autre ? Pourtant avant de quitter Brest, fin octobre, il avait été question de leurs fiançailles dès son retour. Elle avait eu un petit sourire un peu triste :

« Je n'y croyais plus !... Et maintenant sur le quai, à deux minutes de se quitter ! Cela fait combien de temps, nous deux ? »

Il ne comptait plus.

« Depuis toujours, je suppose !

— Et après, quand tu reviendras ? lui avait-elle demandé à l'oreille.

— Toujours... »

Elle avait resserré son étreinte, bras autour de son cou, joue contre son épaule, et n'avait plus rien dit jusqu'à ce qu'il embarque. Et au tout, tout dernier moment, avant de se détacher, lui avait glissé :

« Toujours ? Tu promets ? »

Il a dû rêver. L'esprit de Christian s'emballe. Un rien suffit à l'alimenter. Il brode sur la rouerie des femmes. Autour de lui combien d'exemples, de ces ruptures, de ces compagnes qui n'ont pas su, pas voulu attendre... Il n'est pas le premier, ne sera pas le dernier. Il se croyait à l'abri, il s'est fait duper comme un bleu. Toutes les mêmes ! La colère lui vient d'un coup alors qu'il avait trouvé un refuge sur le passavant tribord déserté de la *Jeanne* d'où l'on a une vue imprenable sur New York et son enfilade de crêtes jusqu'au ciel.

Tout l'équipage semble avoir abandonné le navire. Plutôt que de fuir le bateau fantôme, plutôt que de partir retrouver les autres, Christian opte pour le silence, accélère le pas, à travers les coursives habitées de l'odeur si particulière, outre celles de ses occupants, qui mêle chanvre, linoléum, gasoil. Dans la pénombre rouge de l'éclairage nocturne, il rejoint le poste 10, va se glisser dans sa bannette, celle du milieu, s'y installe à plat dos, mains sous la tête. Sa respiration, encore empreinte de sa course, de sa fureur, emplit le réduit. Ses deux mètres carrés. Seul domaine du bord où personne ne pourra venir l'importuner. Pour s'en assurer, il tire les rideaux, rempart symbolique de toile bleue. La vision d'Elisa s'impose aussitôt à lui. Mais la colère est encore trop présente.

Bon sang, c'était pourtant simple ! Elle pouvait écrire, même si c'était pour lui apprendre que tout était fini entre eux. De rage, d'un coup de poing sans élan, il percute la cloison au-dessus de lui. Pas l'effet escompté. Il se retourne sur le côté, en chien de fusil. Il va dormir, seul moyen momentané de ne plus penser, s'installe plus confortablement, une main sous l'oreiller. Sous ses doigts, à tâtons, un morceau de papier, pauvre chiffon. Christian soupire, extrait de sa cachette le dernier mot d'Elisa reçu à Valparaiso, machinalement le déplie, survole les mots qu'il connaît par cœur :

Pourquoi faut-il que nous soyons si loin l'un de l'autre ? Je t'attends, oh comme je t'attends si tu savais...

Fourbe... ! Tout cela est définitivement à reléguer dans le passé. De la lettre fripée, il fait une boule qu'il repousse au fond de la couchette.

Qu'Elisa aille au diable !

Un coup d'œil sur la feuille de service :
Kervel. Allumage.

Enfin, la routine a repris, Christian sera de quart pour la mise sous les feux des chaudières, à quelques heures de l'appareillage. Une fois les machines en route, il aura trop à faire, confiné rue de Chauffe[1], pour monter en passerelle, dès les trois coups de sirène, admirer le spectacle grandiose de la *Jeanne* doublant la statue de la Liberté, et celui de l'alignement parfait de la centaine d'officiers élèves au poste de bande, casquettes au cordeau, au garde-à-vous saluant une dernière fois la ville, sous l'assourdissant ballet bien réglé des hélicoptères américains et français. Peu lui importe. Partir. Le soulagement bientôt. Plus tôt la navigation reprendra, plus tôt il sera délivré de la tentation du pont 02, celui du guichet de la poste. Une fois à la mer, il se résignera plus facilement à la coupure brutale avec le reste du monde. Bien obligé, plus de courrier pour personne, plus aucun lien avec l'extérieur. Une bulle sur l'océan.

Le travail va faire office d'anesthésiant. Christian n'à qu'une hâte : s'y replonger. Mais l'atmosphère est encore « vacillante ». Beaucoup gardent le cœur à terre, l'escale a laissé un flottement imperceptible.

Dans l'équipe, ce jour de départ, Christian va travailler de concert avec un étrange personnage. L'intéressé, bien que le terme lui convienne mal, tant Firmin Coursigues multiplie les occasions de démontrer son total désintérêt à se trouver à bord, a vingt ans, l'accent du Sud, un teint de pruneau, et la susceptibilité à fleur de peau. Il a réussi le tour de force de se mettre à dos la plupart des bouchons gras[2].

---

1. « Dans la salle des machines ».
2. Surnom des mécaniciens.

On lui a déjà fait comprendre :

— Tout le monde n'a pas la chance d'embarquer sur un tel bateau, tu devrais être fier...

— Venez pas m'escagasser, j'serai surtout fier quand j'en descendrai, ça je vous le garantis !

Un dialogue de sourds qui a démarré au sortir de Brest pour très vite dégénérer. A la veille de Noël, plus énervé que d'habitude, il a saisi une barre de fer qu'il a tordue dans une grande gerbe d'étincelles contre les tuyaux de la machine. Crime de lèse-majesté qui a fait passer l'impétrant devant le chef des machines puis devant l'état-major pour un coup de semonce qui l'a momentanément calmé. Momentanément, car un rien suffirait à ranimer la flamme.

« A bord, on a six chaudières, les cinq de la *Jeanne* et Coursigues. Celle-là, pas besoin d'une mise sous les feux, l'allumage est permanent... » est la blague couramment servie. Quand il n'est pas là.

Le reste du temps, on s'efforce de ne pas lui accorder trop d'attention, de regarder ailleurs. En priant qu'il ne rechigne pas à la tâche, fol espoir contre mauvaise volonté, un combat inégal. D'autant qu'il s'offre régulièrement le luxe d'arriver après l'heure pour sa prise de quart. Et quinze minutes de plus à attendre le bon vouloir de Coursigues quand on vient d'effectuer le zérac[1] ferait prendre un coup de sang au plus paisible des mécanos. Jusqu'à présent Christian a bien essuyé quelques propos acerbes de sa part, mais rien qui vaille la peine de s'y attarder. Sans doute sa propension à rester silencieux

---

1. Le quart de minuit à quatre heures du matin.

au travail l'a-t-elle mis à l'abri des éclats de Coursigues qui choisit des cibles plus vulnérables, cependant, si celui-ci s'y frottait maintenant, il trouverait certainement du répondant, car Christian n'est pas d'humeur.

En tout cas pas ce matin. Pas à trois heures et demie, bien que d'habitude ce soit curieusement un horaire qu'il aime car il lui donne l'impression d'un rendez-vous secret avec la *Jeanne*. Dans les coursives, pas grand monde, chassé-croisé de ceux qui entament leur tour de veille et de ceux qui retournent à la caille[1], pour quelques trois courtes heures de sommeil jusqu'au clairon du branle-bas général, à six heures trente.

Petit passage obligé à la boulangerie avant de commencer. L'odeur de pain chaud sorti des fours embaume les alentours, on pourrait se repérer les yeux fermés. Comme pour chacune de ses nuits au travail, Christian y fait une halte, cueille au fournil la baguette presque blanche, à peine cuite, que le boulanger lui a mise de côté, en dévore la mie encore tiède sur le chemin jusqu'au PC machine, où flotte l'arôme tenace du café qui couvre celle plus insidieuse du mazout.

Christian est en avance, de même que six autres équipiers, sur les onze prévus, pas plus réveillés que lui. Personne n'a envie de parler, et on apprécie le silence, si rare dans l'endroit. D'ordinaire, cela siffle, chuinte, roule, vibre, turbine, au maximum des décibels, dans une touffeur à la limite du supportable. Mais avant l'allumage rien ne tourne encore, l'air est presque frais puisqu'on a laissé ouvertes toutes les lourdes portes

---

1. Couchette ou bannette.

étanches. Fait incroyable, Coursigues est déjà arrivé. Enfin, arrivé... Installé dans un coin de la salle de contrôle, pieds sur la table, tasse fumante à portée de main, yeux fermés, tête en arrière. Il somnole. Non, il ronfle. Sa bouche entrouverte laisse filtrer de curieuses stridulations. Sous la désapprobation moqueuse des hommes de quart qui imaginent aisément la réaction du major Galiou, chef du compartiment machine arrière, lorsqu'il découvrira le spectacle. Car taiseux, tout en rondeur et bonhomie, l'œil toujours à l'affût, Per Galiou n'hésite cependant pas à user de ce qu'il appelle, non sans un certain cynisme, « encadrement valorisant » et que ceux qui en ont malencontreusement tâté traduisent plus crûment par « claque dans la gueule ».

Est-ce une fébrilité dans l'air à cause du départ imminent, est-ce le cap des quatre mois de mer qu'on ne franchit pas sans difficultés, qui fait se relâcher l'attention, grimper la tension, et accuser la fatigue, ou un ras-le-bol généralisé de l'attitude par trop désinvolte de Coursigues, dont tout le monde se plaint de subir les désagréments, cette fois, un des membres de l'équipe, qui s'est toujours tenue à une réserve tacite, répond à l'ostensible provocation. Désignant l'endormi d'un hochement de menton :

— Il y en a qui pour moins que ça se retrouvent avec les patates dans le local disciplinaire !

Il n'a pas parlé très fort, ou pas suffisamment, car Coursigues n'a pas ouvert un œil, ni même cillé. On ricane. On va jusqu'à s'enhardir d'un coup de genou dans la chaise, histoire de le déséquilibrer.

— Il ne s'y prendrait pas autrement, s'il voulait chatouiller le major...

Qui a prononcé la phrase ? Nul ne saurait le dire, le fait est qu'elle flotte doucement dans les rires encore plus appuyés et le tintement des cuillères dans les cafés. Aucun des moqueurs n'a remarqué que les ronflements ont cessé. Comme un fauve aux aguets, Coursigues bondit, empoigne sans discernement le bras du premier à sa portée, Christian en l'occurrence, et lui siffle au visage :

— Qu'est-ce qu'il me fait s'il me trouve comme ça, Galiou, hein ? Tu vas aller lui dire, peut-être ?

D'un haussement d'épaules, Christian se dégage posément.

— Lâche-moi.

Un autre s'interpose :

— T'as des réveils difficiles, on dirait...

— Tu me cherches, toi aussi ?

La température monte soudainement malgré la chaudière pas encore sous les feux. Tous supposent des représailles, prêts à administrer une bonne raclée expéditive à Coursigues. Mais, le plus calmement du monde, celui-ci rajuste sa chemise, reprend son café, sirote, l'air de rien, s'offrant le luxe d'un salut au major Galiou, entré discrètement et que de sa place il ne pouvait manquer d'apercevoir en premier. On se reprend, un peu déçu de ne pas en avoir décousu avec l'insolent qui affiche un sourire de vainqueur, de ne pas lui avoir cloué le bec une bonne fois pour toutes, se promettant pour plus tard un règlement de comptes en bonne et due forme.

L'appel terminé, alors que tous prennent leurs postes respectifs, Coursigues, fielleux, glisse à Christian :

— Tu perds rien pour attendre.

13

Depuis combien de temps Christian n'a-t-il pas vu la lumière du jour ? Le ciel existe-t-il encore ? Être en mer et ne pas la voir, comble du paradoxe ! A terre, on lui a si souvent dit :

« Quelle chance tu as... tous ces paysages ! Finalement, tu pars en croisière... »

Mais la mer, il n'a pas besoin de la voir pour la sentir, il est dans ses flancs, il la connaît, repère la moindre de ses humeurs, plus aisément déchiffrable que celles d'une femme, dit-on... Encore que. Il s'était pourtant juré de ne pas laisser vagabonder ses pensées de ce côté-là. Vers Douarnenez, vers les siens. De là à évoquer Elisa, il n'y a qu'un demi-pas qu'il franchit, en pestant contre lui-même, mais le mal est fait. Jamais à terre il n'a eu le souvenir d'accorder tant de réflexions au sujet. Là-bas tout était simple, il suffisait d'un tour au port, d'une virée avec Germain et Paolig pour retrouver les rires. A bord, tout devient grave, prend une importance quasi démesurée, intense, un mot, un silence suffisent pour gamberger. Mais il ne se voit pas allant déverser ses angoisses auprès de ses compagnons de bannettes.

S'épancher, pas trop son genre. La solitude touche parfois au paroxysme dans cette extrême proximité.

Autant profiter de sa pause pour rendre visite à celle qu'il n'a pas vue depuis le départ de New York. Au moins trois jours sans recevoir la claque du vent de plein fouet. Il s'installe dos contre la cloison du passavant, la chaleur ressentie lorsqu'on longeait les côtes de la Martinique, puis du sud des Etats-Unis, est loin. Désormais, la petite brise tout en tiédeur a laissé place à des bourrasques réfrigérantes puisqu'on chemine vers le nord. Le contraste avec la mine, qui flirte avec les trente-cinq degrés au mieux dans les eaux froides pour rôder aux alentours des cinquante dans les tropiques, prédispose à la frilosité.

Pas le moindre bout de terre à des lieues à la ronde, la *Jeanne* s'est éloignée des côtes américaines, pour mieux s'installer dans les eaux internationales. La mer est grise à perte de vue, une infinité de nuances qui vont de l'ardoise moirée, presque noir anthracite, au cendré. Eaux et ciel se confondent. La lumière du soleil, qui a beaucoup de mal à percer la muraille de nuages bas, laisse une trace à peine dorée sur les vagues encore légères, succession de petites crêtes sur lesquelles la *Jeanne* roule doucement des hanches, en prenant ses aises, comme si elle investissait l'océan, s'en rendait propriétaire.

Camaïeu de gris dont doit se servir le peintre de la marine, l'un des invités de cette prestigieuse première campagne du porte-hélicoptères. Installé avec son chevalet en bout de coursive, totalement absorbé par sa palette. C'est la première fois que Christian l'aperçoit, il

se risquerait bien à aller lui parler, à lui offrir une cigarette, mais un message qu'aboie le diffuseur décide à sa
place :

— Le second-maître Kervel est demandé en machine
avant !

Il abandonne à regret ce moment de tranquillité hors
du temps, hors de la fourmilière, retourne en courant
vers son antre, vers les entrailles de la *Jeanne*, dévale
l'envolée d'échappées[1] qui lui donne toujours la sensation de descendre jusqu'aux enfers. Une halte aux ves-
tiaires pour enfiler pantalon de toile et maillot de corps
avant d'affronter la fournaise. Derrière la porte étanche
à volant rouge, un nuage de tabac. Tout le monde
fume. Dans ce brouillard, Christian aperçoit, hélas,
Coursigues, évite son regard, happé dès son arrivée par
le chef.

— Lancement du bouilleur, Kervel. Tu emmènes
Coursigues avec toi. Rien de mieux pour qu'il
apprenne.

Christian déglutit, l'argument au bout de la langue,
mais on ne discute pas les ordres de Galiou.

L'a-t-il imaginé, ou n'est-ce qu'une vue de l'esprit,
Coursigues a son air des grands jours, sûr de lui, une
lueur de défi dans l'œil noir, l'envie de s'y frotter. Christian a dû rêver, la fatigue ou le coup de cafard qu'il
traîne depuis des jours. Pourtant, quelque chose lui
tourne dans le crâne qu'il ne comprend pas, qu'il
n'aime pas, un drôle de nœud à l'estomac. Il ne va pas
se laisser emmerder par un feignant qui ne mérite même

---

1. Escaliers.

pas qu'on lui accorde une pensée. Le seul avantage de leur collaboration : il y a tant de bruit, dans la rue de Chauffe, qu'ils ne seront pas obligés d'échanger un mot. Christian se contentera de lui montrer ce qu'il doit faire. S'il le fait ! Coursigues lanterne, fait tournoyer une clé à volant, qui tombe à deux reprises par terre dans l'entrelacs de pompes, de pistons, de poignées, de volants, dans le dédale de tuyaux, de boutons, de cadrans, de thermomètres, de conduits. Palette de couleurs vives, rouge, bleu, vert, violet qui tranchent avec l'or cuivré des collecteurs ou la masse peinte en blanc de Mirabelle, la chaudière.

La chaleur est étouffante, le bruit insupportable, mais Christian est dans son univers. N'était ce boulet qu'il traîne, tout irait bien, il connaît tout le processus sur le bout des doigts, règle les niveaux d'une main experte, dispose le circuit, les vannes d'entrée et sortie d'eau de mer. Pour montrer sa bonne volonté, il détaille chacun de ses gestes à l'intention de Coursigues, afin que celui-ci enregistre. Mais il semble que ce soit le cadet des soucis du matelot, plus occupé à regarder sa montre et à bâiller. Christian s'efforce à la patience, l'épreuve lui demande une énergie supplémentaire alors que le bouilleur réclame toute son attention.

Autour d'eux, la température a monté d'un cran. Christian fait signe à Coursigues qu'il va descendre disposer une vanne, juste au-dessous de lui ; dans le brouhaha de la machine, il crie :

— Tu attends que je te fasse signe pour ouvrir la purge ! Avec ta clé. Compris ?

Coursigues a dû comprendre. Il remue la tête, un rien narquois, crie :

— Tu me prends pour un P4[1] ou quoi ? A la ramener comme un pontu[2] !

Christian hausse les épaules, laisser dire car décidément rien à en tirer. De toute façon, encore quelques minutes et tout roulera comme il faut, peu importe que Coursigues n'ait rien appris. Il est inutile de perdre son temps avec lui. Christian soulève une des plaques métalliques, se glisse dans l'interstice étroit, graisseux. Les pieds nus, dans des sandales, de Coursigues lui arrivent au ras des yeux. Celui-ci sifflote.

Ne pas s'énerver.

La manœuvre de la vanne est presque terminée. Main en porte-voix, Christian lance :

— Ça va être bon, je te dis quand y aller !

Coursigues n'a pas l'air d'avoir saisi. Christian désigne la clé. Coursigues a-t-il entendu, retenu qu'il devait surveiller le signal avant de s'exécuter ? Sans attendre, il tourne le volant qui bute, grippe, s'acharne. Un minuscule mais invisible jet de vapeur s'échappe. Qui le repérerait dans le tumulte ambiant ? Coursigues le sait-il, qui continue de se démener pour qu'enfin la purge s'ouvre ? Christian relève la tête. Un sifflement à peine audible l'a alerté. Oreille exercée, odorat à l'affût. Flotte un parfum subtil de lavande mâtinée de jasmin,

---

1. En référence au système de notation dans le dossier médical d'un militaire. P1 signifiant une intelligence normalement développée et P2 une personne plus lente, il est facile d'imaginer ce que pourrait être un P4...
2. Les pontus sont ceux de la passerelle.

l'odeur de la vapeur... si reconnaissable à son léger piquant sur les poumons.

Coursigues s'escrime toujours avec sa clé.

Christian n'a pas le temps de lui crier qu'il est trop tôt, bégaie un « Qu'est-ce tu f... ? » exaspéré.

La vanne s'ouvre soudain en grand, libérant la puissance d'un jet atrocement bouillant.

Que Christian reçoit de plein fouet sur le visage.

Le bras en écran. Pathétique et vain réflexe...

14

Douarnenez, septembre 1964

— Tu vas rester combien de temps à regarder ce
mur ? C'est-y que tu veux l'apprendre par cœur ?

En réponse, un silence. Mélanie n'obtiendra rien, elle
le sait, tient bon cependant. Elle a tout essayé, y compris l'humour, pas toujours heureux, ni adroit, mais tant
pis, elle veut faire revenir Christian à la vie. Malgré les
moments passagers où le découragement pointe son
nez, et justement il n'est pas loin de s'installer, défiant
Mélanie qui ran-ouenne à l'envie.

Si c'est pas malheureux, un beau gars comme ça, à se
morfondre, à refuser la vie, tout ça pour quelques centimètres carrés de peau un peu vilains.

Pourtant, elle se l'avoue avec une certaine honte,
lorsqu'elle a vu arriver son petit-fils après les semaines
passées à l'hôpital, si loin, de l'autre côté de l'océan dans
un pays où elle ne mettra jamais les pieds, elle a eu un
mouvement de recul, un haut-le-cœur, mais la présence
d'esprit de le réprimer, y compris son envie de hurler : « Mais qu'est-ce qu'ils t'ont fait ? »

Son Christian, si beau, ses traits fins, sous la blondeur, quelque chose d'un chevalier de vitrail. Trop beau, qu'on lui disait toujours. C'est pas Dieu possible, d'avoir une tête pareille quand on est un homme.

Elle a réprimé son envie de pleurer devant les dégâts : une partie du visage, de la tempe au cou, comme rongée par un acide sur près de cinq centimètres de large jusqu'à l'attache de l'épaule. Et ce bras à angle droit, dont il ne savait que faire.

Maintenant elle s'y est habituée, a noté chaque jour consciencieusement les améliorations. A chaque victoire, ce que Mélanie estimait victoire, Christian ne relevait pas, ne cillait pas. Aujourd'hui encore, il reste tel qu'en lui-même. Prostré, désœuvré. Pire, en guerre contre le monde entier, même pas en guerre, cela signifierait qu'il a retrouvé l'énergie pour se battre, se colleter avec ce monde, juste une haine dévastatrice pour la gent humaine que Mélanie entend sourdre de lui, bien qu'il n'exprime rien. Elle ne sait s'il l'englobe dans son refus, le contraire l'étonnerait.

Personne ne trouve grâce à ses yeux. Aucun ami n'a été reçu ou alors dos tourné, dans le mutisme le plus complet.

Quant à Elisa... le traitement a été exceptionnel par sa dureté. Pour elle, Christian a ouvert la bouche, une des rares fois, pour signifier avant même sa venue, qu'il n'était pas question qu'elle franchisse le seuil de la rue de la Rampe.

Mélanie s'est inclinée, maintenant elle le regrette. Ça suffit. La limite de ce qu'elle peut supporter va être atteinte. Elle a patienté, s'est montrée compatissante, accommodante, conciliante, attentive, il lui faut d'autres ruses sinon le petit va sombrer. Le petit, ce grand corps recroquevillé qui refuse tout dialogue depuis sa visite à Brest, à l'hôpital des armées. C'est depuis ce jour-là qu'il ne parle plus. Avant, il n'était pas très bavard certes, mais il espérait, la guérison s'accomplissait en douceur à son rythme avec son lot de mauvais jours et d'avancées prometteuses. Un jour avec, un jour sans. Depuis Brest, les jours se suivent et se ressemblent tous, intolérablement les mêmes. Pas un sourire, plus un mot, Christian est un mort vivant. Et Mélanie a décidé qu'il était temps de prendre le taureau par les cornes, temps d'évacuer ce qui commence à ressembler à de la pitié malsaine. Elle le reconnaît, elle en était à deux doigts. Mais c'est fini, fini d'aller dans son sens, elle va le secouer, le pousser dans ses derniers retranchements. Personne n'a jamais pu résister à Mélanie, Christian pliera comme les autres. Elle a sa petite idée.

Christian n'a même plus l'excuse, le refuge de la douleur. Il a fini par s'habituer à ce souffle court parfois, cette houle ; c'est un état qui l'habite tout le temps, un état même pas second, puisque le sien. Chevillé à sa peau.

Sa peau !

Ce n'est plus une peau, cette toile émeri, ce lambeau blanchâtre qui lui donne des airs d'albinos.

Dans sa tête, un manège qui tourne en permanence, un ressasseur, un radoteur. Il n'est plus que cela qui revit chaque seconde de l'accident, comme les minutes d'un procès. Le souvenir est moins aigu, mais certaines nuits, que hantent des cauchemars récurrents, remettent la plaie à vif, tout juste si ne lui revient pas en mémoire l'odeur de sa peau sous la brûlure, une odeur d'animal grillé. Il en est imprégné, la renifle partout sur lui.

Au matin, devant sa réalité, épave échouée sur son lit, il n'a qu'une envie, en finir. Il n'est plus bon qu'à contempler les détails du mur là où la peinture s'est écaillée, là où, enfant, il s'amusait à distinguer des personnages grotesques ou fantasmagoriques.

On lui a ôté ses rêves. Il dit « on » pour ne jamais avoir à prononcer le nom de celui qui est derrière tout ça. Depuis des mois, il a usé tout son répertoire d'insultes en pensées, sans pouvoir les lui lancer à la gueule. Dommage. L'impunité de « on » l'empêche souvent de dormir, même s'il a appris de son lit d'hôpital que le bidel avait lancé une enquête de cinquième catégorie pour faute professionnelle très grave ou imprudence. Résultat : vingt jours d'arrêt. Vingt jours pour avoir foutu en l'air la vie de quelqu'un, finalement ce n'est pas très cher payé. Peut-être que « on » ne retournera jamais à bord lui non plus. Justement, c'est ce qu'il cherchait, donc « on » est récompensé.

Et Christian fait peur.

Mélanie a beau dire que cela s'arrange, il voit bien, lui, ce qui est irréversiblement entamé. Ce réseau fibreux et rosé qui court sous l'épiderme, de la tempe droite au bras, attaque l'extrême coin de l'œil en une bride disgracieuse, aplatit l'oreille, entame un peu la joue, descend sur le cou, l'épaule, le bras. Une carte de géographie où les fleuves, les cours d'eau, les ruisseaux, les montagnes seraient d'un blanc écœurant, boursouflé. Ah, c'est sûr, quand il se contente d'offrir son profil gauche, tout va bien. Mais s'il s'avise de tendre l'autre côté... un repoussoir vivant. Et encore il aurait presque pu s'en accommoder, il l'aurait supporté, car même amoché on peut continuer à travailler dans les machines, c'est même le lieu idéal pour se cacher, mais à la brûlure s'est ajouté le luxe du bras qui ne pourra plus jamais plier comme avant.

Plus jamais.

Dingue comme ces deux mots sont insupportables à entendre, lorsqu'on les accole. Il les a rendus siamois. Plus jamais. Il les a empruntés – un prêt qu'il rendrait s'il le pouvait – au chirurgien qui lui a fait subir l'examen du Sigycop[1]. A Brest, six mois après... la visite de reprise. Reprise ! A posteriori le mot fait l'effet d'une gifle. Visite à laquelle il s'est rendu confiant, avec la quasi-certitude qu'il existait encore une possibilité, une fenêtre par laquelle se faufiler, un sauf-conduit dont il aurait pu bénéficier pour embarquer à nouveau au plus vite. Le médecin a secoué la tête.

« Déficit irréversible d'extension complète du membre supérieur droit dû à une rétractation. La cause : brûlures au troisième degré.

— Et alors ?

— Et alors ? Inapte à l'embarquement dans la Marine. Définitivement. »

---

1. Examen qui détermine l'aptitude à embarquer. S : membres supérieurs ; I : membres inférieurs ; G : état général ; Y : yeux ; C : vision des couleurs ; O : oreilles ; P : état psychologique.

Christian a marqué une pause, avant de réagir, comme si la phrase du chirurgien mettait un temps infini à atteindre son cerveau. Quand elle l'a atteint, il l'a évacuée aussitôt, cela ne lui était pas adressé, cela ne le concernait pas. Il est resté assis, a réitéré sa question. Autrement. Persuadé que le médecin n'avait pas compris, que quelque chose lui avait échappé.

« Quand vous dites "définitivement", c'est jusqu'à quand... ? »

Le médecin a soulevé le sourcil gauche, en accent circonflexe. Ridicule.

— Je vous demande pardon ?

Christian commençait à s'énerver. Sa question était claire pourtant, excessivement claire.

Quand reprendrait-il du service à bord ? Six mois, un an...

Il faut l'énoncer en quelle langue, cette question ? La répéter combien de fois, pour qu'il réponde ? Correctement. Et ce bras qui s'affole, qui le lance pendant que le chirurgien palabre inutilement :

« Vous remplirez ce dossier pour l'obtention de votre pension d'invalidité, vous y avez droit...

— Foutaises ! Ce n'est pas ce que je vous demande. Quand ? Quand ?

— Je comprends votre désarroi. D'autres, avant vous... Mais vous verrez, le temps accomplit son œuvre. A terre, vous trouverez...

— Quand ? »

Il le prendrait bien au collet, le médecin, avec son sourcil idiot, histoire d'obtenir sa réponse. Elle finit par arriver :

« Plus jamais, mon gars. »

La pire. Avec en prime le coup de tampon $G = trois$ sur son livret militaire, couperet de guillotine.

Cette fois, Christian a saisi. Bon sang qu'il fait froid dans ce bureau, il n'a plus rien à faire ici, repart comme un automate avec son cadeau.

Il n'est rien. Juste « plus jamais, mon gars ».

Personne.

Paolig a entrebâillé la porte de la chambre de Christian. Il fait sombre, un vrai four. Une ombre est allongée, longue, face contre le mur, bras reposant sur un coussin. La lumière que vient de faire entrer Paolig n'a fait pas bouger l'ombre. C'était à prévoir, on lui a tant dit que Christian n'y était plus là pour personne.

Cela fait une paye qu'il ne l'a pas vu, pas loin de trois ans, ou alors vaguement, de loin, sans chercher. Plus grand-chose à se dire, à partager, des chemins qui se séparent. On entend ça tous les jours, la vie qui va, les amitiés qui se décousent. Paolig ne sait pas trop bien pourquoi il est venu, cet après-midi. Marre. Marre de l'absence, ou alors le regret du bon vieux temps. Pourquoi l'ombre allongée lui évoque-t-elle celle de son père, désormais un légume ? Christian en prend le chemin. Inadmissible à vingt-deux ans. Révoltant.

Paolig aime les raisonnements simples, il sait bien que Christian n'a plus le visage d'avant, mais il n'est pas mort. Alors ? Pas de quoi oublier la vie à ce point-là. Et puis fait-il si peur que ça ? La rumeur court, mais ce n'est que la rumeur. A Douarnenez, on a toujours aimé exagérer, broder, les vieux sur leur banc face à la baie, les vieilles au marché, chacun y va de sa description. Mais personne ne l'a vu tel qu'il est réellement, et quand bien même ce serait terrible, Paolig est prêt. Mélanie lui a dit :

« Tu jugeras par toi-même. S'il veut bien se retourner. Et c'est pas gagné avec lui. Mais ce serait bien que tu viennes. Qui sait ? De toi, il acceptera peut-être... »

Les grands esprits se rencontrent, dit-on. Un petit bout de temps que l'idée de renouer avec Christian lui trottait dans la tête, l'occasion a fait le larron. Mélanie n'a pas eu grand mal à le convaincre car Paolig ne vient pas sans arrière-pensée, il a quelque chose à proposer, va essayer de ne pas y aller bille en tête, comme il fait d'habitude. Christian a toujours eu besoin qu'on prenne des gants pour lui expliquer les choses, pas capitaine pour rien, il a toujours fallu lui prouver par a + b le bien-fondé d'un projet, des raisonnements à n'en plus finir. Ce qu'il était pénible parfois et empoté avec sa rame de gondole. Paolig à sa place, longtemps qu'il aurait manié tout ça, vite fait bien fait. Mais ces intellectuels...

Paolig sourit dans le noir, va s'asseoir au bout du lit.

— J'ai réparé la gondole. Ce serait bien que tu viennes la voir. Elle a un vrai fond, maintenant.

Le bras de Christian a bougé, les mots ne suivent pas. Paolig n'a jamais pensé que ce serait simple, maintenant qu'il est là, il s'entête. La situation dépasse son entendement, l'exaspère trop pour ne pas être tenté de titiller Christian. Enfants, un rien les opposait, il aimait les échanges un peu chauds, qui se concluaient souvent par une bonne bagarre où il avait toujours le dessus. Pourquoi les choses auraient-elles changé ?

— J'ai besoin de toi.

Paolig s'est lancé, il s'était juré de ne pas s'emballer mais... on ne se refait pas : il n'a jamais été du genre à biaiser.

— A force de bosser au chantier du père de Germain, j'ai mis des sous de côté. Pas mal. Encore un peu et je l'aurai, mon langoustier. Tu vois, je suis têtu.

Christian ne réagit toujours pas, Paolig passe outre, trop convaincu par son idée pour ne pas la partager :

— Je voudrais que tu m'aides à mettre Germain dans le coup. Il est tout près de céder, mais vis-à-vis de son père, ça le gêne. Pourtant lui aussi il a l'argent. On pourrait l'avoir enfin, notre bateau. Depuis le temps qu'on en rêve... Tous les trois.

Un peu gonflé, ce « tous les trois », mais qui ne risque rien n'a rien.

— Germain t'a toujours écouté. Ça te prendrait pas longtemps...

— Fous-moi la paix, c'est ton rêve, pas le mien.

La voix est posée. Pas aimable, mais Paolig a souvent entendu son père dire : « Tant qu'y a du répondant... »

Il ne va pas capituler maintenant, pas quand la bagarre se profile. Tout ce qu'il aime...

— Peut-être que c'est plus ton rêve, mais c'est pas une raison pour laisser tomber les copains. Ça te prendra quoi ? Une demi-heure de ton précieux temps. Et à ce que je vois, tu es très occupé...

— Si c'est pour me sortir ce genre de conneries... t'as rien à faire ici.

— T'as toujours pensé que le monde tournait rien qu'autour de toi. Bien dommage que ce qui arrive t'ait pas changé. On est tous là à te plaindre et toi tu joues les seigneurs...

— J'ai jamais demandé à personne de me plaindre. Je veux juste qu'on me foute la paix. Compris ?

— Et ça va te donner quoi, de rester là...

— Rien ! crie Christian, hors de lui. Rien ! Juste ça !

Il allume la lumière, offre la vision de son visage meurtri à Paolig.

— Tu m'as vu, alors maintenant dégage !

Paolig aussi est hors de lui. Il explose comme autrefois, joue quitte ou double, ose l'impensable :

— Et c'est pour ça que tu nous fais chier depuis des mois ? Pour trois malheureuses cicatrices !

15

L'aube est une heure idéale. Pour rôder sans être repéré. Douarnenez au tout petit matin ne peut être hostile, pas encore. Christian descend le chemin, tête baissée. Le froid, excuse toute trouvée pour remonter son col, s'emmitoufler dans l'horrible écharpe que lui a tricotée Mélanie. Sa grand-mère n'a pas son pareil pour choisir des couleurs qui ne vont pas ensemble, celle-ci est certainement le pire exemplaire qui lui ait été donné de porter, vert pistache marié à un violet cardinal. Pour la discrétion, on repassera, mais elle est parfaite dans le rôle que Christian lui a assigné : dissimuler son visage jusqu'au chantier. Après, peut-être osera-t-il le montrer au grand jour, à tous les gars certainement curieux de savoir à quoi ressemble le grand brûlé, qui n'a plus qu'un bras valide. Le médecin lui a affirmé :

« Bougez un peu plus et vous arriverez bien à quelque chose, un jour... »

Tu parles d'un réconfort ! Un jour ? Il a failli demander, à celui-là aussi : « Quand ? »

Mais depuis Brest il sait pertinemment qu'il ne fait pas bon interroger ces gens-là sur le temps qui passe. Ils ne doivent pas connaître l'existence des calendriers. Donc il se bouge pour ce premier matin. Depuis... Mieux vaut ne pas compter, il serait capable de retourner devant son mur. Il est parti avant le réveil de Mélanie pour lui faire la surprise de son retour tout à l'heure lorsqu'il aura passé l'épreuve.

Drôle de retrouver les pavés, de sentir à nouveau ses pas résonner, chaque détail si inchangé lui renvoie sa propre image à jamais modifiée. Il a bifurqué vers le port pour faire le grand tour, plutôt que d'affronter les rues. Les volets qui s'ouvrent, les têtes qui dépassent, les premiers bonjours, l'odeur de café, les halles qui s'éveillent, très peu pour lui. Le port est moins inquiétant malgré la mer. Va-t-il reprendre à son compte la manie de Mélanie ? Tourner le dos à la grande avaleuse... Au contraire, il l'affronte, au bout de la cale ronde. Les feux l'irisent. On dirait une grande tache d'huile qui clapote sur les pierres, étire les ombres des bateaux au fèze[1] qui dorment en se balançant. Berceaux encore sombres qu'éclairent de vert doré les feux alentours et que rapproche le moindre sursaut du vent mêlant les mâts en un mikado géant. Le canot du treïzour[2] amarré à la cale raie[3] fait relâche, entracte bref que réveilleront les premiers cris pour aller retrouver les pinasses.

Fouillis ordonnés de dentelles prêts à se déployer bientôt, tout à l'heure, les filets sont au repos à fond de barques. Tout est au repos, les chaises du bistrot de la

---

1. Mouillage.
2. Passeur.
3. Là où les palangriers débarquaient les raies.

Rade, les commérages dans la bouche édentée des petits vieux sur leur banc.

L'odeur de sardine monte des conserveries, toutes lumières allumées. Derrière les murs, une rumeur, un brouhaha de femmes. Christian ne veut croiser personne, surtout pas les rires, accélère le pas, suit de la main – oui, celle si paradoxalement active qui termine son bras inutile – le mur longeant la grève des Dames. La route serpente, livre dans un virage la tache noire de l'île Tristan bloquant l'horizon, la cale du Guet, le sentier que Germain trouvait si long jusqu'au chantier. De l'autre côté de l'eau, Tréboul, l'autre monde que relie le pont.

Il a l'impression de réapprendre le paysage mais avec l'humilité qui lui faisait défaut lors de ses dernières permissions, quand il ne regardait plus sa ville qu'avec une certaine condescendance, s'amusant à redécouvrir des lieux qui lui avaient paru si grands à l'âge de l'enfance. Maintenant, la ville l'écrase de son importance, ou de l'importance qu'il lui confère soudain. Il a peur de son jugement, peur de ne plus être capable de se jucher à sa hauteur. Quelle hauteur ? Inatteignable !

Répondant aux bateaux, chargés de ciment, de sable, de bois ou de rogue de Norvège, et aux derniers caboteurs qui choisissent encore le Port-Rhu plutôt que le Port-Neuf, les chantiers s'alignent le long des quais, de la place de l'Enfer jusqu'au fond de la ria de Pouldavid, une fois dépassée l'usine à gaz. Les ébauches de coques bardées de béquilles attendent qu'on les bichonne. Le squelette d'un langoustier en construction, tous bordés à découvert, sert de figure de proue à l'immense hangar Cariou.

Les souvenirs refont surface. Il est en culottes courtes, portant une gondole, dans les rires et l'insouciance...

— Christian ?

Germain vient de le surprendre en pleine contemplation, une main sur son écharpe. Comme s'il craignait tellement que celle-ci le trahisse. Il a chaud, là-dessous.

Tout sourire, Germain ignore l'écharpe, le regard qui fuit, ne veut que partager l'enthousiasme devant l'œuvre attendant d'être terminée :

— Comment tu le trouves notre langoustier ? Dernier en date ! C'est le monde à l'envers, un Camarétois nous l'a commandé. A livrer dans trois mois. Ça sera court, mais on s'y est tous mis. Tous les bras sont les bienvenus.

Christian grince des dents :

— Ça tombe mal !

Germain ne relève pas. Paolig lui a raconté la scène, la réaction à fleur de peau. Lui non plus n'a pas l'intention de rentrer dans le jeu aussi inutile que dangereux de Christian. Si l'amitié tourne à l'apitoiement, mieux vaut y renoncer, et comme renoncer n'est pas dans son tempérament :

— La tête peut servir aussi, les conseils sont bienvenus. On attend tes suggestions. Une fois sur l'eau, il faudra bien tester le bateau, voir comment il se comporte. Tu pourrais en être.

— Tu plaisantes ?

— Pas trop le temps de plaisanter. Tu as le savoir-faire qui nous manque. On a besoin de toi, à toi de décider. Je ne te demande pas de fabriquer la machine...

— Encore heureux !

— Juste de superviser côté moteur.

— Moi je suis plutôt machine de propulsion.

— T'as ton brevet de mécano ou pas ?

Christian est désarçonné. Quel que soit l'argument qu'il lui oppose, Germain trouve toujours la parade. Serait-il malvenu dans son rôle d'exclu du monde ? Jusqu'à présent, il s'y complaisait, mais l'habit soudain lui pèse. Et Germain qui ne le lâche pas :

— Tu as un boulot en ce moment ?

— Non, mais...

— Tu en cherches ?

Christian montre son bras. Germain secoue la tête.

— Tu en cherches, oui ou non ? Je te propose de surveiller la partie moteur. Tu diriges les opérations. J'ai tous les ouvriers pour mettre la main à la pâte mais pas de chef mécano qui donne les ordres. A prendre ou à laisser. Mais si tu ne prends pas, je ne vois pas où j'en trouverai un autre ici, ça ne court pas les rues. Tu vois, tu as le marché en main. Ah ! J'ai oublié de te dire... ça urge. Evidemment. J'attends ta réponse dans trois jours au plus tard... Même heure, ça te va ? Maintenant j'ai du boulot, je te laisse.

« Même heure », Germain a dit « même heure ». Christian est en avance. S'il avait pu dormir près du chantier, il l'aurait fait, tant il craint que son ami n'ait changé d'avis. Il a pris sa décision ; à vrai dire, il l'avait prise dès la fin de l'énoncé de Germain. Il a remis son écharpe, dernier rempart. Mais pour le reste, plus vraiment d'inquiétude, il assurera, n'a plus peur. Sa technicité, il l'a en tête à défaut de l'avoir dans le bras, il saura la transmettre. Restera à gérer le regard des autres, Germain n'a pas eu l'air de s'en préoccuper, encore moins d'y prêter une attention particulière.

— Ah, tu es là ?

Germain a sa voix des mauvais jours, une ride profonde sur le front, loin de l'entrain de l'autre fois. Il a dû réfléchir, regretter sa proposition. Tant pis pour les rêves, l'imagination de Christian a trop galopé.

Germain n'a toujours pas ouvert la bouche, va directement se plonger dans ses papiers, au fond du hangar, un réduit baptisé pompeusement bureau et que sépare une cloison de bois fin. Une table, une chaise brinquebalante sur un sol jonché de chutes de toutes les essences utilisées pour la fabrication des bateaux : chêne, pin, mélèze…

Sur le seuil, Christian mijote, mais n'en veut rien laisser paraître.

— On se verra un autre jour. Je repasserai quand tu auras le temps.

— Non, non, reste…

C'est dit sans conviction. Politesse que Christian juge inutile, il ne sait que faire de lui-même, gauche, au milieu de tous ces outils qui le renvoient à son incapacité.

Germain a relevé la tête. Sombre, inquiet :

— Le Camarétois me fait des embrouilles.

— Je peux faire quelque chose ?

— C'était trop beau. Je ne me suis pas méfié… pourtant j'étais certain. Il avait l'air tellement emballé.

Qu'est-ce que va dire mon père ? Ce bateau-là, il me l'avait spécialement confié. Comme par hasard ! Le seul que j'ai en charge me claque dans les mains...

— Ça va s'arranger...

— Sûr que non. Le type a dénoncé la commande. Terminé.

— Mais ça ne se dénonce pas comme ça, sans raison...

— Il a des tonnes des raisons, à commencer par son dépôt de bilan. Même si on continuait, on ne serait jamais payé.

— Pourtant... tu disais, l'autre jour...

— L'autre jour, c'était l'autre jour. Aujourd'hui j'ai un langoustier sur les bras, pas terminé et qui ne me sera jamais payé. Sans compter que mon père va me tomber dessus, parce que je n'avais pris aucune garantie. Aucun papier signé. Plus de recours.

Christian voudrait aider Germain, peu importe comment mais l'aider. Il sort la première idée qui lui passe par la tête :

— Faut le terminer, y a pas.

— C'est bien gentil, mais avec quel argent ?

— Celui de Paolig, le tien...

Christian prend une grande inspiration, dénoue son écharpe. Pour la première fois depuis qu'il est hors de chez lui, sa peau est à l'air libre. Il sent le souffle d'air le frôler, inspire à nouveau. Il sait pertinemment qu'il va dire une énormité, la mesure, se jette à l'eau quand même. Une bouée pour son propre sauvetage :

— Et le mien...

Germain le regarde. Médusé. Il a toujours ses papiers à la main, sa figure se contracte, il éructe en un énorme éclat de rire, sonore, incongru, qui emplit tout le hangar, résonne, se cogne aux cloisons de tôle.

— Alors ça, si je m'attendais ! Elle est bien bonne. Tu serais pas un peu brell ?

— Possible. Mais tu vois une meilleure solution ?

— Et je lui dis quoi, au Tad ?

— Tu lui dis rien. Tu finis ton bateau... on finit notre bateau et puis c'est marre. Ce qu'il faut c'est que l'argent rentre. Avec ma solution, tout le monde est content.

— Et toi, t'étais pas au fond du trou ?

— Comment disais-tu, tout à l'heure ? L'autre jour c'était l'autre jour...

— Mais l'argent... où vas-tu le trouver ?

Christian soulève son bras impotent.

— Pour une fois, il va me servir... La pension ! Ce ne sera pas lourd, mais en travaillant je pourrai...

— C'est bien beau tout ça, admettons qu'on mette notre argent, enfin le tien et le mien et encore ça reste à voir, dans l'affaire, admettons ! Mais qu'est-ce qui te dit que Paolig sera d'accord pour en faire autant ?

Christian sourit. Il a l'impression d'une plongée dans leur mémoire commune, quand mentir faisait partie de leur stratagème. Il va s'assurer un succès à bon compte :

— J'en fais mon affaire !

Trop heureux de pouvoir lui annoncer le succès de ses projets, Christian est allé au-devant de Paolig avant que celui-ci n'arrive au chantier. Il le retrouve loin, sur les hauteurs de la ville, en retard, comme souvent – c'est le propre de Paolig, il n'est pas du tout du matin –, et lâche avant même de lui dire bonjour :

— Ça y est, tu vas l'avoir, ton bateau !

L'œil endormi, Paolig tombe des nues. Il met un certain temps avant de saisir la teneur du propos.

— Mon batcau... Quel bateau ?

Christian éclate de rire.

— Le langoustier, il est à toi, mission accomplie. Reste plus qu'à le construire...

Les yeux de Paolig brillent, mais Christian le sent dans la retenue, il n'a pas l'air de croire à ce qu'il vient d'entendre.

— Germain a marché ? Tu as réussi à le convaincre ?

Il est à deux doigts de laisser aller sa joie, se réfrène, met l'accent sur le dernier obstacle :

— Bon, c'est sûr, il manquera encore une somme pour boucler le tout, mais...

Christian fait quelques pas, laisse volontairement filer de longues secondes, juste pour savourer ce qu'il va lâcher, pour que son effet n'en soit que plus réussi :

— Il manquait... Il ne manque plus.

Paolig le rattrape. S'il n'était pas suffisamment réveillé auparavant, maintenant il l'est totalement, le coin de ses yeux plisse, il fixe Christian, attend la suite de l'histoire comme autrefois ; celui-ci se délecte à expliquer :

— Le type de Camaret vous laisse en plan avec sa commande, on récupère le coup, on prend chacun une part dans ce foutu langoustier. Il fut un temps où on était toujours trois, j'ai pensé que ce serait bien de s'y remettre…

Quelque chose est en train de se passer. Certains l'appelleraient état de grâce. Christian et Paolig n'usent pas de ce vocabulaire, mais sont conscients que le passé récent est balayé, qu'ils sont – momentanément ? – retournés au temps où aucun nuage, aucune rancœur ne ternissait leur amitié. L'instant est précieux. Les deux n'ont jamais été de grands démonstratifs, à Douarnenez on a le verbe haut, mais le geste avare. Paolig se fend en riant d'une tape sur l'épaule de Christian, et reprend aussitôt le ton ironique qui a toujours présidé à leurs échanges :

— Tu vois, quand tu veux, tu peux faire du bon boulot.

La reconnaissance affleure, même si elle ne montre pas son visage, idem pour Christian, qui mesure la dette qu'il a envers Paolig. Sans son aide, aurait-il éprouvé cette sensation si aiguë de reconnaissance ?

Tacitement, pour ne pas briser ce moment, ils continuent leur chemin en silence. A quelques centaines de mètres après la place de l'Enfer, l'enfilade de chantiers, toutes portes ouvertes. On entend les bruits de scie sous les hangars, une cacophonie que la rivière, bras de mer, renvoie amplifiée. Christian laisse Paolig le devancer, ralentit nettement. Une angoisse le prend, inexplicable, il en a l'habitude, depuis l'accident, cela se produit régulièrement. Comme une risée. Cela lui hérisse le poil, les pensées, le tétanise, il peut ainsi en quelques minutes passer de l'exaltation à l'abattement le plus complet, il n'y a qu'un remède : attendre que la rafale s'éloigne.

Le médecin l'a prévenu :

« Ce sera un phénomène récurrent, tout comme les cauchemars, rapport au choc que vous avez subi. Vous connaîtrez des moments inexplicables de désespoir, parfois en plein bonheur. Soyez prêt. »

Il a beau être prêt, à chaque fois la surprise le terrasse, le piège, il voudrait pouvoir apprécier l'instant et s'en sent incapable, enroule à nouveau l'écharpe autour de son cou – l'impression d'être une momie à bandelettes –, envie Paolig qui s'est planté devant leur langoustier pour lui détailler l'ossature d'un œil neuf, lui tourner autour, ébloui comme un gamin qui crie « Bras en l'air ! ».

— Gast a kurun[1], il est à nous !

Hilare, il se retourne vers Christian.

— Hein, le Bidorik, pas si nul que ça finalement... Ah, si mon père pouvait voir ça... Bon sang, que j'aimerais qu'il me voie, le pauvre vieux. La revanche que c'est...

Au cri de Paolig, Germain est sorti. Visage tout aussi réjoui :

— T'as raison ! C'est une journée qui commence plutôt bien... ça s'arrose ! Et tant pis s'il n'est que sept heures et demie du matin... Tiens, Elisa ! Tu tombes à pic... y a quelque chose à fêter... et en grande pompe encore...

---

1. « Putain de tonnerre ».

16

— On dirait que la foudre t'est tombée sur la tête !

Germain toque son verre contre celui de Christian, mais celui-ci n'a pas l'air dans son assiette. Elisa est à quelques mètres d'eux, avec la rivière de ses cheveux qui lui coule sur une épaule, – mal – disciplinée par un ruban de velours noir, et l'éclat un peu triste de son regard vert doré. Elle a maigri, perdue dans son manteau de drap sombre. Ballerines aux pieds, elle paraît plus petite que dans le souvenir de Christian, mais toujours un je-ne-sais-quoi de danseuse. Elle ne rit pas comme elle avait coutume de le faire autrefois, pour un rien. En découvrant Christian tout à l'heure, elle a rougi, tout en douceur, s'efforçant de conserver son calme et de rester naturelle, un peu sur la défensive cependant. A son tour, elle lève son verre. Elle n'a pris que de l'eau.

— Il n'y a que vous, les garçons, pour vous saouler si tôt. Moi j'ai du travail.

— Comme si on restait là à se tourner les pouces, dit Germain qui trinque avec elle.

Toute l'équipe du chantier s'approche. Des bouteilles plein les mains.

— On ne sait pas ce que vous fêtez... Mais on veut en être !

Heureuse diversion au malaise qui flotte.

— Une commande à terminer ! rit Paolig, en clignant de l'œil.

— S'il fallait sortir une bouteille à chaque commande, on aurait depuis longtemps mis la clé sous la porte.

— Oui mais celle-là a quelque chose de spécial.

Germain n'en dit pas plus, certains secrets ne s'ébruitent pas, inutile d'expliquer ce qui pourrait être répété trop rapidement à son père. Il n'est pas pressé de lui annoncer l'association, l'entend déjà hurler :

« Moi vivant, jamais tu ne partiras... »

Durant toutes ces années, Germain s'est conformé à ses desiderata. Pas une fois il n'a dérogé. Aujourd'hui, c'est terminé. La proposition de Christian date de moins d'une heure mais tout s'est re-déclenché dans sa tête, comme s'il émergeait d'un sommeil prolongé. Partir. En fait, il ne s'est jamais autorisé à y penser depuis le jour où son père l'a enrôlé au chantier, enrôlé comme un conscrit qu'on force au service, sans dimanche, sans vacances, dix années, à ne rien dire, à tout accepter. Sans s'en douter, Christian vient de lui offrir la possibilité de contrer son père et de mener sa propre vie. Tout peut enfin basculer et l'idée l'étourdit. Du coup, il se verse un autre verre, avec l'envie avouée de se saouler. Oui, ce matin. Ce n'est pas une heure pour les honnêtes gens, ce sera la sienne tant il entrevoit soudain les chaînes qui se dénouent. A-t-il pu se voiler la face à ce point ? A-t-il été lâche à ce point ? Une autre gorgée pour oublier.

Plus personne ne lui mettra des bâtons dans les roues, même pas Elisa. Quoique, visiblement, ce soit le cadet des soucis de sa sœur, qui n'a pas lâché Christian des yeux tandis que celui-ci discute tout ce qu'il peut avec les ouvriers et l'ignore trop ostensiblement pour être honnête. L'alcool aidant, l'euphorie en découlant, Germain voudrait que le monde soit à son diapason, heureux. Aucune fausse note aujourd'hui.

Elisa a repris sa bicyclette, resserre son manteau, glisse dans le col la longue queue de cheval emmêlée, enfile ses gants. Elle va partir. Et cet idiot de Christian qui n'a rien remarqué ou, pire, qui fait semblant de regarder ailleurs.

— Fais quelque chose !

Il a glissé ces mots à l'oreille de sa sœur, qui ne remarque qu'un détail :

— Tu pues le vin !

— Fais quelque chose, je te dis !

— Tu es raide poche.

— Pas impossible, c'est pas le problème. Je te préviens que si tu pars maintenant, tu ne retrouveras pas une occasion pareille.

La bouteille qu'il brandit est quasiment vide. Elisa la lui ôte des mains.

— L'occasion de te voir fin saoul ? Merci, je m'en passe très bien.

— Ne fais pas celle qui ne comprend pas.

Il désigne Christian d'un index mal assuré. Elisa lui rabat le bras.

— Laisse. Il y a longtemps qu'il m'a rayée de sa vie.

— Pas ton habitude de te déclarer vaincue.

— Si tu te mêlais de tes affaires…

— Je suis prêt à parier qu'il ne demanderait que ça.

— Depuis son retour, il aurait eu mille occasions de venir me trouver. Sa porte m'a toujours été fermée.

— T'as pas deux sous de jugeote. Comment voulais-tu qu'il vienne… ? Regarde-le, tout emmitouflé dans son écharpe. Jamais il n'osera aller vers toi. C'est à toi de faire le premier pas.

— Et s'il me repousse ?

Germain fait un grand geste de la main. Théâtral.

— Ça, ma vieille, c'est le risque !

Tout tourne, soudain. Château branlant, il se rattrape à l'une des béquilles du langoustier, d'une voix pâteuse crie :

— Oh là ! Ça tangue par ici.

Encore un coup de roulis, et il sera par terre.

Elisa se précipite. Christian aussi.

A la satisfaction bruyante de Germain, qui leur tombe littéralement dans les bras.

— Eh bien, ce n'est pas trop tôt, vous deux. Si vous pouviez arrêter de faire bouger ce fichu sol, ça me rendrait service…

— Quand on ne tient pas l'alcool, on s'abstient.

Germain pointe la main droite contre sa tempe, salut de soldat obéissant :

— Bien, mon capitaine !

Elisa éclate de rire. Christian aussi.

Tout naturellement ils sont repartis ensemble. Après avoir laissé Germain, en fort mauvais état, aux bons soins des ouvriers, qui n'avaient jamais vu leur patron tenir une telle chidouarnette[1].

Sur la route du port, la bicyclette d'Elisa entre eux deux, appui opportun pour dissimuler le tremblement de ses mains. Beaucoup de banalités échangées, des rancœurs des deux côtés, des comptes à régler et un semblable évitement. Elisa regrette le temps de leur enfance, où tout était simple, où, d'un regard, la compréhension était tacite.

Arrivés rue Anatole-France, ils sont sur le point de se séparer sans être allés à l'essentiel. Elisa soupire déjà, déçue.

— Tu vas travailler ? demande Christian.

— On est jeudi. Il n'y a pas classe aujourd'hui. J'ai tout le temps pour préparer les devoirs des gamins.

— Ah !

Il ne va pas en rester à ce « ah ! » lapidaire, la planter au carrefour et remonter chez lui ? Elisa pense à Germain. Au plus fort de sa soûlerie, il lui a dit : « C'est à toi de faire le premier pas. »

Elle avale sa salive.

— As-tu un peu de temps ? On pourrait aller jusqu'aux Plomarc'h. On y est tranquille en semaine.

— Si tu veux.

Le jeu en vaut-il la chandelle, vu le peu d'empressement de Christian ? Comme s'il n'avait envie de rien. En tout cas pas de sa présence.

— Mais si tu préfères rentrer...

— Non, non... ce n'est pas ça...

_____
1. Cuite.

La spontanéité d'Elisa refait surface :

— Alors décide-toi. Maintenant.

— Laisse ton vélo contre le mur. On y va.

Un soupçon d'énergie. Qui sait ?

Le soleil commence à monter, entre les arbres, peignant les anfractuosités de rochers, en contrebas du chemin, d'une lumière froide, sans ombre. L'envie indicible d'intercepter la main de Christian. Mais celle-ci se dérobe, se refuse (?) à répondre au jeu. C'est à désespérer. Le monologue intérieur d'Elisa s'emballe, demandes et réponses. Et si la promenade devenait un pensum pour Christian ? Et si Germain avait fait fausse route ?

Elle risque son va-tout, fait mine de retourner sur ses pas.

— Qu'est-ce que tu fais ? s'étonne Christian.

— Je rentre. Je m'en voudrais que la perspective d'aller là-bas te déplaise autant.

Il a pris son air triste. Irrésistible.

— Je suis un imbécile, n'est-ce pas ?

— Ça m'en a tout l'air.

Il veut l'enlacer. Mais son bras le rappelle à l'ordre, s'interpose entre eux.

— Tu vois, je ne suis plus bon à rien, même pas foutu...

— Et alors, il t'en reste un valide, que je sache.

— Pourquoi n'as-tu pas écrit ?

Elisa se détache brusquement, le dévisage. Interloquée. Elle ne comprend pas. Christian insiste :

— Faut-il vraiment que je te rafraîchisse la mémoire ? Quand j'étais sur la *Jeanne*, pourquoi n'as-tu pas écrit ?

— Je t'ai écrit à chaque escale... C'est toi qui ne répondais plus aux lettres !

— N'inverse pas les rôles... s'il te plaît !

— Christian ! Nous avions parlé fiançailles sur le quai à Brest, tu t'en souviens ou je l'ai rêvé ? Comment aurais-je pu changer d'avis ? J'ai attendu tes lettres et puis plus rien.

— Evidemment ! Pourquoi aurais-je répondu, puisque depuis Lima tu préférais rester silencieuse... !

— De... depuis Lima ? Qu'est-ce que tu me chantes... ? balbutie Elisa.

— Ne fais pas celle qui ne sait pas !

— Pas du tout... enfin... c'est vrai... jamais je n'ai écrit à Lima, mais je...

Un barrage cède dans la tête d'Elisa. Le rire la prend, qui la libère soudain. Elle vient de comprendre, lâche :

— Tu veux dire que vous êtes allés à Lima ?

Christian semble dépassé, hausse les sourcils. Le rire d'Elisa enfle de plus belle :

— Cela fait pas loin de neuf mois que je souffre pour rien...

— Que *tu* souffres ? Elle est bonne, celle-là !

Elisa rit toujours ; tout s'éclaire : elle a oublié l'escale de Lima ! Sa vie, leur vie, a failli tourner court pour cet oubli incroyable. Sidérée que cela n'ait tenu qu'à un fil... elle répète, sans se lasser :

— J'ai oublié Lima !

Mais Christian ne partage pas l'hilarité d'Elisa. Pas encore ? Elle consent à tout : être impardonnable, étourdie, responsable du quiproquo, mais qu'il se déride enfin !... Pour cela, employer les grands moyens, maintenant ou plus jamais, ils ont perdu suffisamment de temps. Avec lenteur, elle fait glisser l'écharpe. L'horrible écharpe.

— Ces couleurs ne te vont pas du tout.

Christian va-t-il céder ? Il fronce les sourcils, amorce un mouvement de recul.

— Chut... ne bouge pas.

Le visage torturé apparaît en pleine lumière. Elisa en caresse les contours, une caresse légère qui l'effleure à peine. Elle vient d'apercevoir un petit éclair narquois dans l'œil de Christian. Va-t-il capituler ? Elle est sur la bonne voie, pose ses lèvres là où l'épiderme semble de carton, là où la vapeur a entamé la chair en profondeur, là où subsiste un réseau de veinules d'un blanc mat, décoloré. La bouche de Christian interrompt le périple sinueux, retient celle d'Elisa, se fait soudain violente, s'empare d'elle, l'assiège. Tout comme ses mains, qui ont emprisonné les mains d'Elisa. Plaquée contre lui, elle ne peut plus bouger, n'en a aucune envie. Lima est oubliée, elle a gagné, mais de haute lutte.

Le pli est pris. L'allée des Soupirs, sur le chemin des Plomarc'h, est devenue leur refuge. Chaque jour, pour quelques instants volés, au chantier où Christian passe le plus clair de son temps, à l'école des filles où Elisa est institutrice, ils se retrouvent sous les arceaux des châtaigniers et des tilleuls, dans la pénombre des sous-bois.

Se réapprendre. Pas aussi simple que Christian l'imaginait, il a beau s'en défendre : le ciel dans sa tête n'est

jamais tout à fait bleu, comme s'il y manquait éternellement quelque chose, c'est plus fort que lui. Il avait des
rêves qui ont été irrémédiablement anéantis et rien ne
peut venir cicatriser cette plaie. Pourtant, tout devrait
être rose maintenant, Elisa, le langoustier, les copains,
mais non... peut-être que le bonheur parfait n'est pas
pour lui, séquelles de l'accident sans doute, c'est la
seule explication plausible, Elisa a une formule plus
expéditive :

— Tu as toujours aimé te compliquer la vie !

Elle n'a pas tort, mais cela ne règle pas le problème,
alors il l'évacue comme il peut, en se répétant que tout
ira mieux bientôt, quand le langoustier sera terminé,
quand il sera à l'eau, quand... ils seront mariés. Pourquoi pas ? De lui-même, il relance le sujet.

Un vendredi de début de printemps, avec la baie pour
panorama. Le brouillard du matin a réduit l'horizon,
effacé les reliefs du cap de la Chèvre ; les bateaux semblent quitter le port vers un ailleurs qu'on ne peut imaginer, avalé par cette brume basse, lourde, pesante.

Elisa a l'air de tomber des nues :

— Tu es sûr de toi ?

Oui, il est certain autant qu'il peut l'être, avec ses
sempiternels doutes en toile de fond qu'il entend
balayer. Il tient la solution, plus question de la lâcher, se
moque :

— Voilà que tu hésites, maintenant ?

Rare qu'Elisa lui oppose cette gravité. D'habitude,
elle tourbillonne, rit, plaisante, le pousse dans ses
retranchements ; là, elle se contente de demander :

— Et le langoustier... tu partiras ?

— Mais oui, tu le sais bien... fait Christian, qui l'attrape par l'épaule, poursuit : Eh ! Qui se complique la vie, aujourd'hui ?

— Il faut croire que tu déteins sur moi !

— Dois-je prendre ça pour un oui ?

Elle se blottit contre lui, qui sent les hochements de tête au creux de son cou. La brume ne s'est pas levée. Pire : on n'y voit plus à cent mètres. Christian se dit qu'il déteint aussi sur le paysage.

17

C'est au tour de Germain d'être amoureux. D'une Capiste qu'il voit de façon épisodique. Petite blonde aux yeux noirs en amande répondant au prénom de Maria et qui lui a mis la tête à l'envers.

Une catastrophe, étant donné les délais. Paolig l'a prévenu :

— Ce n'est vraiment pas le moment. On part dans trois mois.

— L'un n'empêche pas l'autre.

— Si, tu n'es plus à ce que tu fais.

— Personne ne passera avant la mer.

— Jure qu'on ne retardera pas la date du départ.

— Comme si on avait dix ans ! Et pourquoi pas cracher, pendant que tu y es ? Croix de bois, croix de fer, si je mens... rit Germain dont l'humeur est au beau fixe.

— N'empêche, je veux être certain.

— Certain de quoi ? Qu'on signe un contrat ?

Christian s'en est mêlé. Pour le contrat, pas pour l'histoire d'amour.

— Ce ne serait pas une mauvaise idée, cette association sur le papier. Pour que nous soyons tous les trois mentionnés sur l'acte de propriété du bateau. Juste sous son nom.

— Sauf que le nom, on ne l'a pas encore.

— Il faudra bien trancher. Les Affaires maritimes attendent.

— Aucun ne me plaît.

Ils ont décliné – sans grande conviction – les « Stella » quelque chose, les « Etoiles de », les « Sainte ceci »... rien qui soit à la hauteur de la merveille qui se balance depuis quelques jours dans les eaux du Rhu : trente-trois mètres hors tout, en chêne, moteur de quatre cents chevaux, vivier en iroko de trente tonnes, chambre de congélation. Le plus réussi des mauritaniens depuis des lustres, dixit Paolig, qui n'arrête pas de faire l'article. Et pour le mener... la crème des équipages.

Mais toujours pas de nom.

— On ne va quand même pas partir sur un bateau pas baptisé, ça porte malheur.

Un soir, Paolig décide de prendre les grands moyens :

— Cette nuit, je dors à bord. Ça m'aidera à trouver.

Germain se moque :

— Tu n'aurais pas plutôt peur qu'on parte sans toi ?

— Rigole ! Je te parie que demain matin, je l'ai !

— Marché conclu ! Et si tu ne l'as pas, tu seras de corvée de cambuse jusqu'en Mauritanie... Rendez-vous demain à sept heures. On t'apporte les croissants.

Paolig est tellement certain de son coup qu'il tope la main de Germain, hilare, lequel repart avec Christian, tout sourire lui aussi.

Moquez-vous, les gars, vous verrez !...

Mais c'est surtout Paolig qui voit *son* bateau, pour lui seul, à la tombée de la nuit. Un moment... un moment qu'il ne céderait à personne. Odeur de peinture neuve, vierge de mer. Le pont craque sous ses pas. Il l'arpente dans tous les sens, pour mieux repérer les endroits où les bruits diffèrent, recompte les centaines de casiers déjà à poste, sur le podium à l'arrière, vérifie le portique à chalut sur le côté, va jusqu'à la proue, s'y assoit, jambes pendantes comme lorsqu'il était enfant. Il trinquerait bien à son père :

— Tu n'aurais pas pensé que j'y arriverais, hein ? Tu ne me verras jamais comme ça. De toute façon, du fond de ton fauteuil, tu ne verras jamais plus personne... Peut-être que c'est mieux pour toi. C'est juste dommage pour moi. Ça m'aurait fait plaisir que tu sois fier. Au moins une fois dans ta vie fier de ton fils.

Il secoue la vague de sentimentalisme, emprunte l'échelle, descend dans les entrailles, inspecte jusqu'au moindre recoin, s'imagine le vivier claquant des queues de tonnes de langoustes pêchées sur les fonds sableux du banc d'Arguin, dans les passes qui n'auront pas de secret pour eux. Ils seront les Seigneurs de la Mer[1], avec leur or rose débordant des cales.

L'idée lui vient soudain d'un nom qui ait rapport avec le sable, là où ils cueilleront leurs langoustes, là où ils les moissonneront.

Il va trouver, s'installe pour mieux réfléchir au cœur du bateau, face à la table déployée du carré, la tête pleine à craquer de sensations, déclinaison de premières

---

1. Surnom des Mauritaniens.

fois qu'il vient d'avoir le privilège de vivre. Les autres peuvent rigoler, le langoustier lui appartient peut-être un peu plus qu'à eux.

Comme si le simple fait de les évoquer les avait fait venir, Paolig entend leurs pas, leurs rires au-dessus. Une armada en marche, qui fait tanguer le bateau, qui crie :

— Alors, ça dort là-dedans ?

Paolig ricane du fond de sa tanière. Pacte rompu ! Ils ont embarqué avant le délai... Exempté d'office de corvée de cambuse, toujours ça de gagné, la cuisine n'a jamais été son fort.

La tête de Germain s'encadre la première dans la descente, ou plutôt les deux bouteilles qu'il tient à la main. Du champagne... Avant de sauter dans le carré, il annonce :

— On a trouvé !

Une voix, derrière, rit :

— Eh, tu exagères, c'est moi qui ai trouvé !

Voix que Paolig reconnaîtrait entre mille. Une invitée surprise : Elisa. Jamais encore elle n'est venue à bord. Superbe, cheveux dénoués, dans son pull sombre décolleté en V, son pantalon corsaire, ses pieds nus.

Les trois sont devant lui, un tout petit peu éméchés ou très gais, répétant d'une même voix : « On a trouvé ! », tandis que Christian déballe sur la table une provision de pain, de saucissons, de boîtes de pâté.

— On fête quelque chose ? demande Paolig.

— Ça se pourrait ! Deux choses, même !

— De toute façon vous allez mettre des heures avant de cracher le morceau. Donc autant ouvrir les bouteilles tout de suite...

— Philosophe, le Paolig ! lance Germain, débouchant la première bouteille en un plop qui résonne dans le carré.

Le bouchon va se perdre dans la multitude d'équipets[1].

— Non, je finis par vous connaître par cœur !

Elisa tend son verre.

— Pourrais-tu te passer d'eux ?

Paolig ne veut pas entrer dans le registre de l'émotion, pas devant les yeux d'Elisa, pas devant son charme, à travers les bulles de champagne. Il s'en tire avec une pirouette :

— Premièrement, sans Christian pas possible : il est le seul à avoir son brevet de mécano et aux Aff Mar[2] ils ne plaisantent pas là-dessus. Deuxièmement, sans Germain pas possible non plus, c'est lui qui a mis le plus d'argent dans l'association. Donc non, effectivement je ne peux pas me passer d'eux.

— Et sans toi impossible, jette Christian, il manquerait un témoin pour notre mariage...

Paolig s'étrangle. Le champagne passe mal, il tousse à s'en décrocher les poumons. Tout le monde rit, veut lui taper dans le dos.

— Un mariage tout ce qu'il y a de plus simple, enchaîne Christian... dans trois semaines.

Elisa termine :

— Juste la famille, vous...

— Et nous !

Chœur parfait.

---

1. Placards des bateaux.
2. Affaires maritimes.

Paolig se remet à tousser.

— Bon... Vous disiez qu'il y avait une autre chose à fêter ?

— A tout seigneur tout honneur ! clame Christian, Elisa a trouvé le nom du bateau...

— Mais bien sûr, Paolig, si ça ne te plaît pas... coupe Elisa.

— Il aimera, affirme Germain, il aimera.

Paolig a un peu trop bu, n'écoute pas vraiment ce qui se dit. Il a l'étrange impression de ne pas être tout à fait présent, que les choses se décident sans lui. Il ne distingue plus qu'Elisa, dans le halo de lumière. Bon Dieu qu'elle est belle ! Comme la femme d'un autre.

— Il fallait quelque chose qui parle d'ailleurs...

Christian est parti dans les grandes explications... Sont-elles si nécessaires pour baptiser un bateau ?

— On ne va pas y passer le réveillon ! jette Paolig, qui ne demande plus qu'à retrouver le calme silencieux de sa couchette pour sa première nuit à bord.

Elisa éclate de rire :

— Il n'a pas tort. Allez, on lui dit...

Elle plante son regard dans celui de Paolig, comme une gamine, inspire profondément :

— Qu'est-ce que tu penses de... *Fleur de Sable* ?

Le langoustier est déserté. Depuis qu'ils sont partis, Paolig a dû se répéter vingt fois : *Fleur de Sable, Fleur de Sable*... Drôle de litanie qu'il essaie d'accorder au clapot contre la coque, petits bruits mouillés, réguliers ; impossible de trouver mieux. Sa moisson... exactement ce qu'il cherchait. Les grands esprits se sont rencontrés.

Hélas, rien que les grands esprits ! Nom d'un chien, il a essayé. Toutes ces années, il a essayé, il le jure. Malgré cela, elle ne lui est pas sortie de la tête, ni du cœur, ni de la peau. Elisa est omniprésente. Et ce soir avec ce regard à tomber, c'était pire que jamais. Il a failli lui dire... lui dire quoi d'ailleurs ? Il se le demande encore.

Elle allait quitter le bateau, il l'a aidée à enjamber le plat-bord :

« Elisa ? »

Elle s'est arrêtée, comme en plein vol. Tout son corps déjà tendu vers Christian, à qui elle souriait dans le noir. Christian à terre, en train de discuter avec Germain, s'éloignant sans trop se préoccuper d'elle. Paolig s'est dit que s'il avait eu Elisa à lui, jamais il ne se serait éloigné sans l'attendre.

Il a répété :

« Elisa ! Je voulais te... »

Il était fou. L'impression de se jeter à l'eau, de lancer une ultime bouée.

Elisa se concentrait sur sa descente à quai, elle n'avait pas vraiment l'air de vouloir connaître la suite, ou peut-être n'avait-elle pas entendu, elle a crié en direction de Christian et Germain :

« Eh, attendez-moi ! »

Elle avait les deux jambes de l'autre côté du bateau. Un pied à terre puis l'autre. Elle a remis ses chaussures laissées devant le *Fleur de Sable*, s'est dressée sur la pointe des pieds pour envoyer un baiser du bout des doigts à Paolig :

« Bonne nuit ! Tu voulais me dire quelque chose... on voit ça demain, d'accord ? Il n'y a pas d'urgence ? »

Le réverbère était à deux pas, la nimbant d'une auréole légèrement fauve, éclairant juste sa bouche. Paolig a eu l'impression de recevoir un coup dans l'estomac, tellement il avait envie de mordre dans cette bouche. Si rouge, si tentante.

« Non, rien d'urgent... à demain. »

Elle n'a même pas dû entendre cette dernière phrase, trop pressée de courir vers les deux ombres qui rapetissaient.

Paolig a attendu longtemps avant de bouger, avant d'encaisser. Son cerveau était engourdi, groggy, comme après la bagarre avec son père. Puis le besoin irrépressible de baiser lui est tombé dessus, besoin d'un corps, n'importe lequel pour soulager sa rage, besoin de s'enfoncer dans un sexe pour tout oublier, pour rayer définitivement Elisa de sa vie. Sa hâte l'a fait quitter le bateau tout allumé, il s'est glissé dans la première ruelle, l'a remontée presque en courant. Une adresse au hasard pas difficile à trouver, la liste des corps complaisants est longue. Annaïg ! Il a pris la première, dans l'ordre alphabétique, sans s'attendrir, il en a perdu la faculté. S'il s'attendrit, il débandera à coup sûr et la pauvre Annaïg n'a quand même pas mérité ça.

Elle ouvre la porte. Il faut dire qu'il a tambouriné :

— Tu vas réveiller tout le quartier...

Elle a l'air ravie de cette éventualité, pas loin de la fierté. L'impression qu'elle n'attendait que lui, dans sa chemise et les pieds nus. La lumière vacillante de la pièce l'enveloppe, dévoile le corps un peu replet. Paolig ne dit rien, l'embrasse... se jette plutôt sur sa bouche :

Elle rit, le repousse pour la forme :

— On dirait que je t'ai manqué, dis donc !

Si seulement c'était vrai ! Ce serait tellement simple d'aimer Annaïg. Peut-être n'attend-elle que ça ? Plutôt mignonne, gironde, des courbes partout, une peau de blonde, des seins généreux, confortables, entre lesquels il vient déjà de plonger son visage :

— Tu ne perds pas de temps !

Il ne veut plus l'entendre dire un mot, écrase ses lèvres avec violence, l'entraîne vers sa chambre. Il n'a pas le temps de se dire qu'il est un salaud, qu'elle croit que cet empressement à la renverser sur le lit, à soulever sa chemise, à se jeter sur son corps comme un affamé, est le signe de sa passion pour elle. Les vêtements de Paolig sont à peine ôtés, rien ne lui importe plus que de libérer la tension de son sexe qui pénètre Annaïg sans ménagement. Elle a arrimé son corps au sien, l'enserrant de ses bras, de ses cuisses, répondant à sa violence avec le même emportement. Jamais ils ne se sont accordés ainsi. Une même houle, un même feu. Il va et vient en elle, avec l'énergie d'un désespoir qui le submerge, multiplie ses sensations, exacerbe son désir. Leurs sueurs, leurs cris s'accordent. La délivrance lui vient brutalement, dans des soubresauts qui s'apaisent enfin sous les « là, mon tout petit, là » d'Annaïg. Et ça lui donne envie de chialer. Peut-être le fait-il, il ne sait plus.

Ne reste que la douceur ronde et chaude du corps abandonné d'Annaïg, havre infini contre lequel il s'endort lourdement.

18

En mer, septembre 1965

Le coup de suroît dans le golfe de Gascogne n'est plus qu'un souvenir, un bon souvenir une fois passé.

— On s'est un peu fait secouer !

Compte tenu de la violence des éléments, le terme est mesuré. Paolig a savouré ce retour aux sources quand, enfant, il accompagnait son père sur la chaloupe et que la mer le baptisait dix fois par jour, au passage du raz de Sein, ou de la pointe du Van. Même chose pour Christian, que les humeurs de la *Jeanne* ont aguerri. Germain a souffert nettement plus mais tout le monde le soupçonne d'avoir payé la cérémonie d'adieux de Douarnenez qui a « nécessité » le passage dans tous les bistrots du port pour l'enterrement de sa vie de terrien... et a eu pour conséquence de lui faire rendre à la mer ce qu'il avait dûment emprunté à la terre, en trop grande quantité. Une fois passées les premières quarante-huit heures, torse plié par-dessus le bastingage, en tête à tête constant avec la vague, Germain a repris sa position d'homme debout et n'a plus souffert du mal des novices. Tel a été le baptême dans les règles du second du *Fleur de Sable*.

Il avait cependant quelques circonstances atténuantes pour sa tournée des grands-ducs – outre la séparation d'avec Maria –, une scène mémorable de son père, reniement digne de l'Ancien Testament. Jos Cariou a offert au chantier un festival inégalé dont l'écho s'est répercuté jusqu'à Tréboul.

— Ton père n'a pas fait dans la dentelle, a dit Christian.

Là aussi, bel euphémisme car qui n'a pas entendu gueuler le père Cariou d'un bout à l'autre du Rhu, agonir d'injures son fils qui l'avait pourtant prévenu de son départ trois mois auparavant ? Il avait dû ruminer, ou ne pas croire Germain capable d'aller au bout de son projet.

— On est deux, a conclu Paolig, fataliste.

Comme Germain ne comprenait pas, il a précisé :

— Deux à avoir été foutus à la porte de chez eux. Tu verras, on s'y fait très bien.

Et le sujet a été clos. La mer est passée par là-dessus, belle pourvoyeuse d'oubli, trop remuante pour ne pas accaparer à fort bon escient l'esprit, les mains, le corps, et laisser de côté les états d'âme. Mettre une distance entre Douarnenez et eux a fait respirer les trois, y compris le jeune marié. Non qu'il ait déjà oublié Elisa, mais l'océan… retrouver les sensations qu'il croyait à jamais perdues a adouci la tristesse d'avoir laissé la belle épousée de trois jours sur le quai. Maintenant tout est découverte, y compris le comportement du *Fleur de Sable* à la mer. Inchavirable avec ses flancs presque droits, ses cinq mètres de tirant d'eau. Une tendance notable à plonger dans la vague à cause du vivier, ce lest naturel dont les trous percés dans la coque permettront dans quelques jours la survie des langoustes. Les belles roses aiment les eaux vives, pas stagnantes, faut que ça remue pour qu'elles restent fraîches. Mais à cause de ce ballast liquide sous la ligne de flottaison, le *Fleur de Sable* décolle moins sur les crêtes à la bonne allure de ses huit, neuf nœuds.

— Il roule large ! commente Jacquiq.

Barbe grise et fournie, cheveux en bataille, teint de cuir, Jacquiq est la mémoire vivante du bord en matière de langouste. Il a « fait la verte », au filet droit le long de l'ancien Rio de Oro espagnol. Embarqué pour son seizième anniversaire au printemps 1934 sur la *Belle Bretagne*, superbe dundee à deux mâts, aujourd'hui il est l'ancien du *Fleur de Sable*, riche d'une foultitude d'histoires qu'il ne se lasse pas de raconter.

Personnage haut en couleur dont la particularité en matière d'ablutions a laissé le bord perplexe : chaque matin, quel que soit le temps, la nature de la vague, ou la température extérieure, Jacquiq se renverse un seau d'une eau de mer toute fraîche tirée avant même le petit déjeuner. Personne n'a voulu expérimenter le traitement de choc, on a juste fait croire à Nanou, le plus jeune du langoustier, dix-huit ans, neveu de Paolig, une propension très nette à la rêverie éveillée, de la bonne volonté à revendre, et le tatouage d'un dragon ailé sorti des légendes celtiques sur l'avant-bras, que c'était là coutume de mer, rite initiatique, qu'à ce prix seulement on devenait seigneur des mers. Il l'a gobé le premier jour, puis, devant l'équipage secoué de rire et bien au sec, beau joueur, il a compris qu'on s'était moqué de lui.

La vie s'est organisée au fil des jours en attendant de rentrer dans le vif du sujet. Le bateau sera fin prêt quand se profileront les côtes mauritaniennes, les casiers ont été vérifiés un à un, les filets pour l'appât de même. On s'offre le luxe de quelques thons blancs à la ligne de traîne pour améliorer l'ordinaire qui pourtant est loin d'être frugal.

Chaque soir, Christian jette un coup d'œil sur le calendrier accroché dans la passerelle. Il lorgne avec un inavouable nœud à l'estomac les jours à venir déjà marqués par anticipation d'un grand EP[1] au stylo noir. Une estimation à vue d'œil compte tenu de l'allure du bateau. Là-bas, sur le banc d'Arguin, il devra donner toute sa mesure de capitaine, là-bas, il s'attend lui-même au tournant pour son test grandeur nature face à la mer. Jusqu'à présent, malgré le coup de tabac des derniers jours, la route vers Tenerife, cap sud-ouest, se fait tranquillement. Christian, à la barre du *Fleur de Sable*, se répète qu'il revient de loin, de très loin. Capitaine ! Lui, l'infirme ! Qui aurait pu le prévoir à cette même époque l'année dernière ? Un sacré cadeau que lui ont fait Germain et Paolig, inattendu, bien que Germain ait affirmé :

« Je ne fais que me conformer à ton fascicule[2]. C'est bien indiqué "apte au commandement" ? Le médecin des gens de mer ne s'est pas trompé ? Bon alors, t'es capitaine. »

---

1. « En pêche ».
2. Livret professionnel.

Paolig a approuvé. De toute façon, pour le trio, l'appellation « capitaine » était depuis belle lurette l'apanage de Christian.

« Entre capitaine d'une gondole et celui du *Fleur de Sable*, y a un monde, je pensais... a essayé d'objecter Christian, qui garde quand même à l'esprit le petit alinéa sous la mention *commandement* stipulant "navigation sauf machine".

— Pense pas trop ! a conseillé Paolig. En mer on n'a pas le temps. »

Ne pas penser ? Tout au contraire, c'est le lieu idéal, d'autant plus qu'en route certaines heures s'y prêtent plus que d'autres, notamment celle où l'obscurité envahit le bateau. L'heure à laquelle il faut aiguiser sa vue, repérer les cargos qui passent au loin du cap Finisterre. Une routine rassurante qui s'est installée, dans laquelle Christian a glissé un rendez-vous quotidien avec son bras, car il s'est mis en tête de le rééduquer. Chaque nuit, il le fait travailler : plier, déplier, accordant le mouvement au rythme des vagues. Parfois l'effort lui arrache quelques grimaces, voire des douleurs aiguës dans l'épaule, mais rien ne peut l'en distraire : il ne veut plus de cet angle droit, rempart contre le monde. Il veut l'oublier, l'obliger à être utile à nouveau, dompter cet étranger récalcitrant. Plier, déplier en prenant appui contre la barre. Certains quarts, il lui arrive de reproduire le geste des centaines de fois, jusqu'à ce que la sueur lui trempe le dos, jusqu'à la crampe. Déjà son coude ne pointe plus autant, Christian a presque réussi à l'abaisser ; bientôt, il en est certain, il parviendra à l'aligner à son côté. Il rêve du jour où l'avant-bras pendra contre sa cuisse, où il sera quasi invisible. Oubliée, la raideur... plier, déplier.

En bas, dans le carré, ils doivent boire leur dernier petit café en prévision de la nuit, qui sera longue. Christian a laissé la porte de la passerelle ouverte, pour entendre les rafales de vent chaud, une belle surprise depuis deux jours. Sentir le sel. Les rires montent. La sacro-sainte partie de belote bat son plein.

Momo le cuisinier doit encore tricher ! Avec un aplomb confondant. Clope éternellement au coin de la lèvre qui, à force, est devenue presque noire, un physique de bagnard, crâne tondu et ventre de poussah. Lui aussi est tatoué, mais pas comme Nanou, tout en discrétion. Le dos de Momo est un écran de cinéma, qu'il ne livre qu'en cuisine, au-dessus de ses fourneaux, quand la température de sa soupe l'oblige à ôter sa vieille vareuse et à présenter une échine en technicolor où les ailes d'un aigle qui a dû être majestueux se déploient dans des replis accordéonesques de graisse...

La radio grésille. De loin en loin, on entend les appels de bateau à bateau, brouhaha diffus, bouillie de mots. Une mer peuplée... un monde semblable à celui du *Fleur de Sable* à quelques encablures. En accord avec le bateau, Christian sourit. Dans deux heures, Germain viendra le relever jusqu'au petit matin, puis il remontera à son poste pour avoir la vacation de Radio Conquet à six heures réservée aux Mauritaniens. Et comme chaque jour, il enverra le message d'usage : R.A.S. Non, rien à signaler, la routine est là. Tout va bien.

Plier, déplier.

— La basse-cour a morflé, on dirait !

Vocabulaire typique de Momo, qui compte et recompte ses poulets. Vivants. Enfin, vivants, façon de parler. Les pauvres bêtes sont plus mortes que vives, la nourriture sur pattes embarquée à Douarnenez en même temps que les vivres frais – quinze tonnes de viande, pain, crêpes, patates, riz, biscuits de mer et vin en quantité – a souffert elle aussi du coup de vent, dans son réduit entre vivier et pont. Quelques mètres carrés de garde-manger de moins en moins bruyant à mesure que les vagues grossissaient. Momo pensait les garder jusqu'aux abords de la Mauritanie, mais le constat l'oblige à réviser ses menus :

— Poulet à tous les repas, ces jours-ci. Après, vous aurez de la langouste, ne vous plaignez pas !

Personne n'a envie de se plaindre. Momo pousse – souvent – des colères homériques, mais il est un cuistot hors pair. Il s'est montré capable de faire un ragoût de vieille au plus fort de la tempête avec tomates fraîches et petits oignons qu'il a fait rissoler dès huit heures du matin. La passerelle, le pont embaumaient le graillon, noyant l'odeur pourtant si tenace du mazout.

— Faut que ça mijote longtemps, c'est le secret de la recette.

— Et le secret de ta recette, c'est aussi un peu de cendres de tabac Caporal qui tombent dans le frichti ?

Allusion à la cigarette que Paolig soupçonne d'avoir été greffée à la bouche lippue du faux bagnard, qui répond aussi sec :

— Tu me cherches, ce matin ?

A vrai dire, matin ou soir, Paolig aime titiller Momo, se frotter au colosse tatoué qu'il juge adversaire à sa mesure. Pas en taille, Momo le dépasse de tous les côtés, hauteur, largeur, mais en répondant car Momo s'enflamme comme de l'amadou. Un rien suffit à le faire sortir de ses gonds et Paolig boit du petit-lait : enfin quelques escarmouches. Cela ne va jamais loin, Germain ou le capitaine mettent très vite le holà, mais c'est cependant suffisant pour lui redonner un peu de cœur au ventre. Paolig a toujours aimé les empoignades et Christian ne lui offre plus les échanges verbaux un peu musclés d'autrefois, à moins que lui-même n'évite de les provoquer. Garde-fou naturel, réflexe de sauvegarde, crainte de se laisser aller à des phrases qu'il regretterait ? Toujours le spectre d'Elisa, sans doute. Avec Momo, c'est un défouloir quasi permanent, Paolig se sent comme un gamin, sondant les limites.

Germain l'a prévenu :

— Le jour où tu t'en recevras une, tu rigoleras moins. Il a de véritables battoirs à la place des mains.

Paolig rigole, certain d'avoir le dessus. Momo est tout en gras, et débordement, lui en muscles. Et puis il n'outrepassera pas au-delà de ce qu'il peut contrôler, tout simplement parce que Momo, malgré son côté soupe au lait frisant l'ébullition, est un bon bougre et qu'il est le cuisinier du bord. S'il venait à rendre son tablier… Paolig devrait prendre le relais. Il a échappé aux conséquences du pari sur le nom de baptême du bateau, ce n'est pas pour tâter des casseroles maintenant.

Pacifiste dans l'âme, Jacquiq menace d'un bon seau de flotte tous ceux qui seraient tentés d'en venir aux poings.

— Rien de tel pour vous remettre les idées en place !

Mais on n'en arrive jamais à ce stade, les rires fusent avant. De toute façon, les intermèdes ne peuvent avoir qu'un temps, l'ouvrage rappelle tout le bord à l'ordre.

Et avant Tenerife, où le *Fleur de Sable* doit souter[1] demain dans la matinée, il y a fort à faire. Un petit problème de soupape pour le moteur auxiliaire, pas grand-chose, mais si on ne répare pas maintenant, plus d'électricité à bord. Autant on est quasi certain de trouver la pièce nécessaire à Santa Cruz de Tenerife, autant c'est l'incertitude totale à Port-Etienne[2]. Et les bakchichs canariens n'ont aucune commune mesure avec les exigences financières de certains douaniers zélés ou trop gourmands de Mauritanie.

Christian a prévenu l'agence de Santa Cruz par radio, deux jours auparavant. Une place à quai est réservée. Juan Carlos, le correspondant de tous les bateaux douarnenistes, qui règle mille et un problèmes pour les escales d'approvisionnement, s'est occupé de tout. Momo a demandé qu'on recharge le bateau en fruits et légumes et qu'on ait « la main lourde » sur les citrons, une recette à confire avec les poulets, dont on lui dira des nouvelles, paraît-il. Christian a fait passer le message par les ondes. A l'écoute, les autres bateaux ont dû trouver la commande étonnante. Momo sera content, l'équipage repu.

Paolig se plaint d'avoir pris quelques kilos :

---

1. Faire le plein de carburant.
2. Port-Etienne n'est devenu Nouadhibou qu'au début des années 1970.

— A ce régime-là, on sera aussi ronds que les pare-battage[1].

Momo n'a pas apprécié.

— Si c'est le régime que tu cherches, t'es mal tombé avec moi. Faudra choisir, ta panse ou retourner d'où tu viens.

— Tu pourrais aussi avoir la main plus légère pour le beurre ?

L'intéressé a regardé sa main, puis la joue de Paolig, se demandant certainement s'il allait appliquer l'une sur l'autre pour mieux tester la légèreté. Mais le capitaine est descendu dans le carré sur ces entrefaites, s'est discrètement versé un café, et tout est rentré dans l'ordre.

Christian en impose malgré la différence d'âge, Momo étant son aîné de plus de quinze ans. Est-ce une certaine autorité naturelle ? Momo fait profil bas devant lui.

Germain a trouvé une explication qui vaut ce qu'elle vaut :

— C'est ta barbe !

Possible, après tout. Christian s'est laissé pousser la barbe, autant pour cacher ce qui mérite tant de l'être que pour se simplifier la vie. L'effet n'est pas des plus heureux, certains endroits sont clairsemés, comme un champ brûlé, mais Germain n'a pas tort, le capitaine y a puisé une nouvelle assurance. A quoi cela tient-il parfois ?

---

1. Bouées rondes qu'on place entre les bateaux pour éviter que les coques ne se cognent.

19

Deux jours après avoir quitté Tenerife, Christian décide de mettre en pêche. Pas pour les langoustes, mais pour la boëte[1] destinée à la gourmandise des belles, boëte dont on remplira les frigos en attendant d'en « tapisser » les casiers.

Branle-bas dès l'aube pour tout le monde. Momo, qui n'est pas de poisson[2], s'est lancé bien avant le réveil des autres dans une fournée de pain. N'ayant pas été convaincu par le gofio canarien, qu'il juge trop dense pour son palais délicat. Tandis que Germain, Jacquiq, Nanou et Paolig, harnachés de cirés et de bottes, s'activent à préparer les chaluts, une odeur de boulangerie s'insinue sur le pont, met les papilles en alerte.

— A filer[3] !

Dans des cataractes d'écume, les treuils dévident plusieurs centaines de mètres de fûnes[4] qui s'enfoncent dans les flots avec une avidité de prédateur.

---

1. Appât.
2. « Qui est exempté ».
3. Mettre les filets à l'eau.
4. Câbles qui tendent les filets.

Le premier trait[1] ! Moteur au ralenti, quelque chose flotte dans l'air. Avant que le pont tout à l'heure ne ruisselle de ce monde en écailles, avant que dorades, mérous, merlus, bacalaos, mulets ne finissent en menus morceaux, étêtés, vidés, rincés. Comme une euphorie commune. L'instant est beau, tout simplement, chacun le salue à sa manière : Paolig avec une cigarette, évidemment, Christian à la barre, ses pensées en tous sens, Germain et Nanou, mains sur la lisse à se repaître du soleil levant d'un orange parfait sur le marine étale de l'eau. Jacquiq ne déroge pas à son sacro-saint arrosage matinal, mais aujourd'hui il lui ajoute une variante aussi surprenante que la première. Il a décidé de se faire non seulement propre mais beau, s'en explique d'une drôle de façon :

— Vous sentez pas le vent de sable ?

Nanou ne se risque pas à répondre, on ne sait jamais, s'il faisait les frais d'une nouvelle blague.

— Mais vrai, vous sentez pas ? Ça respire le désert à plein nez, je veux être prêt pour la terre. Y a du boulot !

Et sous les yeux ébahis de l'équipage, le vieux Jacquiq installe à ses pieds une véritable officine de barbier, au milieu de laquelle trône, menaçant, un coupe-chou au manche d'ivoire. Une réserve d'eau qu'il a fait chauffer fume dans le seau.

— Tu ne vas pas sacrifier ta barbe quand même ? s'étonne Germain.

— Chaque fois que je m'approche du désert, je me rase.

---

1. Action de pêcher.

Paolig en profite :

— Vu la longueur, ça devait faire une paye !

— Je peux même offrir mes services au capitaine... lance Jacquiq vers la passerelle.

Christian se frotte le menton, secoue la tête en riant :

— J'ai eu trop de mal à la faire pousser !

Mais Jacquiq ne renonce pas à jouer du rasoir, retourne vers Paolig, sa cible du moment :

— Toi, ça te ferait beaucoup de bien de couper ce qui te sert de tapis, là-haut.

— Pourquoi pas ! Mais pas avec ton engin, dit Paolig en désignant la lame déployée.

— T'as tort, je m'y entends. Dans une autre vie, c'était moi le figaro ! Et jamais personne ne s'est plaint...

— Tu m'étonnes ! Ils en seraient bien incapables, les pauvres, ils sont tous morts !

Malgré les rires, Jacquiq reste imperturbable, manie le rasoir, épousant le dessin carré de ses mâchoires, dans un crissement de papier de verre, avec une dextérité, une rapidité impressionnantes compte tenu du roulis.

Momo coupe court à la séance d'admiration collective, pointe le nez sur le pont, une boule de pain, énorme, d'un brun doré appétissant, sur un torchon dans une main, dans l'autre une boîte de pâté Hénaff.

— J'ai pensé que ça s'imposait. Café... ou vin rouge vous aurez avec ça ?

— T'as vu l'heure ? crie Christian de ses hauteurs. Café !

— Ils nous ont dit d'attendre, lance Christian, débar-
quant de l'annexe, à l'équipage qui l'attend dans le carré.

Germain lève le nez de son livre.

— Combien de temps ?

— Aucune idée.

— Mais en moyenne ?

— Ça dépendra de leur bon vouloir mais ils m'avaient
l'air plutôt bien lunés, appuie Jacquiq, qui a accompagné
le capitaine à Port-Etienne pour les formalités. Pourtant
d'habitude l'harmattan les agace toujours.

Au sourcil interrogatif de Nanou, Jacquiq explique :

— C'est le vent du désert. S'il continue à souffler, ta peau
va se mettre à craqueler comme vieux papier. Dans une
oasis, il peut dessécher en un seul passage les branches
d'orangers, qui ne portent plus jamais de fruits...

— T'exagères pas un peu ? coupe Momo, qui se
concentre sur une réussite.

Il faut bien tuer le temps qui s'éternise.

— Vent du désert ou pas, ça remue. Jamais vu un
truc pareil, interrompt Paolig dont la tête vient de
s'encadrer en haut de l'échelle.

— On dirait que tu t'es roulé dans le sable, rit Nanou.

— Tu m'aurais aidé à vérifier les amarres des casiers,
tu serais dans le même état. Evidemment, ceux qui ne
font rien ne risquent pas de se salir... Ça siffle. Vaudrait
voir à filer du mou sur la chaîne pour pas chasser. Allez,
Nanou, viens me donner un coup de main.

Nanou s'est extrait du poste équipage d'un grand
coup de reins. Malgré les rafales de vent, la chaleur lui
tombe dessus comme une enclume. La baie du Lévrier
est grandiose, des eaux vertes, denses, que blanchit un
moutonnement bas. Calme relatif, vagues trompeuses.

A Douarnenez on appellerait ça colère rentrée, mais menace réelle. Une lanche[1] passe non loin d'eux ; courbés sous les attaques de l'harmattan, dans des cirés sombres, ruisselants de sable en longues rigoles, quatre Imraguen[2] rentrent au port sous leur voile brune faseyante. A même le fond de l'embarcation, les ventres dodus, déjà recouverts de poussière, de courbines et de mulets.

Chaînes tendues à se rompre, d'autres langoustiers au mouillage ballottent comme le *Fleur de Sable* sous les sautes d'humeur du vent d'est.

— J'ai pas compris, qu'est-ce qu'on attend exactement ? demande Nanou. On ferait pas mieux de descendre sur le banc d'Arguin maintenant ?

Car un coup d'œil au loin lui a suffi : Port-Etienne ne vaut pas Douarnenez !

Sur fond de dunes lointaines, des murs crème, ocre émergent d'un brouillard caniculaire, masse de poussière que peinent à déplacer les assauts piquants du vent. Au premier plan, un immense chantier à ciel ouvert sur le port et ses immédiats environs, sous un ballet de grues de toutes hauteurs[3]. Manèges de camions, pelleteuses, tracteurs, auxquels répondent les manœuvres sur les minéraliers à quai. Pas un arbre, mais une odeur insistante de poisson séché. Nanou pense à l'alignement de

---

1. Petit voilier de pêche en bois typique de la Mauritanie.
2. Pêcheurs mauritaniens, métissés de berbères et d'anciens esclaves noirs. Ils pratiquent la pêche séculaire au filet.
3. Port-Etienne, dans les années 1960, a complètement changé de physionomie. De petit port désert, il est devenu le siège de la Miferma, société des mines de fer de Mauritanie, avec d'importantes infrastructures portuaires, un trafic maritime de ciment et de fer, une ville pour les fonctionnaires et employés de la société.

maisons colorées de *sa* baie, dont les eaux semblent toujours prêtes à caresser les balcons en surplomb. Ici pas de caresse, plutôt la gifle du sable, qui vous tiraille la peau pis que le sel, vous alourdit les cils, les cheveux d'un voile dont on ne peut se défaire.

— On attend d'embarquer trois Mauritaniens, trois penn du[1], répond Paolig. Sinon, interdiction de pêcher.

— Neuf à bord, qu'on va être ?

— Faut ça pour les langoustes. De toute façon, cherche pas, c'est la loi.

Donc on attend. On a épuisé les parties de belote, les siestes dans le roulis désagréable des eaux dérangées par le trafic des minéraliers, à l'ombre – si rare et convoitée – du podium, écrit quelques lettres, bien entamé la provision de tabac, écouté la VHF sur le canal 3, obtenu la première licence de pêche mauritanienne contre la modique somme de trois mille dollars, jusqu'au feu vert – enfin – des autorités du port après trois nuits dans le vent sec, avec l'arrivée à bord de Salim, Boutbout et du Toucouleur Cheik Ousman, qui attendaient eux-mêmes à quai depuis deux jours.

Les trois hommes à peine embarqués, Christian rameute son monde :

— On lève l'ancre !

Comme s'il craignait un revirement des douaniers.

Il a tout simplement hâte de connaître enfin la couleur du banc d'Arguin.

Demain, le *Fleur de Sable* sera en pêche.

Demain...

---

1. « Têtes noires ».

20

Nanou est préposé au « jus » ce matin. Un café spécial, un café pour marquer ce jour entre tous sur le
calendrier ; pour ce petit déjeuner d'avant-pêche, il sort
quatre paquets de crêpes, qui viendront agréablement
remplacer le pain décongelé. Si ce n'est pas un festin de
roi ! Il n'est pas cinq heures, Nanou vient de terminer
son quart, enchaînerait bien un petit somme avant le
combat, la journée va être chargée.

Les langoustes n'ont qu'à bien se tenir. Ils arrivent.

Le carré embaume des effluves de café, comme une
ruelle de Douarnenez un matin d'hiver. Il a laissé sa
tasse sur la table, trop chaud le breuvage d'encre, va
aller humer l'air. La mer ici ne sent pas l'iode, mais le
chaud brutal, avec l'immédiate proximité du désert, une
mer sans houle, que cassent les bancs de sable affleu-
rants. Là-dessous, montagnes, canyons et dénivelés bru-
taux.

Rien ne vaut d'aller pisser à l'arrière du bateau
devant le soleil qui pointe son nez ; l'impression que
l'on possède le bateau, qu'on en est le patron, pas
loin des seigneurs dont tout le monde à bord lui rebat

les oreilles. On le saura que ceux de la verte en avaient... Mais lui a bien l'intention de prouver qu'il est partie intégrante de ce monde, qu'il est à sa place, même comme simple matelot, qu'il vaut bien les anciens. Finalement, il préfère cent fois être à peu près au sec sur le *Fleur de Sable* que secoué sous les coups de boutoir que subissaient les langoustiers dundee d'autrefois. Le bon temps ? Pas si sûr. La preuve est au cap Blanc, à la pointe près du phare, en quittant Port-Etienne. Point de passage entre l'ancien Sahara espagnol et la Mauritanie, lui a expliqué Germain, là où veille la haute croix du cap, le « mémorial des langoustes ». Cette pierre blanche qui porte les noms des quatre-vingts Bretons péris en mer dans leur traque à la verte. Qui se souvient d'eux ? Leurs noms sont effacés depuis longtemps, la croix sert d'amer et s'érode sous les assauts de la brise sableuse.

Alors autant être seigneur de la rose.

Dans quelques heures, Nanou pourra commencer à faire des plans sur la comète avec la part gagnée. Il rajuste son pantalon de vieille toile. Il sera riche... et seigneur.

— Nanou, qu'est-ce t'as foutu avec le café ?

La voix de Momo porte loin. Vu le ton, le temps est à la houle. Le café ? Nanou l'a fait dans les règles, ce qu'il explique d'ailleurs à Momo :

— De l'eau et du café... pas très compliquée, la recette.

— Goûte !

Nanou s'exécute. Personne ne plaisante avec le café, sur le *Fleur de Sable,* on sait bien que de son goût dépend l'humeur du bord.

194

Une gorgée suffit, gorgée qui repart aussi sec à la face de Momo. La journée commence très mal. Nanou a dû confondre le robinet d'eau douce avec celui d'eau de mer.

— T'as de la chance… commence Momo, dont la grimace démontre l'exact contraire.

Nanou apprécie effectivement sa chance en voyant débarquer le capitaine descendu de sa passerelle, souriant. La raclée n'est pas passée loin.

— Pour le café, patron, faudra attendre la deuxième tournée… Momo a tout bu !

Le coup d'œil du bagnard est assassin. Puis finalement le rire vient, rire de stentor qui réveille le poste équipage, surpris de l'entrain – rare à l'aube – de Momo, qui se tient les côtes devant l'audace du « petit », lequel reçoit une grande claque dans le dos pour conclure le pacte de non-agression. Claque censée être amicale, secouante serait plus approprié, mais Nanou tient le choc.

Il en a la certitude dans le regard que Momo lui jette : pas impossible qu'il « en ait », lui aussi.

Le pont est une étrange fourmilière que souligne le bleu brillant du deraa[1] de Cheik Ousman qui dénote au milieu des shorts, tabliers cirés et bottes. Brillant, il l'était au sortir de sa couchette, mais l'ouvrage l'a taché. Cependant, Ousman n'a rien perdu de son allure. Deux mètres qui se déplient vous posent un homme et quand le marin se lève, que le vent s'insinue dans les manches

---

1. Terme mauritanien pour « boubou ».

du boubou, dans les plis de son sarouel, on dirait une voile latine sur le langoustier. Ses longues mains coupent la boëte encore un peu glacée. Il a le geste vif, l'œil de même. Pour le moment, il ne parle pas, bien qu'il s'exprime parfaitement en français. Le seul des trois nouveaux embarqués. Du reste, personne n'a le temps de parler, on va mettre à l'eau bientôt, l'heure n'est pas aux conversations, il faut faire vite : mille casiers à amarrer à une filière que l'on plongera sur le site choisi par Christian sur les conseils de Jacquiq, dont l'expérience n'est plus à démontrer.

Ballet bien réglé de gestes répétitifs : d'un côté les cylindres de châtaigniers que l'on prend un par un, pour y empaler un morceau de poisson de part et d'autre de la goulotte, de l'autre l'amarrage, toutes les onze brasses, de ces casiers à la filière. A neuf heures, la première série de soixante est prête. De la passerelle, Christian lance :

— Paré ?

La bouée repère surmontée de son pavillon rouge est lancée, puis dans la foulée l'orin[1] qui ira jusque dans les fonds grâce à son lest de ferraille. Paolig s'est posté contre la lisse, c'est lui qui va filer les soixante casiers. Derrière, Germain vérifie un à un les nœuds d'amarrage au trois cents mètres de cordage. Le premier casier passe par-dessus bord, Paolig attend que la ligne ait raidi, le signal pour faire suivre le deuxième. Christian à la barre se concentre sur les gestes de Paolig, surtout ne pas éloigner le bateau, moteur débrayé, mais vérifier en permanence le sondeur.

---

1. Cordage.

Sous le *Fleur de Sable* un labyrinthe aiguisé, traître, de pics sous-marins, de déclivités, d'anfractuosités dans lesquelles les attend la rose. Un quart d'heure a suffi pour la manœuvre, la deuxième tournée est prête. On recommence.

Sur l'eau, au fur et à mesure du filage, une infinité de taches rouges se balancent sur leur tige de bambou, parcours fléché trahissant les centaines de pièges par le fond. Christian, Paolig et Germain ne se sont pas concertés, mais ils pensent la même chose : cette pêche sera symbolique, lequel avouerait sa superstition ? Aucun, cependant chacun se dit qu'en découlera leur avenir. Aussi, la journée se passe sans que les mâchoires se desserrent. Pas souvent que l'atmosphère est aussi lourde. Depuis le départ c'est bien la première fois que Paolig n'a pas asticoté Momo. On a déjeuné sur le pouce de pain pâté, tandis que les trois Mauritaniens, qui ne mangent pas de porc, croquaient dans un morceau de poisson cru, personne n'a traîné, pas le temps. D'autant que Momo avait été réquisitionné : pas trop de toutes ces mains pour terminer avant le coucher du soleil. On s'écroule dans les bannettes, le dîner à peine achevé, en plaignant dans des bâillements sonores celui qui prend le premier quart. Cette nuit, les veilles se feront à une seule personne. Pour que tout le monde puisse profiter d'un vrai repos, car la journée à suivre promet d'être interminable, plus peut-être que la précédente, ce n'est que le début de la campagne, il faut garder des forces.

La surveillance à la passerelle, une main rivée à la barre franche, est moins aisée que d'habitude. Ici pratiquement pas de cargos dont il faut repérer les feux, mais une vigilance constante, avec interdiction absolue de perdre de vue la « loupiote » sur batterie qui surmonte la bouée de la dernière filière. Minuscule bouchon de lumière volage qui clignote sous les étoiles, s'enfonce dans les flots, réapparaît, facétieux. Hypnose assurée pour le gardien du bateau. La navigation est réduite à des ronds dans l'eau lancinants pires que le plus puissant des somnifères.

Christian doit enchaîner avec le dernier quart. Il est sur les nerfs, n'a pas fermé l'œil, après avoir viré, tourné au creux de sa bannette, comptant et recomptant des parts imaginaires, craignant la ruine, puis recomptant. Au pire de la nuit, vers trois heures, l'heure où la tension est au paroxysme, où les angoisses s'alignent en cohortes, il va jusqu'à imaginer que si la campagne ne donne pas il lui faudra vendre la maison de Mélanie pour rembourser le gouffre de dettes. Devant cette perspective, tout son corps se tend, une vague d'inquiétude le saisit. La crise est là. Il en avait oublié les méfaits, croyait les avoir laissés loin derrière lui, à terre. Sa bannette lui apparaît telle qu'elle est : cercueil de bois flottant comme un fétu, quatre planches entre lesquelles il se met a transpirer sous la couverture de laine rêche. Un début de panique à couper le souffle. Dans la foulée, son bras se manifeste aussi, en ennemi soudain indocile, des picotements partout. Sa peau irradie, il n'est plus que cette incandescence. Est-il en plein cauchemar ? Il s'extrait de la couchette sans plus reconnaître les lieux. Hagard, perdu, le pouls battant la breloque, mais bénissant le ciel que les autres dorment, ronflent même, car il lui est insupportable d'offrir l'image d'un tel capitaine aux abois, aussi égaré qu'un enfant. Une fois dehors, au contact du vent, la vague terrible reflue. Il est une grève balayée, laminée. Demeurent les palpitations, l'extrême crispation, le bras insolent, insoumis comme s'il n'était plus que lui. Toutes ses peurs concentrées dans quelques centimètres inutiles, à nouveau pesants malgré les heures de domptage. Le fauve aux aguets. Une étrange envie lui vient, subite, déraisonnée. Il ne pense à personne, n'est plus relié au monde. La pulsion balaie tout, telle une lame déferlante. En automate, il avance sur le pont, reçoit la gifle d'un air déjà chaud, se colle au bastingage. Passer par-dessus bord, c'est la simplicité même, juste un saut et l'on est débarrassé de cette pesanteur. Tentation. Une main se pose sur son épaule.

— T'es tombé de ton lit, toi, dis donc !

Germain ajoute, dans un sourire :

— Si tu veux terminer mon quart, je te l'offre avec plaisir. L'impression qu'il n'en finit pas. Quelle heure est-il ?

Christian s'ébroue. La raison lui revient. L'heure ? On est le matin, non ? Sur le *Fleur de Sable*. On va bientôt virer les casiers.

— Tu serais somnambule que ça ne m'étonnerait pas plus que ça ! se moque Germain. Un café te ferait le plus grand bien. T'as la tête de quelqu'un qui...

— Je me demande s'il ne va pas pleuvoir... mon bras...

— Ce n'est pas un café qu'il te faut, mais un bon coup de lambig ! Pleuvoir ! On est aux portes du désert ici. S'il pleut une fois tous les dix ans c'est un maximum. Alors ton bras, ce n'est pas encore demain qu'il te servira de baromètre. Allez ! On va le boire, ce café...

— A virer[1] !

C'est parti pour la journée. Personne n'a traîné pour se sortir du sommeil. Une fièvre dans les regards, tant on espère. Paolig n'a voulu céder sa place à personne. C'est lui qui crochera dans la première bouée. Christian a mis le cap : 27° 04. Jacquiq se surprend à retrouver la frénésie d'autrefois, lui aussi veut sa part.

La main sur la barre, sourcils froncés, sondeur sous les yeux, Christian a oublié la mauvaise nuit, n'est plus qu'attention. Il a repéré le minuscule drapeau triangulaire qui danse dans le clapotis, ralentit le moteur jusqu'à ne plus entendre qu'un faible toussotement. Paolig devra faire vite avec son bout de vingt mètres muni d'un croc.

— Allez, cow-boy, montre-nous de quoi tu es capable ! crie Momo, aussi impatient que les autres.

Le cow-boy en question a lové son bout en lasso, vise la cible, langue pointée... la rate.

Une fois, deux fois.

Là-haut, Christian relance le moteur ; avec le courant, le *Fleur de Sable* a dérivé, il faut reprendre le cap. Une manœuvre qui paraissait si simple. Garder son calme. La proue du langoustier pointe à nouveau vers sa destination, à bord on entendrait une mouche voler,

---

1. Relever.

malgré les assauts du vent et les crachotements de la machine. Paolig regarde droit devant lui, histoire de ne pas remarquer les petits sourires en coin qu'il imagine sans mal.

Rien qui l'énerve plus que ce contretemps, la bouée est à portée de lancer. Il prend une grande inspiration, cligne de la paupière pour mieux pointer l'objectif, renvoie la corde et... manque à nouveau son coup.

Un « Gast ! » tonitruant lui échappe. Momo ne l'épargne pas :

— T'as qu'à t'imaginer à la fête foraine sur un manège. Peut-être que la queue du Mickey t'inspirerait plus...

Les poings de Paolig commencent à le chatouiller. Si Momo insiste, il se pourrait qu'il les reçoive dans sa gueule de forçat. Et tout de suite.

Cheik Ousman lève les bras au ciel, tendant son boubou qui claque tel un foc. On dirait un grand imprécateur. De l'aileron bâbord de la passerelle où Christian s'est posté, lui vient l'image de Moïse séparant les eaux de la mer Rouge. La voix du Toucouleur est basse, un peu rauque, tout en suavité :

— Quel que soit l'ouvrage, il faut patience. C'est celui qui ne fait pas qui se moque le mieux.

Momo ne pipe pas, Ousman a fait mouche, Paolig n'est pas certain d'avoir saisi la finesse du propos, mais l'interruption lui a permis de reprendre son souffle. Expiration sonore tandis que Christian remet les gaz. A nouveau sur zone, un lancer franc zébrant le ciel accroche la bouée, au soulagement de tout le bord. La sueur coule du front de Paolig, qui ne pouvait déchoir une quatrième fois et amorce la remontée. A lui le soulage[1].

C'est lourd ! Il ne l'a pas dit tout haut. Tellement il veut conjurer le sort, il se surprend à marquer le bastingage d'un minuscule signe de croix de la pointe du pouce.

Dégoulinante des premiers casiers, la filière, virée au treuil, atteint le plat-bord à grande vitesse. Dès que les casiers tombent sur le pont, Germain en largue les amarres puis, derrière lui, Ousman, Boutbout, et Salim, équipés de gants de toile renforcée, vont y cueillir les premières langoustes.

Christian a sorti son cahier. De son observatoire, il va compter.

---

1. Le fait d'attraper les casiers quand ils passent la lisse.

21

— Et toi, Ousman, que feras-tu avec ta part ?

Chacun autour de la table a décliné ses rêves, lâchant pudiquement et à tour de rôle quelques confidences. La nuit, on se laisse aller plus facilement et maintenant que le *Fleur de Sable* est en pêche depuis trois mois, que frigo et vivier sont pleins, que l'on sent l'écurie, la confiance est établie, le propos plus libre. Cette discussion-là a été longtemps reportée mais, à la veille de repartir, on se la permet quoique à tâtons pour ne pas jouer les Perrette et le pot au lait. Toujours la superstition. Dame ! On n'est pas encore à Douarnenez, s'il arrivait quelque chose en route, si la précieuse cargaison qui s'agite dans les fonds, par un hasard malencontreux, venait à... si le cours avait chuté, si... Il y a tant d'éventualités qu'on ne contrôle pas.

Paolig, une fois les dettes remboursées, s'offrira une deux-chevaux pour emmener sa mère à Quimper.

— Pour qu'elle souffle un peu à soigner mon père...

Christian verrait bien une bague pour Elisa, Germain pour Maria.

Jacquiq se paiera une tournée à Paris dans les bistros de Montparnasse. Perspective qui tenterait assez Momo.

Ousman réfléchit longuement. Il aime prendre son temps. C'est un perfectionniste qui met ses propos en scène. Dans son village près du Fleuve[1], il est une figure importante qui gagne bien sa vie en embarquant sur les bateaux des Blancs.

— Je paierai la dot pour ma première femme.

Nanou écarquille les yeux.

— La première ? T'as l'intention d'en avoir combien ?

— Tout dépendra de la pêche. Si la langouste se vend bien, je pourrai en avoir une deuxième. Et si le *Fleur de Sable* revient souvent, peut-être que la troisième suivra.

Il ajoute, en clignant de l'œil :

— Il faut bien ça pour s'occuper des boubous d'Ousman... Un homme digne en change tous les jours.

Et il part d'un grand éclat de rire que tous reprennent bruyamment en choquant leurs verres.

Dans le carré, ça sent le pastis et la langouste. L'un ayant servi à l'apéritif mais aussi à arroser la cuisson de la seconde. Momo a essayé toutes les recettes imaginables pour accommoder la bête qui constitue le menu d'au moins un repas par jour, petit déjeuner compris. Pour cela aussi l'envie de rentrer se fait sentir, que ne donnerait-on pour une boîte de pâté Hénaff dont on a épuisé le stock depuis longtemps ou un steak-frites ?

La troisième tournée de « pastaga » blanchit dans les verres. On a dépassé la dose habituellement permise,

---

1. Le fleuve Sénégal.

mais c'est pour la bonne cause. Outre les langoustes, outre le retour bientôt, on fête Nanou. Tout à la fois son anniversaire et surtout, surtout, le fait qu'il soit toujours à bord. Le jeune matelot a eu chaud et tout le monde avec lui.

Comme l'a remarqué Paolig :

— On peut dire que tu les as accumulées, les conneries !

Un silence s'installe, chargé de toute la peur rétrospective.

— Il s'en est fallu d'un cheveu, glisse Momo.

— Et en la matière, embraye Paolig en désignant le crâne rasé, tu sais de quoi tu parles !

Christian lève son verre.

— A notre matelot ! Qui n'est plus très frais, on dirait...

Il est vrai que Nanou tient très mal la marée ce soir. Son pastis n'est pas noyé d'eau, loin de là. L'eau, il préfère la savoir loin de lui, il y a suffisamment trempé cet après-midi. A y repenser il en tremble encore, savoir la frontière entre la vie et... l'au-delà si ténue l'a ébranlé. Et pourtant il lui semblait avoir parfaitement acquis la technique de la relève des casiers, mais c'était oublier la mer. Jacquiq affirme qu'à un moment ou un autre la mer rappelle toujours qu'elle est la patronne, qu'elle déteste être trop vite oubliée.

Nanou n'imaginait pas en attrapant la gueuse[1] lestant l'orin combien ce nom était prédestiné. Non ! La tenant bien arrimée au creux de ses mains, il riait, de la dernière pêche, du nombre de roses comptabilisées, du dernier trait, le plus fructueux pour clôturer la campagne.

---

1. Lest de ferraille qui peut faire office d'ancre.

Il a suffi que le bout de cette gueuse s'empêtre dans l'hélice pour entraîner tout à sa suite, y compris Nanou par-dessus bord, avec ciré et bottes, lesquelles se sont remplies en un rien de temps, aspirateur diabolique qui l'a entraîné par le fond tandis que le bateau partait, partait. Christian n'avait pas eu le temps de débrayer. Nanou ne sait pas encore comment il a réussi à remonter à la surface, crachant, toussant, gueulant, bras en l'air :

« Balancez-moi n'importe quoi ! »

A bord, tout le monde s'activait, gueulait tout autant que lui mais avec le souffle, alors que lui le perdait. Paolig a lancé la bouée, visant juste pour une fois. Un tir parfait. Au comble de son désarroi, Nanou s'est dit que le cow-boy assurait, cela ne l'étonnait pas plus que ça, Paolig est du genre solide, pas comme lui, dont les forces se faisaient la malle avec le courant. Où a-t-il puisé l'énergie pour se cramponner ? Ressource insoupçonnée jaillie de ses tripes, fureur insensée, qui lui a fait donner des coups de poing dans l'eau. La salope ne l'aurait pas, pas cette fois-ci en tout cas. Les autres ont tiré comme des fous, pour le ramener à bord. Mais ce n'était pas terminé pour autant, un Nanou plein d'eau ça pèse. Ils avaient beau s'y mettre à trois, l'empoigner par le col de son ciré, rien ne venait ; Nanou, épuisé, coincé contre le bastingage, tiré à hue et à dia, se voyait mourir étouffé. Un comble ! Un ultime sursaut a été décisif. Les mains de Paolig sont venues à la rescousse, cela a fait toute la différence :

« Mais c'est pas vrai, il doit frôler la tonne, le bougre ! »

Nanou a enfin atterri sur le pont. Chiffon sans ressort. Bleu de froid. Vidé.

« Il est dans les vapes… »

Deux bonnes claques l'ont remis d'aplomb. On soupçonne Momo d'avoir un peu profité de la situation, les joues du matelot étaient assorties au pavillon de la filière.

« Comme ça tu seras ton sur ton », lui a assuré le bagnard.

Oui, Nanou revient de loin. Mais l'expérience ne l'a pas dégoûté pour autant. A la question de Christian :

— Rempileras-tu pour la prochaine campagne ?

Il hoche la tête.

— Cinq sur cinq, patron. Plutôt deux fois qu'une.

— T'es pas rancunier dit Jacquiq. La mer a failli t'avoir.

— Qu'elle croit ! Je l'ai à l'œil.

Paolig lui pose la même question qu'aux autres :

— Et toi, avec ta part… ?

Nanou tète une gorgée anisée, apprécie le goût acidulé qui désaltère son palais, ou l'enflamme un peu plus, vu le nombre de verres descendus.

— Je m'achèterai… un singe à Santa Cruz de Tenerife !

Momo ne peut laisser passer cette sortie :

— Ça en fera donc deux à bord…

— Allons, dis-toi que c'est la dernière fois…

L'autosuggestion pratiquée comme un art. Germain s'y essaie, mais il en frémit à l'avance. C'est son tour de descendre dans le vivier ou l'attendent les vingt-huit tonnes de langoustes... vivantes, son tour de plonger dans ce bouillon de carapaces, d'antennes, de queues, de mandibules, de repêcher les mortes, éviter que les vives ne se dévorent. Une heure et demie d'immersion au cœur de l'aquarium géant. Brrrrrr, Germain, comme les autres, céderait volontiers son tour. Il s'harnache en conséquence, jusqu'aux chaussons de plongée, aux gants. Ne pas faire comme Paolig, qui a jugé bon la dernière fois de plonger sans cette protection :

« Vous n'êtes tous que des mauviettes. »

Il est remonté les mains griffées, écorchées... en sang. Avec le sel ambiant, elles ont mis des jours à dégonfler et plus encore à cicatriser. La sécheresse de l'air ajoutée à cela, sa peau semblait prête à éclater.

Donc, ne pas laisser un centimètre à portée des bestioles, non qu'elles soient agressives, mais cette façon qu'elles ont de s'accrocher à vous, de vous frôler, de se pendre en grappes aux épaules, dans le dos...

— Quand tu veux !

Jacquiq a installé le compresseur. Il est préposé à la sécurité du plongeur.

Masque en bandeau sur la tête, tuyau en main grâce auquel il respirera dans le « cloaque qui claque » – expression signée Momo – et qui lui servira d'avertisseur en cas d'incident, Germain se donne un dernier sursis assis sur le bord de la goulotte, avant de se laisser glisser dans les quatre mètres de profondeur. Dans cet antre de bois, enduit d'une couche de ciment garante de l'étanchéité, percé de milliers de trous réguliers où s'insinue l'eau de mer, et tapissé d'étagères : une bibliothèque à langoustes !

— Me dis pas que tu préfères t'occuper des queues... ? demande Jacquiq devant l'hésitation de Germain. T'as la mémoire courte ! On y passait nos journées, y a pas deux mois de ça.

— Figure-toi que je me demande !

Fin septembre et jusqu'à la mi-octobre, quand l'eau était trop chaude, avoisinait les vingt et un degrés, on ne pouvait laisser les langoustes dans le vivier, elles y seraient mortes. Il a fallu entamer la « période des queues » : un travail de titan, levé à l'aube, couché... couché quand le boulot était terminé. Pour que la langouste soit congelée aussitôt pêchée. Travail à la chaîne sur la grande table installée à même le pont, à patauger jusqu'au cou dans la langouste frétillante, la « clocharde », cette langouste proche de la mue, à la carapace molle. Attraper la bête, lui séparer d'un coup de poignet la queue de la tête, la rincer dans un bac, retirer le boyau avec l'Opinel, brosser le ventre, l'égrener si besoin, un morceau de plastique sur le moignon, un élastique pour tenir le tout, et hop dans les frigos. Les douze tonnes qui y dorment depuis l'automne en attestent. Des nuits entières, sans prendre le temps d'un café, car les casiers continuaient de déverser leurs palanquées de roses. Sans compter que le travail des têtes n'exemptait pas pour autant des quarts.

Tout bien réfléchi, finalement, Jacquiq a raison, se glisser dans ce vaste puits une petite heure et demie est un moindre mal. Germain, lesté de sa ceinture de plomb, plonge dans cet océan qu'éclairent les néons. Monde irréel. Pour y travailler, il faut se plaquer au sol, visiter chacune des claies où sont « rangées » les bestioles, en retirer les mortes, les abîmées, les coques vides, reliefs de repas des langoustes cannibales et nécrophages...

Ombres et lumières, caresses d'antennes démesurées dans une eau relativement claire que hante le blanc nacré de quelques chinchards embarqués microscopiques et que le voyage a fait grandir...

Au cœur du vivier, plus de roulis, comme si le *Fleur de Sable* s'était calmé dans un sens pour mieux se déchaîner dans l'autre, de l'avant vers l'arrière. Tangage à son comble. Germain, malgré son lestage de plomb, lutte contre le désagréable va-et-vient. Au bout d'un temps, il anticipe, ne subit plus, regrette de ne pas avoir d'appareil photo étanche pour immortaliser le surréalisme de cette apnée. Il est un Cousteau mauritanien qui épouse les mouvements de la vague.

Paolig n'est pas à prendre avec des pincettes.

L'escale à Port-Etienne semble lui avoir mis les nerfs à fleur de peau.

Cela fait à peine cinq heures que l'on attend à Point-Central, lieu de ravitaillement pour l'eau et le gasoil, et déjà il a demandé trois fois à Christian d'aller « aux nouvelles ». Pourquoi mettent-ils tout ce temps sur le quai pour envoyer les tuyaux ?

— Un peu de patience !

Mais Paolig en a moins que jamais.

— Et les langoustes ? Si le bateau ne bouge pas, tu sais ce qui arrivera.

— Trouve le moyen de faire autrement ? Si on veut remonter à plein et sans escale, on est bien obligés d'attendre. On n'est pas les seuls.

Plusieurs langoustiers prennent aussi leur mal en patience, ballots minuscules face aux coques sombres des mastodontes minéraliers qui sillonnent les eaux sales.

L'équipage laisse Paolig à ses cent pas sur le pont. Ousman lui a pourtant expliqué cent fois :

« Votre temps n'est pas le même que le nôtre ! Si tu venais par chez nous, sur le Fleuve, tu comprendrais. »

Paolig refuse d'entendre. Il n'a aucune envie d'aller s'aventurer par là-bas. Pas un regard pour les dunes vives de l'Akchar et de l'Azeffal qui prolongent Port-Etienne, annoncent le désert et ses reflets d'or fauve.

— Rien ne vaut un bon coup de crachin. La chaleur, le sable, j'en ai ma claque !

Il faut dire que même en mer cet intrus se faufile partout, dans le moindre recoin, d'où il est impossible à déloger. Fine couche poussiéreuse d'un beau rouge de brique qui vous transforme une tignasse en étoupe, qui coule des épaules quand on prend sa douche hebdomadaire. Puisque l'eau est denrée plus précieuse que tout.

— Tu ne penses jamais au désert ? lui demande Christian, l'œil perdu vers les aklés[1]. Un jour, moi j'irai.

Sa phrase n'attend pas de réponse. Cela tombe bien, Paolig n'en donne pas. Il hausse les épaules. Christian l'énerve, avec ses rêveries. De toute façon, tout l'énerve. Fin psychologue, Ousman lui a glissé, avant de quitter le bord :

1. Massifs de dunes.

« Toi, tu dois être pressé de retrouver une femme. Le vent te poussera vers elle. »

Le grand Toucouleur riait plus fort que d'habitude parce qu'il était content. Christian lui a versé sa part, à l'avance, une liasse de billets CFA qu'il a recomptée dix fois. Il va sans doute s'offrir son épouse numéro un, comme il dit.

« La prochaine fois, tu viendras à Douarnenez pour toucher ta paie », lui a proposé Christian.

Ousman n'a pas dit non. Au contraire :

« Tope là, patron ! »

Les ailes du boubou de popeline bleue damassée ont volé longtemps sur le terre-plein du port, puis il a disparu. Rejoindre *son* Fleuve à six jours de là, dont trois à dos de chameau.

Paolig est resté avec sa phrase en travers de la gorge.

Une femme ! La retrouver ? De quoi je me mêle, cet Ousman ! Que peut-il en savoir ?

A qui pourrait-il bien s'en prendre ? Il lui faut un exutoire pour tuer le temps. Est-il si pressé que ça de remonter chez lui ? Qu'est-ce qu'il y trouvera ? A part un père en fauteuil roulant... et une mère à son chevet avec des yeux de plus en creux, et tristes. Il y aura Annaïg sur le quai sans doute aussi... elle a dit qu'elle l'attendrait. Ce n'est pas Annaïg qu'il a envie de voir sur le quai. Ou alors une Annaïg qui ressemblerait étrangement...

— On va attendre encore longtemps ?

— Va faire un tour ! lui crie Momo, excédé. N'importe où mais dégage ! On n'entend que toi sur le pont.

Du fond du poste équipage, Jacquiq s'en mêle :

— Un bon seau de flotte lui ferait pas de mal.

Paolig soupire, sort son paquet de cigarettes, va se glisser sous les pilotis de bois supportant la montagne de casiers, bien rangés jusqu'à la prochaine campagne. C'est là qu'on cherche l'ombre quand le soleil tape trop en mer. Là aussi où il se souvient pour la première fois d'avoir vu Cheik Ousman, Boutbout et Salim s'agenouiller dans la direction de La Mecque pour prier sur leurs cirés étalés.

Ce foutu ravitaillement qui n'en finit pas. Ils vont perdre la cargaison, ils seront ruinés. Mais non, ils vont être riches. Encore douze jours, et lui aussi, comme Ousman, comptera ses billets, peut-être pas avec cet air détaché qu'arborait le Toucouleur...

La cigarette dont il vient de tirer la première bouffée ne l'a pas encore calmé. Ce doit être le vent qui lui vrille l'estomac. Il voudrait déjà être à Douarnenez, passer le raz de Sein. Non... ne pas y être. Il ne sait plus. Il ne pense qu'à une chose. Pourquoi a-t-il fallu qu'Ousman évoque une femme ? Il était si tranquille depuis trois mois, sans Elisa devant les yeux. L'idée de la revoir ne serait-ce qu'une seconde, encore plus belle que la dernière fois évidemment, lui est insupportable. Il casserait tout pour faire taire sa propre bêtise. Il doit y avoir une solution pour ne plus jamais connaître ce qui le chavire à l'intérieur.

Il jette son mégot par-dessus bord, en même temps qu'une profonde expiration vers le large. Il vient de prendre une décision. Evidente. Tellement évidente qu'il se demande pourquoi il n'y a pas pensé plus tôt : concentrer toutes ses forces, son attention, son énergie à faire fortune, s'en mettre plein les poches... L'oubli viendra de là. Il a sous ses pieds de quoi répondre à ce besoin bien au-delà de ses espérances, il repartira encore et encore, accumulera les campagnes, dévalisera les mers, raclera les fonds jusqu'à ce que ne reste plus une seule langouste s'il le faut.

Autrefois déjà, il avait cette ambition. Il va la retrouver intacte, démentira ce que son père affirmait : « Douarnenez ne veut pas de toi. » Il va lui prouver le contraire et s'offrir par la même occasion le luxe de ne pas jeter un regard à Elisa sur le quai. Si ça se trouve, la voir ne lui fera ni chaud ni froid et Annaïg la vaut haut la main. Tout n'est qu'une question de peau, celle de la blonde Annaïg lui a plutôt réussi jusqu'à présent. Il s'offrira des séances avec elle jusqu'à en crever de plaisir. Elle sait y faire. Peut-être même qu'il l'épousera un jour, qu'ils achèteront la plus belle maison de Douarnenez.

Il inspire longuement.

Il n'aura plus rien à envier au capitaine.

Encore un peu de patience et cap 260° nord. Route France…

22

Restent quatre heures d'ici Douarnenez.

On vient de dépasser le raz de Sein, tout le monde a déserté sa couchette. Impossible de dormir, malgré les heures de fatigue accumulées. La campagne de ces trois derniers mois pèse sur les épaules, mais on l'a oubliée. Effervescence. Une frénésie de propreté s'est emparée du bord : ça frotte, ça nettoie, ça brique, ça récure. Au cœur de la nuit, le moindre recoin est passé au crible. Les gestes sont fébriles, les estomacs noués. On boit sans discontinuer un café brûlant, réclamant à Momo tournée sur tournée. Il râle, mais obtempère, lui aussi en a besoin.

Christian et Germain ont calculé le retour au plus près. Ce sera marée basse.

— De toute façon, dit Paolig, haute ou basse, on ne débarque rien avant de s'être mis d'accord avec les mareyeurs.

Momo connaît la musique :

— On fera des ronds dans l'eau avec le bateau[1]. Comme d'habitude ! Etre à la maison ou presque et ne pas pouvoir débarquer...

---

1. Pour éviter que les langoustes, privées d'oxygène dans le vivier faute de mouvement, ne meurent.

Paolig hausse les épaules.

— On n'est pas à une journée près !

Christian lui sourit :

— Parle pour toi ! Pas envie de revoir Annaïg ?

Re-haussement d'épaules.

— Ferais mieux de penser à vendre tout ça. Pour le reste on aura le temps de voir !

— Pourquoi veux-tu qu'on ne vende pas bien ? A quinze jours de Noël !

— Tu crois peut-être qu'on sera les seuls ?

— D'après Radio Conquet, il y en a encore beaucoup restés sur place. Un peu d'optimisme !

— Je serai optimiste quand j'aurai les sous en poche.

Bref, rien à en tirer. Paolig est buté. Il trouve que Christian prend le tout un peu trop à la légère. Evidemment le jeune marié a autre chose en tête. Du coup, Paolig revient à la charge à quelques encablures de la pointe de la Chèvre :

— A quelle heure le rendez-vous avec les gens de la Langouste[1] ?

— Cela fait dix fois que je te le dis !

— Eh bien à la onzième je me souviendrai !

— Huit heures.

— Je ne les sens pas...

— Ils ont pourtant fait leur preuve.

— La moindre personne souriante pour toi a fait ses preuves. Moi je veux du solide.

Avec le lever du soleil, Germain est monté à la passerelle s'en mêler.

---

1. Société de mareyeurs basée à Roscoff.

— Pourquoi veux-tu qu'on se laisse faire ? On est gagnants. Les fêtes approchent. La cargaison va partir comme des petits pains.

Mais le doute est là, qui commence à plomber l'ambiance. Y compris et surtout quand les trois mettent l'annexe à l'eau pour se rendre au rendez-vous. Tandis que l'équipage se contente de refiler au vent... pour aérer la cargaison, caboter dans la baie, devant Douarnenez la tentante. Même sous la lumière à peine levée de ce petit matin de décembre qui fait ressortir les couleurs de l'alignement des maisons du port, ces étages de rose, de crème, d'orange se reflétant à l'infini devant la cale ronde. Nanou l'imagine plus qu'il ne le voit. Le *Fleur de Sable* est bien trop loin pour apprécier le spectacle. A bord, les mines s'allongent.

Jacquiq grommelle. L'humeur de Paolig a fait un émule :

— J'espère qu'ils vont bien défendre le morceau.

Momo hoche la tête. Pas convaincu non plus.

Nanou se rebiffe :

— Mais pourquoi voulez-vous que ça ne marche pas ? Je l'aurai, mon singe, c'est moi qui vous le dis !

D'un geste de la main, il devance la réplique de Momo qui allait fuser :

— Je sais, entre singes on se comprend. Mais je suis prêt à ouvrir les paris.

Momo ricane :

— Et si ta paie se réduit à rien, mon pauvre gars, t'auras encore moins que rien.

— Vous êtes que des oiseaux de mauvais augure. On a de l'or sous nos pieds ! Et on va s'en mettre jusque-là !..

— Puisse Dieu t'entendre…

— On va Le laisser là où Il est ! Les histoires d'argent ne sont pas Son fort…

Christian se serait bien passé de cette séance de tractations qui peut virer au marathon entre mareyeurs et patrons pêcheurs. Certains bateaux ont attendu jusqu'à trois jours pour que l'entente sur un papier soit contresignée. Trois jours à promener les langoustes !

Son estomac tressaute à la moindre vague. Non pour ce qui l'attend, il laisse le soin à Paolig de défendre au mieux leurs intérêts, des trois il est le plus à même de faire front, le plus âpre en affaires, mais plutôt par l'envie de revoir Elisa. S'il pouvait nager plus vite que l'esquif qui souffre contre le vent glacial ! Quelques lumières accrochées au front de la ville. Douarnenez s'éveille ; sur le quai au loin, Christian distingue des silhouettes. Elisa doit être parmi elles ; il a prévenu de leur arrivée par radio. Son regard croise celui de Germain, pas besoin de se parler, tout est dit. Reste le visage fermé de Paolig, barre profonde lui creusant le front.

— Cache ta joie !

Fixant un point à l'horizon, Paolig ne desserre pas les lèvres.

— On va aller s'amarrer devant la cale ronde ! crie Germain entre deux ruades du bateau.

Encore un peu flous, les visages défilent devant les yeux de Christian, il va de l'un à l'autre. Elisa n'y est pas. Il en est certain, elle est si reconnaissable avec son manteau de cheveux. Son estomac se tord un peu plus.

Mélanie lui fait de grands signes. Elle au moins est venue. Quelqu'un à côté sourit aussi. Quelqu'un que Christian ne connaît pas. Une petite tête d'oiseau déplumée, coupée court, aux joues un peu creuses, aux yeux démesurément grands. Pourtant les yeux...

— Tu lances le bout ? lui jette Paolig, un rien de ricanement dans la voix.

Christian n'est pas à ce qu'il fait. Un faux mouvement et il allait s'étaler entre annexe et cale...

Paolig a déjà sauté à terre. Il y a des rires autour d'eux, des cris :

— Alors, les Mauritaniens, de retour que vous êtes !

Christian n'entend rien, cherche à nouveau l'étrange regard parmi les têtes penchées au-dessus de l'eau. Mélanie lui tend la main, aussitôt débarqué le serre contre lui.

— T'aurais-t'y grandi au soleil ? rit-elle entre ses larmes discrètes.

La silhouette si frêle de tout à l'heure est là aussi et Christian comprend enfin que le petit oiseau déplumé est Elisa. Cheveux courts. Il est incapable de parler, sourit comme il peut. Elisa se jette contre lui, elle non plus ne parle pas. Sans doute pas pour les mêmes raisons, celles de Christian sont inavouables. Comment pourrait-il expliquer qu'il a attendu tant de fois ce moment, qu'il l'a vécu tant de fois, mais que jamais, jamais Elisa n'y avait ce nouveau visage ? Il s'en veut. Mais cela ne passe pas, comme s'il recevait de plein fouet non pas la taille des cheveux – quoique – mais que sa femme ait une vie sans lui. Une vie où elle prendrait des décisions sans le consulter, des décisions aussi importantes que celle de sacrifier cette merveille qui lui coulait dans le dos... avant.

— Tu aimes ma nouvelle tête ? demande-t-elle en riant timidement... J'en avais assez d'être en retard le matin pour partir à l'école.

Il se détache doucement, scrutant cette Elisa qui l'intimide un peu, s'en tire avec une pirouette :

— J'espère que tu n'as pas changé aussi tous les meubles de place à la maison !

— Tu n'aimes pas, c'est ça ?

— Il faut que je m'habitue...

Christian y met toute sa bonne volonté, s'en veut de la déception qu'il essaie de cacher. Comment expliquer à Elisa que, pour lui qui part, le besoin de savoir ceux qu'il laisse à terre dans un décor quasi immuable est viscéral, même si cet immobilisme est insensé, impossible, sinon il n'est plus qu'invité dans le monde qu'il retrouve avec la sensation de n'y avoir aucune place. Non, décidément, Elisa a eu une drôle d'idée ; cette nuque blanche, vulnérable, offerte à tous. Il s'y fera. Mais c'est tout de même une drôle d'idée.

— Les gars, tous ensemble à mon signal !

Paolig a pris les choses en main, à la tête de la trentaine de bonnes volontés venues à la rescousse pour mettre le vivier du *Fleur de Sable* au sec. La manœuvre n'est pas simple, surtout par ce froid.

— On va vite se réchauffer ! crie-t-on pourtant entre les rangs.

Le bateau est à flot. Il faut passer une bâche le long du bateau par l'étrave, pour que cette toile vienne faire ventouse contre la coque et assèche le vivier tandis qu'une pompe se chargera de le vider. Pas eu le temps d'attendre la marée basse, la cargaison doit partir en fin de journée direction le nord du Finistère.

Depuis que Paolig a vu le chiffre avancé par les mareyeurs, le sourire lui est revenu, la ride au front est moins creusée : quatorze francs du kilo pour les vivantes et seize pour les congelées. Oullhen de Roscoff a tout pris. La pêche du *Fleur de Sable* sera sur les tables des grands restaurants parisiens pour les réveillons et même sur celle du paquebot *France* pour celui de la Saint-Sylvestre. Les angoisses sont derrière eux, démentant ses pronostics par trop négatifs :

« On n'aura pas assez d'une vie pour rembourser les dettes. »

La preuve que si. De quoi le dérider enfin, qui orchestre la remontée de la bâche :

— Tirez donc !

On entend de grands « han han », des « oh hisse ». La force du courant, la poussée de l'eau ne facilitent pas les choses. Certains, malgré les deux degrés, ont tombé la vareuse. La vapeur sort des lèvres dans les rires et les encouragements, le bruit de la pompe. Enfin la toile, dégorgeant ses tonnes d'eau en bouillonnement, est en place, cependant tout reste à faire : les camions siglés *Société de la Langouste* attendent à quai. On a installé les balances, prêtes à recevoir l'or rose sorti du vivier. De la goulotte au pont, la chaîne s'organise de main en main ; les bestioles sont soupesées, jaugées, sifflées au passage quand elles sont royales, triées par grandeur, taille, catégorie.

221

Au cœur du vivier, Germain et Nanou, harnachés comme des scaphandriers, plongent dans la manne à antennes à grands coups de gants. Momo a été jugé inopérant, trop gros pour passer par la goulotte. Il n'a pas insisté ni ne s'est plaint, secrètement ravi d'éviter la descente aux enfers. En revanche, il est préposé à la pesée, aligne les sept cents, huit cents grammes. Au fur et à mesure, son visage s'éclaire aussi. Déjà, il se voit dans le train filant vers Paris. Idem pour Jacquiq, qui n'attend que d'aller chercher son billet.

Alors que Christian compte et recompte. Un œil sur le cahier, un œil sur la balance. Saluant intérieurement à chaque page tournée la performance de l'équipage du *Fleur de Sable*. L'objectif du trio sera atteint plus tôt que prévu : encore quelques campagnes aussi impressionnantes et les comptes s'équilibreront.

Il vient de perdre le fil, ne sait plus où donner de la tête, tellement il enregistre de langoustes, de queues battant encore contre le pavé. Au-dessus de son épaule, Germain, débarrassé de son équipement, jette un œil sur les colonnes qui se remplissent de bâtons. Il est hilare. Ses yeux brillent :

— On a réussi non ? Faudrait marquer le coup. C'est quand même notre première.

Paolig les a rejoints. La sueur lui dégouline des tempes.

Christian reprend l'idée de Germain :

— On fête ça ?

Paolig hésite une seconde. Il ne se sent pas encore tout à fait prêt à affronter un certain visage plusieurs heures d'affilée. Moins guéri qu'il ne le supposait :

— D'accord, mais entre nous, alors ! Sans les femmes... un de ces soirs.

Tête sombre perdue au milieu de la blancheur, bras replié sous l'oreiller, Elisa dort. Christian s'est réveillé tôt. L'habitude des quarts est un mécanisme qui s'ancre dans les crânes et dont il est difficile de se défaire. Il regarde autour de lui, comme s'il voulait apprendre leur décor pour l'emporter en mer dans quelques heures, mais en revient toujours à Elisa dont la chute de reins, nue, est enroulée dans les draps. Elle soupire. Comme un sanglot. Peut-être qu'au creux de son rêve elle reprend leur dispute d'hier soir. La première de leur vie de couple, pas de chance juste à la veille de son départ. Quelle phrase a-t-elle employée ?

« Même quand tu es là, tu n'y es pas... »

Les femmes ont parfois de ces expressions. Ne pas y être ! Bon sang tout ce mois passé, il a été présent autant qu'il en était capable. Certes, appréciant secrètement d'aller prendre l'air, de bricoler sur le bateau chaque jour, mais est-ce sa faute si la terre ne lui vaut rien ? Il n'y arrive pas. L'impression de ne jamais être tout à fait à sa place, de venir d'un autre univers où l'on respire le large alors que celui des terriens est si... étriqué, sans horizon. Y compris leurs sujets de conversation, à s'en faire pour des détails tellement insignifiants, tellement inutiles, à étaler le luxe, se gorger de leur argent. Le décalage entre eux et lui est permanent. Il ne parvient pas plus à raconter sa vie loin de Douarnenez qu'eux à lui faire partager leurs préoccupations.

Même chez lui, dans la petite maison de granit aux plafonds bas, aux fenêtres bleues donnant directement sur la rue qui monte vers le chemin des Plomarc'h, Christian n'est pas vraiment à sa place ; il se cogne souvent dans les meubles. Il y a pourtant plus d'espace que dans le carré du *Fleur de Sable*, mais Elisa passe son temps à déplacer le mobilier. Ah oui, c'est à cause de ça que tout a commencé, hier soir. La vieille commode n'était plus à sa place. Elisa a ri :

« On n'est pas dans un musée, ici. Les choses bougent. Même toi avec ta barbe ! Tu ne m'as pas demandé mon avis non plus, avoue que j'ai fait moins d'histoires que toi pour mes cheveux.

— Je ne vois pas le rapport avec la commode. Tu sais bien que je n'aime pas ces changements. A quoi ça te sert ? Fais-le quand je ne serai pas là. »

Les yeux d'Elisa ont pris un éclat un peu humide. Envolé le rire.

« Et remettre tout en place pour ton retour, c'est ça ?

— Exactement.

— Alors ce n'est pas la peine de partager une vie, si on ne fait rien ensemble... »

Désireux d'empêcher la dispute qui couvait, Christian a posé la main sur l'épaule d'Elisa.

« Tu crois vraiment que c'est le moment d'entamer ce genre de discussion ? Demain je pars. »

Le geste de trop, le mot de trop. Elle l'a repoussé. Les larmes ont jailli, les cris avec :

« On va le savoir, que tu pars, tu n'as jamais fait que ça. Tu ne sais faire que ça. Partir, toujours partir. Même quand tu es là, tu n'y es pas... »

Voilà, on y était arrivé. Christian ne savait pas quoi répondre. Avec, derrière lui, leur cadeau de mariage, la pendule de Mélanie, qui respire toujours aussi fort, peut-être plus encore, qui rappelait à sa façon, asthmatique, que dans moins de douze heures il ne serait plus là. Et le cou tentant d'Elisa, son long cou que les cheveux coupés mettent bien plus en valeur. Il avait envie de l'embrasser, sa main s'est approchée.

« Ah non, ce serait trop facile ! »

Ils se sont couchés. Au pied du lit, le sac de Christian semblait les narguer. Elisa tournait le dos. La nuit a effacé la dispute, les corps se sont cherchés, comme instinctivement, avec peut-être plus de fièvre que d'habitude. La main de Christian s'est aventurée sur le flanc d'Elisa qui s'est alors coulée contre lui. Tout contre. En signe de paix et plus encore. Pas un mot, même pas un gémissement quand ils se sont pris. Le plaisir à peine assouvi, le sommeil les a happés, encore rivés l'un à l'autre.

1969-1970

23

Fin février 1969

Il fait toujours froid quand on ne part pas, quand on accompagne sur le quai celui qui s'en va, qu'on reste longtemps le regard rivé à une coque qui s'éloigne. Elisa s'est enveloppée dans une écharpe de Mélanie. Moins laide que les autres. La vieille dame s'est assagie en matière de couleurs, ne les mélange plus, se limite au bleu pastel plus facile à tricoter pour ses mauvais yeux, mais malgré les trois tours autour de son cou, Elisa est transie. Février est doux pourtant, bien trop doux pour saluer la distance qui la sépare de Christian, pas seulement géographique. Quelque chose se délite inexorablement, depuis quand ?... Elle ne saurait le dire tout en continuant d'espérer que ce n'est qu'une vue de l'esprit, le fruit de son imagination.

Pourtant, comment ne pas se rendre à l'évidence ? Comment ne pas avoir remarqué que Christian paraissait si heureux de repartir ce matin, qu'une fois à bord son visage s'est éclairé à nouveau. Alors qu'Elisa ne comptait plus les soirs où enfermé dans le noir, au cœur de leur chambre, pendant le mois qu'a duré son séjour à terre, il luttait contre les migraines.

La semaine dernière, elle n'a pas pu s'empêcher de lui en faire la remarque, essayant d'y mettre un tant soit peu de sourire, de ne pas virer au reproche comme il l'en accuse trop souvent.

« Je vais finir par croire que tu n'es pas bien à la maison !

— Où vas-tu chercher ça ? »

Il n'a rien ajouté, rien qu'un soupir, trop éloquent.

La situation est-elle de son fait, qui des deux est responsable ?

Elisa égrène ses questions tout le long du chemin vers l'école, maintenant qu'elle a tourné le dos au port, maintenant que le *Fleur de Sable* a repris le vent vers là-bas, vers cet ailleurs qui redonne le sourire à Christian, qui l'exclut, elle, si impitoyablement.

Amer constat, ils ne sont plus du même monde. L'ont-ils jamais été ? Enfants, c'est certain, mais tout cela est du passé. Désormais leurs conceptions de la vie divergent. Oh pas fondamentalement, mais Elisa a l'impression de ne pas connaître ce Christian qui semble toujours en quête d'un inatteignable idéal. Autour d'eux, on se demande aussi, à mots couverts, ce qu'il cherche. Les amis d'Elisa ne comprennent pas plus qu'elle les grandes théories de Christian sur le superflu inutile.

« Posséder, amasser, vous apporte-t-il le bonheur ? »

Et tout le monde de se récrier :

« Mais pour toi c'est quoi, le bonheur ? Tu es bien content de gagner ta vie et largement au-dessus de la moyenne, alors pourquoi cracher dessus ? »

Il y a trois jours, ils ont frôlé la dispute. Lors d'un dîner qui réunissait le trio comme autrefois, plus les femmes dont Annaïg, bien que celle-ci attende toujours la bague au doigt, qu'elle rêverait d'un cabochon « gros comme le Ritz » pour fêter l'événement. Nul ne sait pourquoi Paolig traîne tant à le lui offrir, même s'ils vivent ostensiblement ensemble et qu'elle dépense tout aussi ostensiblement son argent.

Elisa rit toute seule, pourtant le cœur n'y est pas. Il était évident que l'on courait à la catastrophe, tant Christian et Annaïg sont aux antipodes. Elle roulait de grands yeux quand il a parlé d'étalage de richesse, heureusement elle n'a pas eu l'air de saisir l'allusion. Mais Paolig, lui, avait saisi :

« Et alors ? On a du fric, mais on l'a bien mérité, non ? On a trimé dur pour s'en mettre plein les poches. Autant que tout le monde le sache.

— Ça t'avancera à quoi ? »

Sur ce point, Elisa rejoignait Christian. Elle n'est pas pour cette course effrénée à la parade que les Mauritaniens pratiquent trop souvent. Sous l'influence d'Annaïg, Paolig y tend de plus en plus, comme s'il ressentait le besoin permanent de se prouver quelque chose, d'amasser encore et encore, de démontrer à tout Douarnenez de quoi il est capable. Une revanche inassouvie ? Mais entre les pinces à sucre en argent d'Annaïg achetées par douzaines, sa dernière pathétique trouvaille, et le dénuement qui tente Christian, n'y a-t-il pas un juste milieu ? Un bonheur simple, se retrouver ensemble chez eux, sans toutes ces considérations fumeuses, avec...

Elisa se mord les lèvres. Elle sait bien ce qui leur manque, à tous les deux. Son corps le lui rappelle chaque mois. Après chaque départ de Christian, elle attend que le sang ne s'écoule plus d'elle, que son ventre lui accorde enfin ce qu'elle demande, ce qu'elle implore, qu'il réponde, qu'il l'aide à offrir à Christian leur passerelle, la seule qui changerait toute la donne : qu'un enfant les relie. Pas d'enfant de Christian, le crève-cœur de sa vie.

Est-ce la cause de son éloignement ?

Ce mois-ci, elle en sourit tristement, elle n'aura pas à attendre. Aucune possibilité d'aucune sorte que son corps lui fasse le signe tant attendu : ils n'ont pas fait l'amour. Même pas le soir du retour de Christian, qui lui a servi l'excuse imparable d'être obligé de rester à bord à tourner dans la baie pour le chargement, puis la fatigue du lendemain, ensuite l'étau qui l'a cloué dans le noir. Les jours et les nuits ont filé...

Cette fois encore, elle sera vide et inutile.

Elle va reprendre les gestes de chaque jour, rouvrir la salle de classe, se composer un visage devant les écolières, réapprendre l'attente jusqu'au prochain retour. Puisqu'elle n'est que cela : attente.

La classe sent la craie, une odeur un peu humide qui irrite la gorge. Elle ouvre les fenêtres en grand, la pièce s'emplit des cris des petites filles. C'est la fin de la récréation, elles vont se mettre en rang, les joues encore rouges de leurs parties de chat, les yeux brillants. Fébriles, rieuses, excitées, la sueur dans le creux de leur cou.

Elisa retourne fermer la fenêtre, elle n'a pas enlevé son écharpe.

Elle a si froid.

Au large de Port-Etienne, mars 1969

Installé à la barre, Christian gamberge, pour reprendre l'expression de Paolig. C'est l'heure qui veut ça : trois heures, la nuit n'en finit pas. Depuis deux jours, l'air est irrespirable, empêchant tout le monde de dormir. Ça bouge, en bas, dans les bannettes, couvertures roulées en boule aux pieds des mauvais dormeurs. Les insomnies creusent les traits. Alors autant être à la barre, porte ouverte, avec pour complice le ciel pailleté d'étoiles, balayé par la Voie lactée. Un spectacle rien que pour lui, qui ne s'en lasse jamais. Peut-être même l'apprécie-t-il chaque fois davantage et la campagne ne fait que commencer. Christian essaie de compter les précédentes : quatre ans de départs et de retours, trois mois en mer, un mois à terre, un rythme devenu immuable. Aussi immuable que l'équipage, qui a essuyé nombre de tempêtes, subi coups de chaleur et coups de cafard, ras-le-bol et vagues d'enthousiasme, crises de rigolades, plaisanteries, fatigue et gueulantes.

Plus quelques moments mémorables que le bord conserve jalousement dans son album de souvenirs. Tel celui de janvier 1966, quand Nanou a acheté son singe. Pour le baptiser intelligemment : Ouistiti ! Les mimiques de Ouistiti, ses innombrables bêtises, dont le dépiautage systématique des cigarettes qu'on laissait étourdiment traîner. Momo en a fait les frais plus souvent qu'à son tour, puisque à sa décharge le plus gros fumeur du bord et le moins ordonné. Entre les deux, un jeu hilarant de chat et de souris.

« Le plus malin n'est pas celui qu'on pense », se moquait Jacquiq...

L'histoire a eu son apothéose, un jour de vent de sable, après le énième paquet décortiqué jusqu'au dernier brin de tabac. Momo a pris un coup de sang et poursuivi Ouistiti dans tout le bateau. Sous les encouragements et les applaudissements du bord, qui avait même engagé les paris. A deux contre un, Momo n'avait aucune chance. Ouistiti a gagné haut la main, se réfugiant in extremis en tête de mât pour narguer sa pauvre victime, déconfite. Autant par sa défaite que devant le peu de soutien de l'équipage, tordu de rire. Momo poing levé, Ouistiti beau joueur l'applaudissant sans vergogne puisque en sécurité à quelques mètres au-dessus, dans le refuge de sa citadelle imprenable. Momo a fini par en rire, autant que les autres, si ce n'est plus et, après l'épisode, a réduit de moitié sa consommation de cigarettes. Tout le monde y a gagné.

Une mine, ce Ouistiti, en matière de distractions, comme s'il cherchait en permanence à réveiller le bord. Jusqu'à ses cuites au pastis. Quand tout le monde avait le dos tourné, il finissait les verres pour se retrouver, le lendemain, à réclamer de l'eau, en se tapant la tête comme un soûlard repenti.

Ouistiti n'est plus sur le *Fleur de Sable*. Il coule des jours tranquilles chez un mécano de Concarneau qui rêvait d'un singe chez lui et qui s'est vu offrir le petit animal. Nanou l'a regretté longtemps, tout en convenant que partager sa couchette avec lui n'était pas des plus... commodes.

« T'avais qu'à te prendre une guenon ! a conclu Momo. T'aurais joint l'utile à l'agréable. »

Christian vient de se rouler une cigarette à la mémoire de Ouistiti, et pour saluer ses nuits sans migraine. La mer conjuguée aux effluves d'Amsterdamer, le meilleur des remèdes. Si Elisa savait que sa tête est légère dès qu'il est sur le *Fleur de Sable*, que son départ est toujours synonyme de délivrance... On ne peut dire ces choses-là. Il n'a pas envie de faire souffrir Elisa. Elle a sa vie, lui la sienne, les deux ne parviennent plus vraiment à se rejoindre. Pourtant, il l'aime, à sa façon, elle fait partie de lui depuis trop longtemps pour ne pas l'aimer. Il l'aime comme quelqu'un que l'on a toujours connu, parce qu'elle est un repère qu'il ne quittera jamais, il l'a quittée déjà tellement souvent, qu'est-ce que ça changerait ?

Elle lui dit souvent : « Si nous avions un enfant... » Sûr, il en aurait voulu un, lui aussi, mais maintenant n'en est plus certain. Avec un enfant, elle supporterait encore moins qu'il parte, battaillerait pour l'inclure dans sa vie trop bien réglée, sans surprise, où lui n'a pas sa place. Il voudrait autre chose. Mais quoi ? Aucune idée. L'amour ? Il a mis une croix dessus, rien ne vaut la mer. Germain a l'air de trouver ça simple, l'amour avec Maria, depuis qu'il est marié : qu'il parte ou qu'il revienne, dans les deux cas il est heureux et Maria s'en accommode. Paolig, c'est une autre histoire : pas l'air beaucoup plus heureux que lui malgré ses poches de plus en plus pleines.

Deux cargos tous feux allumés croisent au loin. Deux chalutiers-usines dont il n'a pu repérer le pavillon – russe, coréen ? –, les deux écument les fonds dans une même course à la pêche intensive, ces équipages pratiquant les trois-huit. Un sujet de friction entre Paolig et lui, qui les a opposés pas plus tard qu'hier.

Paolig n'y est pas allé de main morte :

« Tu n'as pas l'impression de manquer d'ambition ?

— Où vois-tu de l'ambition ? Se crever à fond de cale pour un salaire de misère ?

— Tu sais très bien de quoi je veux parler... »

La nouvelle lubie de Paolig, qu'il remet sur le tapis depuis quelques jours avec constance. Comme s'il revenait à l'assaut en enfant gâté qui n'en a jamais assez et réclame un jouet, lequel jouet serait un, et pourquoi pas deux autres bateaux. Une flotte entière envoyée prospecter au Brésil, en Afrique du Sud. Trois unités pour les trois associés, qui pourraient empocher chacun leurs bénéfices sans plus avoir à partager...

« Tu oublies juste un détail... a contré Christian. N'as-tu pas remarqué que la pêche n'est plus ce qu'elle était ? Combien de bateaux reconvertis en chalutiers, maintenant ? Certains ont décidé d'abandonner la rose, il n'y a plus le même rendement et tu le sais aussi bien que moi.

— On ira aux filets comme les Portugais s'il le faut ! On la traquera, la bestiole, fais-moi confiance. »

Christian a soupiré :

« Et ça t'avancera à quoi ? »

Paolig a levé les yeux au ciel.

« Tu ne peux pas changer de disque ? Dès que tu te rends compte que tu vas dans le mur, c'est toujours le même refrain... »

Autour de la table, tout le monde se taisait. C'est le seul sujet qui divise le bord. Il y a les pour et les contre. Momo pencherait plutôt du côté de Paolig parce qu'il n'est pas insensible au pouvoir qu'offre un portefeuille bien rempli. Pas les autres, surtout pas Jacquiq, qui lui a sorti le verbe que Paolig déteste entre tous :

« Contentons-nous...

— Se contenter ? Et pourquoi pas se résigner, tant qu'on y est ! »

Germain a mis son grain de sel. Cette histoire de flottille envoyée au diable vauvert l'agace prodigieusement. Il trouve que Paolig commence à déconner avec ses idées de grandeur.

« Tu ne peux pas lever le pied, pour une fois ? Tout marche bien, on peut largement voir venir. Qu'est-ce que tu as besoin d'aller chercher... »

Mais Paolig a besoin, un point c'est tout. Ce doit être atavique : s'arc-bouter sur son entêtement, n'en plus démordre comme le père Le Bihan. La conclusion à laquelle sont parvenus Germain et Christian, qui en ont reparlé un peu plus tard, en s'efforçant de minimiser les choses :

« Ça lui passera avant que ça nous reprenne ! »

Optimisme ou aveuglement ?

Les heures d'attente obligée pour les démarches dès l'arrivée à Port-Etienne relèguent ces préoccupations au second plan. On fait les pleins en attendant Salim, Bout-bout et Cheik Ousman, qui embarquent en procession. Ce dernier vêtu de neuf sent l'amidon ; ses femmes ont dû largement user du produit pour donner à son habit damassé cet aspect cartonné, comme s'il tenait à un por-temanteau. Un large sourire lui fend le visage. Christian est certain qu'il va lui annoncer la naissance d'un nouvel enfant. D'une des trois femmes qu'il a pu « acheter » depuis son premier embarquement. Ça ne rate pas :

— Le cinquième garçon est arrivé il y a deux jours.

— Il faudrait songer à faire des filles aussi, Ousman !

— Quand je retournerai au Fleuve. Peut-être qu'il me faudra une quatrième femme, alors.

Haouli blanc enturbanné qui fait ressortir son teint de Maure, Salim salue Christian, le pied à peine à bord, d'un usuel « Chtary[1], patron ? ».

Si Salim mêle encore souvent le hassâniyya[2] au fran-çais, il a néanmoins fait d'incontestables progrès et n'en est pas peu fier. D'ailleurs Salim porte la fierté sur son front. Tel un tribut. Il a coutume de rappeler :

« Mon peuple est guerrier. »

Ses yeux noirs brillent en permanence d'une étrange exaltation. Comme si chaque geste de sa vie, chaque moment était la solennité même.

— Et alors ton français, demande Christian en riant, tu l'as oublié ?

— J'ai avancé, tu verras. Laisse le temps. Toi aussi tu prends ton temps pour te mettre au thé. Ça et les prières, tu devrais, patron !

---

1. « Quoi de neuf ? »
2. Variété de langue arabe parlée en Mauritanie.

— Voudrais-tu me transformer en homme du désert ?

— Qui peut dire ? Tu iras peut-être plus tôt que tu ne le penses, patron !

— Inch' Allah ! répond Christian.

— C'est bien, patron, tu apprends.

Pressé de mettre le *Fleur de Sable* en pêche, on quitte la ville pour le large. Germain est à la barre pour le premier quart. Christian a descendu une carte, l'a déployée à même la table du carré, l'étudie vaguement. La route marquée d'un trait rouge a subi peu de variantes depuis les premières campagnes. Les lieux de pêche ont toujours été d'un rendement régulier. Paolig jette un œil à la carte.

— Si, pour une fois, on allait vers l'île d'Agadir[1] ?

Pourtant pris dans un début de somnolence, Jacquiq a levé le nez. Il objecte :

— Là où le *Georgios* s'est échoué en 1947... t'es pas fou ?

— Une épave, il n'y a rien de tel pour faire pulluler les poissons.

— Je te rappelle qu'on ne pêche pas les poissons mais les langoustes. Et les langoustes n'ont pas les mêmes habitudes...

— Tout ça c'est des foutaises ! s'énerve Paolig. Elles vont dans ces hauts-fonds, en plus on est assurés de ne pas avoir de concurrence, les chalutiers ne s'aventurent pas par là. C'est le royaume des casiers...

Momo s'en mêle :

— Il a raison. On pourrait même faire une razzia, avec les courants froids qui viennent des Canaries.

---

1. Au large du cap d'Arguin. Rien à voir avec la ville marocaine.

Christian n'a pas encore donné son avis, quelque chose le retient. Il préfère laisser dire, le sujet s'éteindra de lui-même. Il n'a pas encore d'opinion sur le fait que l'île d'Arguin est un bon ou un mauvais endroit pour une pêche prétendument miraculeuse. Tout ce qu'il voit c'est une route qui bifurque, une navigation difficile « bouffeuse de gasoil », des passes mal aisées, sa propre méconnaissance des lieux et la nécessité à court terme de remonter plus tôt que prévu à Port-Etienne pour refaire les pleins. Il sait aussi qu'il est inutile de braquer Paolig quand celui-ci a une idée en tête... L'expérience a montré par le passé qu'après réflexion il revenait à peu près toujours à la raison, de lui-même.

Salim toussote sur son banc. Comme s'il voulait donner son avis. Christian lui tend la perche :

— Qu'en penses-tu ?

— C'est dangereux, patron. C'est vrai il y a de la langouste par là, mais c'est pas une bonne idée. C'est comme tu veux, patron. Inch' Allah !

Cependant égal à lui-même, ou peut-être pour ne pas perdre la face, Paolig ne veut pas en démordre :

— Dès qu'on propose quelque chose de nouveau, c'est la même chose ! On a l'occasion de tomber sur des palanquées comme on n'en a jamais eu, et ça vous fout les jetons. C'est quand même pas la première fois qu'on navigue dans des zones pareilles. Les cartes ne sont pas faites pour les chiens. On va prendre des relèvements tous les quarts de mille s'il le faut. Faut passer le cap d'Arguin et dans les hauts de la baie, là-dessous, entre les montagnes russes, c'est le pactole ! Pour Christophe Colomb c'était du pareil au même !

S'il avait pas suivi son idée on la chercherait encore, l'Amérique !

Salim s'enhardit :

— Ton Colomb c'est sûr, il n'est pas de Mauritanie, ni du Fleuve, parce qu'il saurait qu'il ne faut pas aller par là...

Les rires se déclenchent instantanément, y compris côté Paolig. Cependant il ne rit plus en demandant quelques minutes plus tard, une fois sur le pont en tête à tête avec Christian :

— Tu t'en remets aux Maures, maintenant, pour la navigation ? Je croyais que c'était toi le capitaine ?

24

Christian s'est réveillé en sursaut. D'un cauchemar. A la longue, il pensait que cela ne lui arriverait plus. L'image est pourtant toujours la même : il tombe dans le gouffre d'un feu sans fin, et quand il peut enfin en remonter, une vague l'avale. Tel un siphon géant, un tourbillon dont il ne peut s'extirper.

L'air lui manque, il est en sueur. De sa bannette, il a noté un drôle de changement ; il en donnerait sa tête à couper, l'allure du bateau n'est plus la même, le roulis est différent, comme si on était entré dans d'autres eaux. Il est tellement habitué au clapot si particulier du Banc, un peu court, hachuré, qu'il se demande si le cauchemar en question ne lui a pas brouillé les méninges.

De l'autre côté de la cloison, on s'agite. Germain a dû se réveiller, lui aussi.

Il est deux heures. Ils dorment depuis moins de trois heures. Depuis que Paolig a pris son quart. Les trois mots : quart, Paolig et changement font comme un déclic dans la tête de Christian. Il se lève précipitamment. Le juron aux lèvres :

243

— Putain, il a pas fait ça, quand même !

Dehors le vent est tombé, le ciel est plombé d'étoiles. Une splendeur qui échappe totalement à Christian. Il ne voit qu'une chose : la route prise par Paolig. Il veut en avoir le cœur net, déboule dans la passerelle en furie, rejoint par Germain, qui a l'air de tomber des nues : il n'a pas assisté à la conversation, ne sait rien des velléités de Paolig mais a bien senti que le bateau ne filait pas comme d'habitude.

Paolig est à la barre. L'air aussi tranquille que si rien ne se passait.

— Tu fais quel cap, là, s'il te plaît ? siffle Christian en se penchant sur le compas. C'est pas vrai, qu'est-ce qui t'a pris ?

— Il m'a pris que je suis associé pour un tiers sur ce foutu bateau, donc j'ai mis le cap sur l'île d'Agadir, et comme tu le vois, tout se passe à merveille. Il n'y avait pas de quoi fouetter un chat.

Germain n'en revient pas :

— De quoi tu parles ? Qu'est-ce qu'on fout dans ce coin ? On l'a jamais prise, cette…

— Justement c'était l'occasion et je n'allais pas la rater. Et quand le vivier sera rempli jusque par-dessus la goulotte, vous me direz merci, les gars. Christian, tu ne vas pas en faire un plat. J'ai changé de cap, d'accord. Demain on met en pêche. On s'y retrouve, je peux t'en faire le pari. Et tout roulera.

— On peut peut-être essayer ? hasarde Germain.

— C'est ça ! Mets-toi de son côté. Tu sais bien que c'est une connerie.

— J'ai pas dit que ça n'en était pas une, mais maintenant qu'on est là, autant essayer. De toute façon on ne dort plus... et on ne va pas prendre un autre cap, on a déjà dépensé assez de gasoil comme ça.

L'évidence même. Christian est bien obligé de céder, quoique à contrecœur. Il espère simplement que la suite leur donnera raison.

Le doute surgit quelques heures plus tard, sur zone, dans cet imbroglio de failles, de fosses sous-marines qu'il faut négocier, yeux sur le sondeur, mains crispées à la barre. Salim est à l'avant au cas où, Cheik Ousman sur l'aileron bâbord pour relayer les informations. Tout le monde est sur le pont, Momo a abandonné ses fourneaux. On a bien d'autre chose à penser que se remplir l'estomac, qui se noue tant on est à l'affût. Les casiers boëtés attendent d'être livrés à des eaux sombres, traître soupe qui ne veut dévoiler aucun secret. L'odeur de poisson sous les rayons d'un soleil accablant commence à peser.

Christian peste, décide de ne plus avancer, de jeter l'ancre dans ces hauts-fonds, pour filer les casiers. L'idée saugrenue du radeau de la *Méduse* lui a traversé l'esprit, il l'a balayée vite fait, de crainte qu'elle ne leur porte malheur.

Germain et Paolig sont au guindeau. Les maillons de la chaîne cliquettent un à un, s'enfoncent dans le bouillonnement couleur de terre remuée, ourlé d'une écume grisâtre. Christian a débrayé, pris un amer au loin sur la côte qu'il distingue à peine, retient son souffle, ne peut que le constater après quelques minutes d'observation, le crie par la porte de la passerelle :

— L'ancre ne tient pas ! A remonter, on recommence !

Les mâchoires se tendent. La manœuvre est reprise, mais l'indicateur à terre est impitoyable : l'ancre ne croche pas dans ces fonds de sable. Pire, le bateau dérive. Là-bas ou tout près, l'épave du vieux *Georgios* guette, tapie à les attendre, les piéger. Le courant va les y emporter, sans que le *Fleur de Sable* puisse lutter.

Sueur dans le dos, Christian remet les gaz, amorce une marche arrière ; l'envie de casser la gueule de Paolig, qui les a fourrés dans ce pétrin, le chatouille depuis tout à l'heure, plus celle de se gifler pour avoir cédé. Où tout cela va-t-il les mener ? La réponse se perd. Dans un craquement, sinistre, à l'avant.

Tout le monde l'a entendu, se précipite.

Christian stoppe le moteur, crie de mouiller[1] par l'arrière.

Germain s'est engouffré dans les soutes pour aller chercher la réponse que le bord redoute tant, en revient, mine sombre, laisse tomber :

— Une voie d'eau. Petite, mais une voie d'eau.

Chacun sait tacitement ce qu'il a à faire : pomper. On s'attelle, tandis que Germain, Paolig et Salim se chargent d'atténuer les effets de cette fuite sur la coque. Il faut plonger. Salim s'est désigné d'office :

— Je connais, patron. J'ai les yeux pour voir là-dessous... personne d'autre.

---

1. Jeter une ancre.

Du bord par un bout, Germain laisse glisser un morceau de paillet Makarov[1] que Salim attrape avant de s'enfoncer dans l'eau turpide. Il en ressort, de longs instants plus tard, à peine essoufflé, sourit à tout le monde penché par-dessus la lisse.

— Je retourne. Mais ça va être bon. Mes yeux s'habituent.

Il repart. Le bout que tient Germain se tend soudain. Il lui donne un peu de mou.

Encore quelques secondes, interminables, la tête de Salim resurgit. Ses cils, ses cheveux dégoulinent d'un bouillon sale, mais il paraît satisfait de lui-même.

— Patron, le trou attendra. L'eau ne va pas gagner la partie tout de suite.

Voilà qui soulage le bord.

Christian a remis les gaz, enclenché une marche arrière lente, très lente.

L'île d'Agadir étant trop aléatoire à rejoindre, cap sur le continent, au son des pompes. Il faut mettre le *Fleur de Sable* à sec, pour la première avarie du langoustier.

Paolig n'a pas dit un mot. A l'avant du bateau, il continue de fixer l'endroit où devait se faire sa pêche miraculeuse. Christian se demande à quoi il peut penser. Espérant que ce n'est pas à son manque à gagner.

— Faut attendre.

La phrase qui tue.

---

1. Du nom de son inventeur. Pièce de toile qui sert à boucher une voie d'eau en attendant les réparations et tient par la force de l'aspiration de la voie d'eau. Nombre de bateaux à l'époque en étaient équipés.

Christian l'a entendue dix fois en trois jours.

Attendre quoi ? Il y aurait un fatras de réponses, toutes aussi peu satisfaisantes les unes que les autres. Le résultat est le même. Le *Fleur de Sable* est sur béquilles, dans un coin de semblant de chantier, et il attend son tour. Quel tour ? Nul ne peut le dire, car aucun bateau à la ronde en attente de soins. Sachant les compétences du bord, entre Christian, Germain et les autres, on serait largement à même de réparer, de panser la coque, mais les dégâts sont plus importants que prévus. Ce n'est pas un mais deux endroits qui ont été touchés. Rétrospectivement, Christian estime que le bateau a eu de la chance. Salim avait colmaté d'un pansement de fortune l'avant bâbord du bateau, mais l'arrière pissait aussi et l'on n'a rien vu, juste qu'il fallait démesurément pomper alors que la fuite paraissait enrayée. Une autre lui répondait, autrement plus inquiétante, près de la cuve à gasoil. Et la pièce qui manque ne peut venir que de... Douarnenez, en passant par le bon vouloir d'un agent à Port-Etienne. La conclusion consternante s'est imposée après inspection des dégâts. Consolation cependant, le vivier était vide. Il n'aurait plus manqué qu'on perde par la même occasion une cargaison de langoustes.

Donc on attend. Sous le souffle bienfaisant des alizés, les journées se traînent. Et pourtant la beauté des lieux avec le spectacle des lanches au sec sous le vol conjugué des flamants roses, des pélicans, des aigrettes. L'alignement de ces bateaux de pêcheurs retournés sur le sable, offrant leurs ventres bombés à la morsure d'un soleil qui fait craquer la peinture, affadit les couleurs, assèche le bois. L'aube, avec le départ de ces mêmes bateaux déployant leurs filets sous la voile latine comme autant de points bruns à l'horizon. Le ballet des dauphins que la proximité des côtes n'inquiète pas puisque, dit-on, ils servent de rabatteurs pour les mulets qu'on pêche en abondance ici.

La question revient régulièrement :

— Ça va durer combien de temps, cette histoire ?

Le temps que la commande passe par tous les bureaux dans le port mauritanien, puis atteigne son homologue breton. De là, un vol... puis retour ici. Cela paraît tellement lointain que tout le monde se demande si on n'est pas entré dans le domaine insondable de .. l'éternité.

On s'est logé. Hors du *Fleur de Sable*. Et l'équipage a fait connaissance avec l'hospitalité des Imraguen. Tout le monde s'est casé dans d'étonnants cabanons sans fenêtre, boîtes construites avec quelques planches récupérées des lanches, patchwork de couleurs, où il fait délicieusement frais, sous un plafond de tissu tendu. Par la force des choses, tous se sont mis au thé, condition sine qua non pour répondre élégamment à la gentillesse de l'accueil consenti avec tant de spontanéité. Pour remercier, on a vidé la chambre froide d'une partie de son contenu et Momo nourrit de ses recettes inédites le village de Tachekché, qui se montre cependant plus que suspicieux pour certains morceaux de viande. On a écarté d'emblée le porc breton, pour se rabattre sur le poulet accommodé à toutes les sauces.

Chaque jour, tous se retrouvent tôt le matin devant le bateau, comme s'ils espéraient un miracle survenu dans la nuit. On essaie de ne pas perdre ce temps qui semble ne jamais s'effilocher ; Germain, Jacquiq et Nanou se sont mis au travail. Redonner un coup de neuf au langoustier, quoique trouver un pot de peinture soit une entreprise plus que hasardeuse. Les enfants du village restent des heures à rire devant leurs efforts comme s'ils savaient pertinemment que c'est un combat perdu d'avance.

Secondé par Ousman et Salim, Christian a nettoyé tout le poste passerelle. En pure perte puisque le sable revient dès qu'ils ont le dos tourné, tapissant le moindre recoin d'un voile d'une jolie nuance saumonée. De guerre lasse, ils ont décidé de ne plus lutter. Autant mettre leur énergie ailleurs. Mais où ? Le seul point sur lequel Christian ne cède pas, c'est Paolig, dont l'attitude est incompréhensible : il ne s'est même pas fendu d'un début d'excuse, ne se montre pas, ne vient que rarement sur le chantier, bref, se terre entre les quatre planches de « son » cabanon, pour y dormir la plupart du temps. Un comportement qui laisse tout le monde pantois. Germain n'en finit pas de répéter :

— Je n'aurais jamais dû me ranger à son idée.

— Tu n'y es pour rien...

— Si j'avais su...

Voilà encore une phrase qui tue à force d'être prononcée. Germain a battu son propre record, Christian en est saturé. C'est peut-être pour cette raison qu'au terme de quelques jours d'oisiveté forcée il accueille avec une oreille plus qu'attentive la proposition de Salim.

— Je peux t'emmener dans mon village si tu veux, patron. Le désert te fera du bien. Il guérit tout. Surtout l'impatience.

Le désert ! En a-t-il rêvé ! Mais il refuse aussitôt, se retranchant derrière des arguments de sagesse, ou qu'il estime sages.

— Je ne peux pas laisser le bateau…

— Tu peux le laisser, patron. Il ne partira pas sans toi.

Consulté, Germain approuve la proposition, pousse même Christian à partir au plus vite.

— Inutile qu'on soit tous là à veiller. De toute façon, la pièce arrivera Dieu sait quand…

Christian s'étonne :

— Tu n'as pas envie d'aller voir ce qu'il y a au-delà des dunes ?

— Franchement, non.

Même réponse pour Jacquiq, Momo et Nanou, qui ajoute :

— On a déjà suffisamment chaud près de la mer. Des jours sans la voir, très peu pour moi. Et puis le sable, j'en mange, j'en bois, pas envie de dormir dedans en plus.

Quant à Paolig, on ne l'a pas revu, donc inutile de lui demander, quoique un séjour loin de tout lui ferait sans doute le plus grand bien.

Germain trouve l'argument qui clôt la discussion :

— Profite… la pièce ne sera peut-être même pas arrivée à ton retour.

25

La tente respire. Le vent de sable qui s'y engouffre par à-coups, aussitôt arrêté dans sa course par les pans de toile protecteurs, la fait se gonfler, claquer sur les fondements de ses deux piquets de bois. Elle paraît prête à exploser sous cette inspiration, puis l'harmattan repart, déçu, dans des murmures de rage, et tout l'édifice souffle à nouveau. Une longue exhalaison qui l'unit un peu plus à la dune.

Christian ne dort pas. Est-ce l'étrange froid? Un froid dont il ne connaît pas l'équivalent, un froid brûlé de silence où crisse le sable, encore plein de la chaleur étouffante de la journée, aussi incongru que la neige en plein mois de juillet. Une étonnante sécheresse âcre lui râpe la gorge. L'insomnie est agréable, résultante de la succession ininterrompue de découvertes depuis qu'il a quitté le village de Tachekché.

Le périple a duré deux jours. D'un coup, l'influence de la mer s'est envolée et ils se sont enfoncés dans l'univers minéral du désert pour arriver au village de Salim au crépuscule. Cette fois plus de cabanons, mais une succession de tentes faites d'épais morceaux de coton cousus grossièrement ensemble, d'une blancheur écrue pour s'accorder à l'opalescence des coquillages mêlés au sable lourd.

Deux jours durant lesquels Christian a appris le silence ou désappris le bruit. Sevrage du ressac. Il en avait les oreilles encore emplies, et peu à peu la douceur du vent l'a remplacé par une plainte plus musicale, mélodie insistante, tout en nuances, qu'il apprend à déchiffrer, seul sous sa tente. Laquelle bée sur un grand pan de ciel, tandis qu'au moindre souffle sa chemise accrochée par une manche gifle l'air. Salim lui a expliqué que c'est ainsi qu'on fait sa lessive quand l'eau fait défaut :

« Le sable la lavera. »

Christian s'en est remis à ce savoir. Il écoute sa lessive sous les étoiles, ne sait plus où donner de la pensée tant il y aurait à dire, se sent comme un enfant à la découverte d'un monde. Combien de fois n'a-t-il pas été ridicule ! La liste est longue : la façon dont il est monté sur le chameau[1] à la robe claire que lui présentait Salim, ou encore sa surprise devant les mirages. Cela a commencé par une question anodine, posée par-dessus son épaule à Salim, installé à cru sur la même monture :

« La forteresse aux créneaux qu'on voit au loin, qu'est-ce que c'est ? »

Des allures de Jéricho, avec ses murs chaulés d'ocre rouge qui s'étendaient sur des centaines de mètres, et que baignait une eau d'un bleu parfait de crayon de couleurs. Ne manquaient que les trompettes.

« Un mirage, patron. »

---

1. Bien sûr, un dromadaire, mais on emploie plus communément le terme générique.

Christian ne pouvait y croire. Pour lui, un mirage était associé à un esprit torturé par la soif, proche de l'évanouissement, de la déshydratation. L'image des Dupond et Dupont dans *Tintin* se perdant dans les dunes, certainement pas avec cette lucidité, cette acuité de vision qu'il ressentait. Il a douté :

« Tu ne dois pas avoir une bonne vue, Salim !

— Chacun voit ce qu'il a envie de voir. Mais il n'y a que du sable. Tout est plat, patron. »

Une illusion de son enfance tombait.

Comme tombe depuis tous ces jours une infinité de barrières. Mais s'il doit être honnête jusqu'au bout de sa nuit sans sommeil, il lui faut admettre que là n'est pas la « pire » des découvertes. Le chameau, les mirages, la cérémonie du thé... la vacuité si pleine, si intense du désert, sa grandeur d'océan, qui alimente tant de discours surfaits et convenus, tout cela n'est rien.

Il est arrivé quelque chose.

La dernière chose qu'il imaginait en ces lieux si arides. Un paradoxe comme s'amuse à vous en offrir le destin, un cadeau dont il se serait passé. D'abord, est-ce un cadeau ?

Il est arrivé quelque chose et toutes ses belles théories sur une vie terne dont il faudrait se contenter dégringolent les unes après les autres. Cette sensation si inédite de vivre lui coupe paradoxalement le souffle. Ainsi donc, avant, il ne vivait qu'à moitié. Et maintenant... maintenant... il est fou et la chose lui plaît infiniment.

Il ne veut penser à rien d'autre qu'au moment présent. Il sera toujours temps de revenir à la réalité. Il suivra même les conseils de Germain, pour une fois :

« Cesse de couper les cheveux en quatre ! »

Il préfère évoquer Germain, plutôt qu'une autre personne qui lui a asséné tant de fois aussi cette petite phrase qui lui vrille les tympans.

A laquelle il ne veut pas penser, pour se sentir moins coupable.

Mais l'est-il tant que ça ?

Le melhafa[1] coloré danse en contre-jour dans le vent. La silhouette vient de pénétrer sous la tente de cérémonie, immense chapiteau que soutiennent deux piquets de bois sculptés, entourés d'une dizaine de matelas jonchés de coussins. Le thé se prépare sur un réchaud de fortune, la bouilloire est encore silencieuse, un plateau argenté attend avec ses verres décorés. L'air sent la menthe fraîche. D'où peut venir une herbe aussi verte dans toute cette minéralité ? Salim officie devant un cercle d'hommes âgés, palabrant dans le nuage de fumée qui sort de leurs pipes. Son père, Sidi Omar Limam, boubou richement brodé d'où dépasse le sarouel, barbe blanche, turban noir, a répété maintes salutations à l'adresse de Christian.

— Ta sœur va venir ? demande Omar Limam à Salim.

— Les femmes ont dit qu'elle arriverait tout à l'heure.

Christian a vu les femmes au travail hier, dans le vent de sable, assises en tailleur devant une toile de voile de

---

1. Ou malhafa : longue pièce de tissu rectangulaire dans laquelle s'enveloppent les femmes mauritaniennes, mais qui ne dissimule rien de leur visage.

lanche déployée à même le sol, à recoudre les ourlets avec des aiguilles à alènes tels des pieux, tandis qu'autour d'elles couraient, riaient des grappes d'enfants.

Mais tout à l'heure c'est maintenant. Le melhafa qui flotte c'est celui de la sœur de Salim, dans le concert de bracelets qui couvrent ses avant-bras. Christian ne distingue pas encore ses traits, ne voit qu'une ombre auréolée de lumière et se demande s'il vient de s'endormir, ou s'il est parfaitement éveillé. Le visage inconnu s'éclaire soudain.

— Ma fille Mahira.

Interdit, Christian salue. Face à lui, deux grands yeux noirs cernés de khôl, un nez fin aux narines qui palpitent, un long cou délié. Le port de tête d'une souveraine qu'adoucirait la moquerie des fossettes... Christian pense à la phrase de Salim :

« Nous sommes un peuple guerrier. »

Les yeux brillent, jaugent Christian qui se demande si l'examen lui est favorable, n'en est pas certain, bénit la pénombre qui cache sa vilaine joue.

Avec un bruit de soie froissé, dévoilant un lourd parfum d'encens, le melhafa glisse un peu sur les cheveux qui se perdent en flot frisé dans les plis aquarellés du tissu tout en transparence ; Mahira s'assoit près de son frère, lui chuchote quelque chose que Christian ne comprend pas, rit.

Christian se demande ce qui est en train de lui arriver ; il ne sait plus grand-chose, sinon qu'il vit un moment parfait, comme il n'en a jamais connu, qu'il a oublié jusqu'à son nom. Tout ce qui s'est passé avant lui apparaît dans un flou total. Il y aura la redescente, le

retour à la réalité, mais pour l'instant il est dans la per-
fection et s'y trouve bien. Merveilleusement bien. Tant
pis pour après, la chute risque d'être brutale ; dans une
heure, dix minutes, elle adviendra. Il se soumet.

Cela fait maintenant une semaine qu'il se soumet, et
la redescente se fait attendre. « Le désert est une école de
patience », a dit Omar Limam l'autre soir. Cette patience-
là, Christian en redemande, la savoure. Il se tourne sur
son matelas, dans la raideur de sa couverture qui lui
gratte la peau. Qui songerait à dormir quand un melhafa danse quelque part ? Il n'est pas loin de se ridiculi-
ser avec sa très mauvaise poésie, mais ne l'intéresse plus
qu'une certaine Mahira, jeune veuve de vingt-deux ans,
sœur de Salim et fille de son hôte.

Avec laquelle il parle[1], des heures, des jours. D'eux,
de la France, de la Bretagne, de la vie de Mahira depuis
la mort de son époux dans une querelle entre caravaniers. Dans un premier temps, Christian s'est étonné
d'un français aussi parfait.

Mahira a ri de son ignorance :

« Vous étiez les maîtres ici, avant. Nous avons appris
à vous écouter et à vous comprendre. Bien obligés !
Pour vous répondre, il nous a fallu parler votre langage.
Mon frère s'y est longtemps refusé, mais depuis qu'il
travaille sur ton bateau, il a appris à aimer ta langue, lui
aussi.

— Et maintenant ?

— Vous êtes encore les maîtres... Mon pays a des
richesses que vous appréciez beaucoup. »

---

1. Le statut des femmes mauritaniennes est atypique. Elles jouissent
d'une liberté de mouvement, de mœurs et d'instruction.

D'un air un peu narquois, elle a répété : « Beaucoup. »
Les fossettes se sont creusées.

Christian est sous le charme, subjugué par le discours
autant que par les gestes de Mahira. Une douceur qu'il
trouve chaque jour plus dangereuse, chaque jour plus
ensorcelante, à l'égal de la peau caramel qui l'hypnotise
et dont il n'aperçoit que des fragments, à la dérobée,
sous la visite furtive du soleil : un bras nu, une épaule,
le cou, le poignet alourdi d'argent. Il lutte pour ne pas
succomber, mais la lutte est délicieusement inégale.
Mahira possède un pouvoir sur lui, en joue de plus en
plus habilement. Il n'a pas d'autre image en tête quand
il pense à elle – et cela occupe ses longues heures d'oisiveté – que l'enveloppement du melhafa, dont les plis
l'emprisonnent, dont il ne peut se défaire, ou dont il
veut de moins en moins se défaire. Une toile dans
laquelle il se laisse capturer. Mahira est une sirène des
sables… Christian court sans doute à sa perte, mais il le
fait de son plein gré. Il n'est plus maître de la situation,
n'a plus envie de l'être, se laisse porter par l'atmosphère
hors du monde. Il a abandonné son statut de capitaine
et tous les attributs qui allaient avec, confiant son sort
au vent du désert. Est-ce raisonnable ? Là n'est déjà
plus la question.

Mahira a un sujet de prédilection, qu'elle reprend
invariablement sans doute parce que la réponse ne la
satisfait pas encore : la vie de Christian, là-bas, ce que
cherchent les hommes comme lui, qui s'intéressent tant
aux ressources du banc d'Arguin. Avec subtilité, elle se
garde d'employer le terme de pillage, mais Christian
n'entend que lui.

« A quoi cela te sert-il de pêcher ?

— Je vis de la pêche. Les Imraguen aussi !

— Je voulais dire… pêcher autant ?

— Cela fait travailler beaucoup de gens qui peuvent vivre grâce à ma pêche. »

Elle a hoché la tête, pas convaincue.

« Tu prends tout, comme les navires-usines ?

— Non… non !

— Plus que le nécessaire ? »

C'était le premier soir, Christian a aussitôt répondu : « Non, pas plus que le nécessaire, je t'assure… »

Le lendemain, Mahira a posé sa question autrement, avec autant d'adresse, comme si elle poussait Christian dans ses retranchements, l'accompagnant de ce sourire mordant, de ce regard ombré de noir qui le perce à jour :

« Quel est *ton* nécessaire ? »

Christian a été tenté de répondre aussi spontanément que la veille, mais il a senti que ses mots n'avaient plus le même poids, qu'ils étaient soudain dérisoires. Comment comparer le dénuement d'ici, où chaque chose est essentielle, et les richesses de là-bas, où la vie paraît si dure parfois qu'il faut l'agrémenter du superflu ? Chez lui, il est capable de grands discours ; sous la khaïma[1], il se sent piètre orateur, car Mahira n'a que faire de ces effets de manche ; elle n'est pas dupe, se moque de ces réponses qui démontrent tant de limites. Ici on économise tout, l'eau, le temps et les discours, mais leur portée n'en a que plus d'écho.

---

1. Tente.

Il a essayé d'éluder :

« La vie chez moi n'est pas comme ici.

— Ceux de là-bas ont besoin de plus ?

— Oui, plus, bien plus. »

Christian a soudain pensé aux pinces à sucre par douzaines, s'est pris à rire, a à son tour demandé :

« Comment les vois-tu, ceux qui pêchent trop, comme tu dis ?

— Tu devrais leur dire de venir ici. Ils comprendraient.

— Mais ce ne serait plus le désert... »

Le soir, devant les nattes, le cercle s'agrandit avec le passage des méharées, porteuses de visiteurs qui profitent du campement et apportent les nouvelles. Autour du thé, lequel prend des heures, les conversations s'engagent, lancées par le père de Mahira. Christian est souvent l'objet de toutes les curiosités, bien qu'il n'ait pas besoin de se présenter ni d'expliquer pourquoi il est ici. Tout le monde le sait et en sait même beaucoup plus long que lui ! C'est ainsi qu'il apprend par les caravaniers que la pièce du *Fleur de Sable* n'est toujours pas arrivée, que la commande bloque à Port-Etienne, que l'équipage se porte bien, qu'il trouve le temps très long, que Germain lui envoie le message de rester tant qu'il le souhaite avec Salim, et part chaque matin avec les Imraguen pour apprendre leur pêche, que Momo s'est mis à faire de la poutargue avec les œufs des mulets et qu'il amuse beaucoup les femmes de Tachekché. Une vraie gazette.

Tout le monde rit de l'étonnement de Christian devant autant de précisions.

Omar Limam confirme :

— Tout se sait dans le désert. Inutile de cacher quelque chose, le secret est la chose qui se répand le plus rapidement... à la vitesse de l'harmattan.

Les haouli noirs approuvent, les sourires se fendent largement. Mais Christian n'est pas au bout de ses surprises, Paolig n'a pas été oublié dans ce journal des sables :

— Votre ami, le petit... lui décrit un caravanier, il s'est battu avec un des pêcheurs du village, pour une histoire de prière tôt le matin et qui le dérangeait. Il boit beaucoup en ce moment... Il n'aime pas notre pays.

Christian veut défendre Paolig :

— Il est inquiet pour cette pièce, nous l'attendons depuis tant de jours.

— Le désert lui aurait fait le plus grand bien, sourit Omar Limam.

Christian lui rend son sourire mais éprouve quelques doutes quant à l'influence bénéfique de cet univers si éloigné du sien sur Paolig. Aurait-il supporté le temps qui s'étire à l'infini, cette inactivité qui laisse libre cours au vagabondage de l'esprit, à la méditation, aurait-il su savourer l'ennui ? Paolig se serait senti sous la tente comme un poisson hors de l'eau.

Comme si Christian avait pensé tout haut, Omar Liman lui demande :

— Vous ne croyez pas aux vertus de notre monde sur les hommes ?

— Sur Paolig pas beaucoup, non, convient Christian. Il aime trop le mouvement, l'action. Je ne le vois pas rester sans rien faire...

Tollé général quoique avec courtoisie et suavité, comme tout ce qui se fait sous la tente :

— Mais on ne reste pas sans rien faire, ici... Savoir prendre son temps réclame une concentration infinie, c'est un art qui demande des années, rétorque Omar Limam avec une malice qu'il ne cherche aucunement à dissimuler.

On rit de bon cœur. Christian se demande si ce n'est pas à ses dépens, mais n'en a cure. Pourquoi est-il si bien ? Détaché, c'est le mot qu'il cherche depuis des jours, léger comme le sable qui coule entre ses mains. Mais il est dit qu'il continuera d'être le sujet de la nuit et bientôt, autour du thé qui écume dans les verres bleutés, on parle de l'autre océan, celui d'eau salée. Flotte la notion de pillage que Mahira n'avait qu'abordée qu'à demi-mot.

— La pêche est rentable surtout pour vous. Les Maures n'ont rien à y gagner. Les bateaux rejettent trop souvent à la mer des chargements de langoustes qu'ils ont pêchées à la saison de la ponte ; dans le vivier l'eau est trop chaude, des centaines de tonnes, mortes, repartent à l'eau... Il faudrait interdire la pêche quand les langoustes muent.

Chacun y va de son avis, mais le chœur se rejoint pour prédire que bientôt les ressources seront taries, que se profile une pêche plus destructrice encore, avec les filets des Portugais, et que le banc le plus riche du monde ne le sera plus que dans les souvenirs des hommes.

— Il ne restera rien, conclut Omar Limam sous le chapiteau devenu silencieux. Et quand notre mer sera vide, irez-vous vider celles des autres ? Puis encore une autre. Pour *votre* nécessaire.

De père à fille, le terme est le même. Christian voudrait répliquer pour la forme. Mais il baisse les armes, se range à la sagesse, refuse, pour le simple plaisir de l'éloquence, de défendre un système qui ne le convainc plus depuis longtemps, se prend à sourire : en aura-t-il fait des kilomètres pour ne plus se sentir singulier ! Enfin, il n'est plus seul avec ses théories. Si les tablées bretonnes devant lesquelles il les a évoquées étaient présentes... ! S'il était ici, Paolig lui-même serait peut-être, sinon acquis, du moins ébranlé et pourrait se sortir de la tête ses folies de flottille à décimer les mers et se « contenter » d'un nécessaire déjà fort honorable.

Le dernier mot de Salim, « Le capitaine est un bon patron quand même... », allège l'atmosphère, soude un peu plus les hommes entre eux. Christian ne peut en douter, pas plus que Sidi Omar Limam, tous se sont compris. Le message fera son chemin. Il va s'y employer.

Une autre tournée de thé circule entre les matelas. La dernière, la troisième, que la tradition qualifie d'« aussi douce que la mort ». Un breuvage trop sucré, qui anesthésie le palais.

A surprendre la silhouette de Mahira qui traverse le campement dans la nuit, Christian se demande s'il n'a pas une nette préférence pour la deuxième : « aussi forte que l'amour »...

26

— Nous partons, patron !

Salim est entré sous la tente, fin prêt. Il fait encore nuit. Christian ne réagit pas tout de suite, trop endormi, puis sursaute :

— Comment ça, vous partez ?

— Tu pars aussi, patron. Tout le monde part. Les chameaux attendent, nous allons ailleurs.

— Mais... ce n'est pas votre village ?

— Nous sommes nomades, patron ! Il faut faire vite, il y aura du vent de sable avant ce soir.

— Où partez-vous... ? Je dois retourner à Tachekché...

— Non, patron, tu as entendu, ta pièce n'est pas près d'arriver. De toute façon, tu ne saurais pas retourner tout seul... et Germain a dit que tu restais tant que tu voulais... Tu verras comment on vit en voyage. C'est bon pour toi, tu viens avec nous.

Trop de mots quand on vient à peine de se réveiller. Christian hoche la tête, s'en tient à ce que Salim vient de lui dire : il partira, s'extirpe de sa couverture.

Levé, vacillant sous sa tente, rassemblant ses quelques affaires en hâte, y compris et surtout la guerba[1] que lui a offerte Mahira, il espère justement que celle-ci fera partie de la caravane, car il se rend compte que sans sa présence il n'est pas impossible que le désert ait soudain moins d'intérêt. Une fois dehors, il est rassuré. Toutes les tentes ont été repliées, ne manque que la sienne, sur laquelle aussitôt Salim et quelques autres s'attellent. En un tournemain, le chapiteau est venu alourdir un peu plus le harnachement de nombreux chameaux qui serviront de bât. Christian se demande comment il a pu ne rien entendre, un village entier se repliait après les prières et lui dormait tout son soûl.

Le désert a dû l'apprivoiser, adoucir enfin ses nuits, peut-être est-il en train de se couler en lui, de l'accepter, et pourtant dans le petit matin, au fur et à mesure de l'avancée de la méharée, il convient qu'il n'est pas si aisé de vouloir se conformer à ce monde. Tant que le soleil ne frappe pas encore trop fort il a choisi, comme la grande majorité des caravaniers, de marcher – ce qui lui convient parfaitement, n'étant pas très aguerri à la complexe mise en selle – mais se rend compte que le moindre pas nécessite une énergie comparable à celle que réclame l'océan pour une aussi précaire stabilité. Marcher n'a rien de simple : le sable avale ses pieds, les triture, les malmène, les engloutit, ne les rend qu'au prix d'un effort de chaque pas, le moindre d'entre eux devient la combinaison de phénomènes auxquels Christian n'avait jamais songé : tension des muscles, lutte contre le vent, corps arc-bouté... Et encore pas de dunes, mais un moutonnement à peine marqué que

---

1. Gourde en peau de chèvre.

Christian imaginait traverser comme à la promenade. Il se sent plus maladroit que les enfants, cent fois plus maladroit qu'eux qui courent comme des cabris, pieds nus, vont et viennent d'un groupe à l'autre, comme si la fatigue ne pouvait jamais les atteindre ; du haut de leurs étranges petites huttes garnies de voiles et arrimées à la selle des chameaux, les femmes les appellent de temps à autre, ils obéissent quelques minutes puis repartent dans des cris de guerre, se faufilent entre les hautes pattes des bêtes, qui, indifférentes, continuent leur tangage chaloupé comme si rien ne pouvait les arrêter.

Mahira marche près de lui, en silence. Parfois ils échangent un regard. Leurs respirations s'accordent, le melhafa s'agite dans le vent, tout comme le deraa de Christian. Oui, il s'est mis au boubou et la liberté de mouvement que lui offre ce métrage démesuré de tissu dans lequel s'élance le vent qui le rafraîchit est une découverte. Il a remplacé le pantalon par le sarouel, que Salim lui a appris à froncer pour y glisser la large ceinture de cuir, et adopté l'haouli, dont il comprend mieux l'importance : finie, la gifle sableuse dont son visage souffrait tant, qui mettait sa peau à vif, l'asséchait comme un vieux carton ; oubliée, la notion de couleur, le noir est tout aussi adapté au cœur de la chaleur. Mais peut-être ne fait-il pas encore suffisamment chaud... Si les gars du *Fleur de Sable* le voyaient ! Son autorité en prendrait certainement un coup. Quoique, à observer les hommes avancer, longue file s'étirant sur des centaines de mètres, pareillement vêtus, voiles faseyant sous les assauts caressants de la petite brise – où

Salim a-t-il pris que la tempête se lèverait aujourd'hui ? –, tête droite, il lui semble qu'il y a là quelque chose d'un ancestral cortège royal.

Il n'est pas midi quand la tête de la caravane s'arrête. Le soleil est trop haut pour continuer. La voilà, la fournaise. Ne plus marcher la fait se concrétiser, la recevoir de plein fouet, les rayons cognent, font monter du sable un bouillonnement éthéré, une évanescence gazeuse. L'horizon semble liquide, telle une ligne de flottaison vacillante. Quelques herbes grasses et rares, sur lesquelles se jette le troupeau de chèvres, émergent d'un sable crayeux, blanc virant au gris, au pierreux, peuplé de coquillages, minuscules répliques millénaires et fossiles des murex, volutes, cônes, que Christian s'amusait à cueillir dans le sable de *ses* plages. Il les a oubliées, *ses* plages. Jusqu'à la mer… lui qui pensait ne jamais pouvoir s'en passer une seule journée de sa vie ! Mais puisqu'on emploie aussi le terme « océan » pour ce qui s'étend devant lui…

Le bivouac s'organise avec une rapidité confondante, sans que les gestes donnent la sensation de précipitation. Tout glisse en douceur, comme les nattes que les femmes déroulent sur le sol, comme les chameaux que des mains invisibles ont dessellés, ou les chèvres que l'on a parquées à bonne distance, Salim entraîne Christian à la recherche d'un peu de bois pour le feu. Même à l'heure du zénith, on ne saurait oublier le thé. De même qu'il a appris l'art du breuvage, Christian s'initie à celui du foyer de sable. Les quelques pauvres rameaux, « recroquevillons » de bois malingres glanés aux alentours, prennent comme paille en une flamme vive, que Christian alimente avec la pauvre récolte. Les braises, quelques longues minutes plus tard, accueillent la théière noircie puis reçoivent le récipient pour faire chauffer le riz que l'on mêle à des lanières de viande séchée, cuir peu goûteux dans lequel Christian croque, affamé. Même ce menu d'ascète que désavouerait certainement Momo lui convient.

Les gamins sont venus rôder autour de Christian. Ils le connaissent mieux maintenant, se sont faits à la couleur si claire de ses yeux, dérangeante en ces contrées de pupilles essentiellement noires, rient toujours au moindre de ses gestes, mais c'est son bras qui continue d'attirer leurs regards. Accroupis devant lui, bouche bée, ils suivent l'angle droit qui s'abaisse, la main qui attrape avec une étonnante agilité le verre de thé. Christian pourrait simplifier les choses, prendre le verre de l'autre main, mais, depuis les exercices infatigables qui ont peuplé ses nuits à la barre, il refuse cette solution de facilité. Il se souvient de ses premiers essais pour saisir le verre si chaud... Depuis, il a décliné tant de fois le mouvement qu'il sait comment ne plus s'ébouillanter, comment ne rien renverser. Mahira s'est approchée, s'amuse des yeux ébahis. Elle s'assoit en tailleur, sa main frôle le bras de Christian, elle dit au cercle curieux :

— Toute sa richesse est dans ce bras.

Agglutinés à Christian, les gamins s'enhardissent, touchent le bras précieux, essaient, au risque de renverser le thé, d'apercevoir ce qui se cache en dessous, peut-être des trésors insoupçonnés.

L'un demande :

— Où est l'or ?

Christian éclate de rire, Mahira aussi, qui, d'un geste, fait s'envoler la nuée de moineaux.

La caravane s'est égrenée sur un large périmètre. On somnole, assommé par la canicule, les enfants se sont calmés, dorment à l'ombre des chameaux, dans leur odeur forte, rassurante ; le quartier des femmes s'est reconstitué, tout comme celui des hommes, allongés autour du foyer éteint, tête protégée de l'assommoir du soleil par le voile déplié de leur turban. Mahira est allée rejoindre les femmes, qu'on entend vaguement chantonner. Sur sa natte, Christian rêvasse, tournant et retournant la sensation de la caresse de Mahira sur son bras et le désir, insensé par son intensité, que ce si léger effleurement a provoqué en lui.

Le temps a changé depuis que l'on a repris la route. De ciel sans un oiseau, de silence parfait, où l'on ne percevait que le glissement des montures sur lesquelles on s'est finalement installé pour accélérer le mouvement et atteindre le puits convoité avant la nuit, l'après-midi s'est troublé d'un murmure diffus qui agace les chameaux. Leurs plaintes désagréables déchirent l'air, alertant d'un possible danger. Qui a dit que la rapidité n'était pas fille du désert ? Soudain l'horizon s'obstrue. Bouchon opaque, d'un grège sombre qui roule sur lui-même, vocifère, lance toute sa hargne, balaie le plat à perte de vue, soulevant des plages aveuglantes.

Le vent de sable !

De tous côtés on crie, on fait s'agenouiller la trentaine de chameaux, au besoin avec quelques coups bien sentis sur la tête. Vite qu'ils baraquent, qu'on dételle, qu'on les aligne telles des statues, qu'on se mette à l'abri de leurs flancs. Les bêtes le font avec d'autant plus de bonne volonté qu'elles pressentent pouvoir enfin souffler, débarrassées bientôt de leur chargement. Le vent a encore pris de la vigueur, les couvertures volent de main en main. Une foule grouille, dont Christian n'imaginait pas le nombre. Mais à la voir prise dans les tourbillons, contrainte sous la violence de l'attaque à se regrouper, il évalue brusquement le nombre de caravaniers à une petite cinquantaine – et cela lui paraît une ville entière – qui tente de se trouver un refuge entre les chameaux entravés qui demeurent impavides, comme si le seul péril pour eux était désormais de reprendre la route. Leurs grosses têtes lippues, laides, dominant cet affolement en gardiennes de temple, les animaux lancent leurs blatèrements, certes, mais pour mieux afficher leur mépris, pour mieux se moquer de ces hommes qui ont tant besoin d'eux dans la tourmente, non plus en simples bêtes de somme, mais comme les ultimes garants de leur sécurité.

Une main a saisi celle de Christian. Mahira est devant lui, une couverture sur les épaules, elle lui en tend une autre, l'entraîne loin de cette bousculade désordonnée trop occupée à se calfeutrer pour prêter attention à ce couple qui ne devrait pas se toucher d'aussi près ; de toute façon, on n'y voit pas à cinq pas ; main dans la main, les deux courent dans le sable, à l'aveugle, tacitement s'éloignent du cœur de la caravane. Lorsque la distance leur paraît suffisante, ils se glissent entre deux chameaux, lesquels rapprochent leur cou comme

271

s'ils ne voulaient permettre à personne d'autre qu'à ces deux réfugiés si particuliers d'entrer dans la place. Christian essaie d'étendre la couverture, se bat contre le vent, qui la transforme en immense arceau au-dessus d'eux. Le rire de Mahira l'accompagne, mais ne n'est plus le rire des jours précédents. Il est devenu grave. Elle doit sentir comme lui que l'heure est différente, que cela n'a rien à voir avec la tempête. Les deux mains se sont rejointes pour lisser d'un même mouvement, tant bien que mal, leur couche de fortune. Christian fait s'allonger Mahira, s'installe auprès d'elle et recouvre leurs deux corps de l'autre couverture, piètre rempart contre le déchaînement qui a redoublé d'intensité, merveilleux rempart qui les isole si opportunément, si irrémédiablement, du reste du monde.

27

Le long périple de la caravane s'est achevé à Tachekché. Sidi Omar Limam a décidé de faire venir tout son monde près de la mer, estimant la cure de sel salutaire pour le troupeau, tout comme celle de poisson frais pour les humains. Ce sera aussi l'occasion de reconstituer le stock de courbines séchées pour les prochaines méharées. La halte va durer quelque temps, et un matin, sans crier gare, ils retourneront au désert qui les engloutira tandis que Christian retournera chez lui... Mais où est-ce, chez lui, maintenant ?

Il n'est plus sous la tente, s'est installé dans un cabanon à l'autre bout du village. A son arrivée, le décalage était tellement impressionnant qu'il s'est senti étranger, emprunté devant le bateau, devant l'équipage qui a souri en voyant le boubou, le turban, pensant que le soleil avait frappé de plein fouet le capitaine ; son mutisme n'a rien arrangé :

« C'était comment, le sable ? a demandé Momo.

— Bien, c'était bien. »

Tout ce que Christian a trouvé à dire.

Ils sont tous partis d'un grand éclat de rire. Christian aussi, pour faire bonne figure, mais le cœur manquait. Il s'est senti comme ces voyageurs qui trouvent les mots trop étriqués pour expliquer les odeurs, les couleurs, les sons, les rencontres, la grandeur, tout ce qu'ils ont vécu, et dont la solitude est d'autant plus criante que l'expérience est hors du commun.

La redescente… il est en plein dedans : pire qu'il ne l'avait imaginée. Il a compris qu'on ne sort pas indemne du désert, que celui-ci laisse une empreinte indélébile malgré la volatilité du sable ; il est à court de tout, orphelin de la peau de Mahira, un manque si prégnant, si violent, viscéral, qu'il pense avoir été envoûté. Il est piégé, cela le met en colère. Mahira a dû lui jeter un sort, ce n'est pas Dieu possible de crever à ce point de ne plus être auprès d'elle. Comment peut-il être dans un tel état ? Bien sûr les nuits volées à ses côtés, ces rares nuits où, malgré la proximité de la caravane, ils ont pu se retrouver, guettant le ciel pour qu'il leur offre une autre tempête, oubliant tout, sauf la passion, pour assouvir ce besoin irrationnel, irréfléchi, de leurs peaux mêlées. Jamais il n'avait éprouvé ce désir virant à l'obsession, pour aucune autre femme. Incroyable de penser que des gestes si immuablement les mêmes aient pu trouver une telle résonance en lui. L'alchimie s'est produite, Mahira doit être sorcière et Christian… dans un beau pétrin.

Il a craint de le porter sur son visage, que tous le devinent. Germain a l'air d'avoir flairé quelque chose, demande souvent :

— Tu es sûr que tout va bien ?

— Mais oui, pourquoi ?

— Pour rien…

Il n'en dit jamais plus, laisse flotter le doute. Tout Germain, ça, une façon bien à lui de signifier qu'il soutient mais qu'il ne faut pas lui en demander plus. Avec Paolig non plus, le dialogue n'a pas repris, mais le contexte est différent. Le contentieux « île d'Agadir » continue de se dresser entre eux, car si Paolig ne « boude » plus – Christian a fait son deuil des excuses, qui ne viendront sans doute jamais – il n'a rien tenté non plus pour renouer, ni saisi la perche que Christian lui a tendue à plusieurs reprises pour vider enfin l'abcès, enterrer la hache de guerre et faire passer le message du désert. Bien que les échanges pour le moment se limitent au strict nécessaire, Christian ne doute pas qu'une fois en mer l'amitié reprendra son cours.

Paolig a changé, ses traits se sont empâtés. Les caravaniers avaient appris à Christian qu'il buvait beaucoup, son visage en porte les traces. Germain a donné des détails sur la fameuse bagarre qui l'a opposé à un des pêcheurs de Tachekché. Rétrospectivement, un sale moment pour l'équipage qui, à entendre Germain, a dû faire preuve de beaucoup de diplomatie pour « récupérer le coup » au village :

« J'ai cru qu'il devenait dingue ! Y avait plus moyen de l'arrêter. Il s'en est pris à ce pauvre type qui n'avait rien demandé, qui s'était installé pour la prière au lever du soleil, à quelques mètres de son cabanon. Paolig s'était enfilé je ne sais combien de pastis du bord… une vraie loque… une espèce de machin qui gueulait contre le monde entier, contre ces "putain de Maures" et je t'épargne le reste. On s'y est pris à trois, Momo, Jacquiq et moi, pour lui faire prendre un bon bain. Il a bu la tasse, tu peux me croire, on s'y est employés, il ne méritait rien d'autre. Depuis on le surveille, j'ai planqué l'alcool, des fois que ça le reprendrait. Pour le moment il a l'air de se tenir à carreau. Il aurait mieux fait d'aller à Douarnenez nous chercher la pièce, ça nous aurait évité tout ce reuz. Bonne pour personne, cette attente. A part peut-être pour toi... et encore. »

Christian n'a pas relevé, Germain a raison : ça ne leur vaut rien d'attendre depuis toutes ces semaines. Une folie d'être resté là. Cette foutue pièce arrivera-t-elle jamais ?

Par on ne sait quelle opération, Sidi Omar Limam, dont Christian ne soupçonnait pas le pouvoir, règle enfin le problème alors qu'on entrait dans le troisième mois. Un matin, saluant l'arrivée d'une caravane porteuse du précieux colis tant attendu, une nuée d'enfants réveille le village aux cris de :

« Elle est là ! Elle est là ! »

L'équipage respire, évaluant qu'au pire, dans une petite semaine, on sera parti.

L'écume dans les verres est épaisse. Salim a transvasé du plus haut qu'il pouvait ce qui paraît un nombre incalculable de fois le liquide qui s'ambre de la théière aux verres, des verres à la théière. La chaleur du breuvage rafraîchit le palais, va clore le dernier dîner. Caravane et équipage se sont retrouvés sous la grande tente de cérémonie pour fêter un *Fleur de Sable* flambant neuf autour d'un mouton que Christian a offert à tous et que les femmes ont fait cuire à même le sable. A l'extérieur de la tente, les chants ont suivi, mélopées que rythmaient les battements de mains de quelques ombres en melhafa. Mahira les accompagne, et Christian, tout en s'efforçant de rester attentif à ce qui se passe près de lui, de sa natte, ruse pour ne pas la perdre des yeux.

Mahira souffle sur le foyer qui a conservé quelques braises, y dépose un morceau de bois, aussitôt une fumée s'en dégage, répandant des effluves d'encens sous le chapiteau, enveloppant les convives du parfum capiteux, les entraînant un peu plus vers la somnolence. De ses gestes ronds, elle torsade un long métrage de tissu sombre, puis le laisse flotter au-dessus de l'hofra[1] pour l'imprégner des senteurs, et s'enfuit dans l'obscurité avec son trésor embaumant non sans jeter un coup d'œil appuyé en direction de Christian.

Eparpillé sur les matelas, dans un fouillis de coussins, l'équipage ne cache pas son contentement. L'heure est à une certaine euphorie. En vérifiant une dernière fois les réparations, Momo a dit tout haut ce que tout le monde pensait :

« On part demain, c'est pas trop tôt ! »

La méharée lèvera le camp demain, elle aussi. Sidi Omar Limam l'annonce à la cantonade, demandant à Christian s'il ne la suivra pas. Les deux se regardent longuement. Dans un soupir, Christian décline l'offre mais ajoute :

— Ce n'est pas faute d'avoir envie... mais je reviendrai...

---

1. Foyer.

La voix de Paolig l'interrompt :

— Dis donc, on dirait que t'es mordu !

Omar Limam sourit.

— Le désert ne mord pas… du moins pas ceux qui veulent bien le comprendre. Si vous étiez venu, nul doute que vous vous seriez laissé prendre, vous aussi !

La moue de Paolig est éloquente, cependant il reste courtois, se contente d'un « Ça m'étonnerait mais qui peut dire ? », au grand soulagement de Germain, qui le surveille avec constance depuis le début de la soirée. C'est d'ailleurs pour éviter un possible dérapage qu'il rappelle s'il en était besoin la nécessité pour tous de se lever tôt, que Sidi Omar Limam est à son tour bienvenu pour la mise à l'eau du bateau, ce que celui-ci accepte proposant même des mains supplémentaires :

— Quand on a décidé de partir, il faut faire vite pour ne pas être tenté de rester. Nous vous y aiderons.

Tout le monde se lève, prend congé, le rire de Paolig s'élève :

— Sauf votre respect, on n'est pas du tout tenté de rester !

Alerté par le ton de voix qui a imperceptiblement changé, Germain pousse Paolig vers l'extérieur, au passage repère l'odeur si reconnaissable de l'anis. Comment a-t-il pu mettre la main sur une quelconque goutte d'alcool, Germain était certain d'avoir tout mis sous clé.

Christian a laissé le groupe partir devant, les silhouettes, dont celle de Paolig, légèrement vacillante, s'amenuisent déjà.

— Votre ami pourrait vous faire quelques ennuis, lui dit Omar Limam qui les suit du regard.

— Il a besoin d'être en mer... Dès demain, il redeviendra tel qu'il était.

— N'en soyez pas si sûr. On ne sait jamais ce que les amis vous réservent, surtout quand ils ne sont pas heureux. Et celui-ci l'est encore moins que d'autres, en tout cas beaucoup moins que vous. Mais peut-être ne le voyez-vous pas... Connaissez-vous le proverbe de chez nous ? « Fais attention à ton ennemi une fois, à ton ami mille fois... »

Christian n'est soudain pas très à l'aise car Sidi Omar Limam a prononcé cette phrase en le fixant avec ce sourire énigmatique, imperturbable, qui ne le quitte jamais et qui donne à ses interlocuteurs l'impression d'être percés à jour, d'être décryptés à leur insu. Le dialogue vient insidieusement de prendre une autre tournure, et Christian se demande si cela ne le concerne pas directement. L'allusion vaut-elle pour lui ? Serait-il ce traître qu'évoque Omar Limam à mots à peine couverts ? Celui-ci sait-il ce qui existe entre Mahira et lui ? Ces secrets qui n'en sont pas au cœur des caravanes... Tout lui revient et son malaise augmente. Omar Limam le regarde toujours, avec cette ironie impassible teintée d'une certaine bienveillance cependant, à laquelle se raccroche Christian, puis toujours avec le sourire, après ce qui semble une éternité, il met enfin un terme au « supplice » :

— Vous aurez toujours votre place parmi nous... Le désert vous reprendra, que vous le vouliez ou non... La mer ne vous suffira plus. Allah vous a envoyé à nous, Il en a décidé ainsi, et le sourire est revenu sur un visage qui m'est cher. Il faut s'incliner devant Sa volonté, accepter. Revenez vers ce visage, nous serons heureux de vous revoir.

Allongé devant son cabanon, Christian contemple le ciel, voûte criblée de milliers de points scintillants qu'il salue de la fumée de sa cigarette. Le silence est troublé de loin en loin par le tintement des clochettes sous le cou des chèvres, l'aboiement des chiens errants auxquels répond, à peine audible, le jappement des chacals. Quelque part dans l'obscurité, l'alignement de tentes et au cœur de l'une d'elles... Mahira. Christian ne la reverra plus seul à seule. Demain, aux côtés de son père, elle sera l'une des spectatrices du départ, perdue dans la foule qui saluera le bateau puisque le village, la caravane ne manqueront pas l'événement ; mais le lien ne sera pas rompu car il vient de toucher du doigt le pourquoi de sa vie. Il sait. Il sait qu'il reviendra parce qu'il ne peut plus envisager d'être privé de ce qu'il a toujours cherché. Tant qu'il ne se doutait pas que cela existait, tout était bien – il ricane de ce *bien* –, maintenant qu'il a frôlé le parfait, trouvé sa place, il ne peut qu'y revenir, revenir auprès de Mahira, mais pas seulement d'elle, également de son monde, à des années-lumière du sien, monde qui l'accepte, compte avec lui désormais, le reconnaît même. Il y reviendra. Sa vie est ainsi, il se prépare à toutes les complications possibles, mais il ne saurait se passer de cette autre facette. Et la perspective l'allège malgré la souffrance physique, concrète, immédiate, de ne pas se fondre dans la peau de Mahira une dernière fois.

Il s'assoit en tailleur, roule une autre cigarette, puisque le sommeil le fuit. Là-bas, une ombre marche sous la lune, ombre déliée qui semble presser le pas, enveloppée dans ses voiles sombres. Mahira ne porte que des melhafas clairs. Ce ne peut être elle. Alors pourquoi, l'ombre s'approche-t-elle de plus en plus, que vient-elle chercher par ici ? Personne ne s'aventurerait à cette heure aux confins du village, pourquoi la brise apporte-t-elle soudain le parfum d'encens que Mahira brûlait tout à l'heure ? Christian s'est levé, la cigarette finit sa course dans le sable, y rougeoie quelques instants, le temps que Mahira apparaisse. Essoufflée, souriante, altière, un rien inquiète cependant :

— Laisse-moi entrer, vite...

Christian referme la porte sur eux, qui s'enlacent aussitôt.

— Si quelqu'un t'avait vue ?

— Personne ne peut voir le melhafa sombre.

Christian sourit.

— Voilà pourquoi tu le portes ce soir ?

Elle secoue la tête, s'écarte de quelques pas :

— Non... c'est un melhafa de noces...

Ce disant, elle dénoue avec une lenteur calculée l'attache retenant le rectangle de tissu qui, libéré, tombe en pluie. Elle s'en extrait, nue, seins hauts, cuisses longues, laboure le fouillis à ses pieds, noue les bras autour du cou de Christian et l'entraîne sur la natte qui les reçoit, enlacés.

28

Le *Fleur de Sable* réparé a fière allure malgré son pilotis de béquilles. L'aube pointe. Christian vient de quitter Mahira, retournée vers le campement, après un long détour par le village. Elle ne viendra pas tout à l'heure quand le bateau reprendra la mer. Le silence va s'installer entre eux... pendant quelques mois.

« Juste quelques mois », a promis Christian.

Les fossettes se sont creusées une dernière fois :

« Je sais attendre. »

Christian grimpe l'échelle. Dans trois heures, tout au plus, le bateau sera mis à l'eau. En fin de matinée, si tout va bien – mais pourquoi tout n'irait-il pas comme ils l'ont prévu ? –, ils seront repartis direction Port-Etienne pour les pleins. Il leur faudra pêcher en route, car les frigos ont été sérieusement délestés de leur contenu. Il reste à peine de quoi se nourrir, et Tachekché n'a que peu à offrir. Cette campagne sera écourtée par la force des choses ; un miracle, des palanquées de roses, permettrait de la renflouer, de minimiser le manque à gagner. Christian l'espère, mais ne se fait guère d'illusions. L'atmosphère à bord risque de s'en ressentir : Paolig va passer son temps à faire les comptes ou bien exiger que l'on pêche la nuit pour rentrer dans les frais, à moins qu'il ne soit tellement pressé de retrouver Douarnenez qu'il demande à remonter au plus tôt.

— Inch' Allah ! se dit Christian tout haut, une fois sur le pont.

Des casiers aux bouts, tout est en place. Rien ne semble avoir bougé, ils n'ont jamais été du côté de l'île d'Agadir... Un bruit derrière lui. Le bateau craque.

— T'es tombé de ta tente, on dirait...

La voix, narquoise, est venue de sous le podium. La silhouette trapue de Paolig s'en extrait avec une certaine souplesse, rejoint Christian qui s'efforce à la légèreté :

— Tu as dormi à bord ?

— Ça t'intéresse tant que ça ? Toi, je ne te demande pas ni où ni si tu as dormi !

Il titube un peu, n'a pas dû y aller de main morte avec les doses, car il sent le pastis à plein nez. Sa voix déraille dans les aigus :

— Ni avec qui...

Christian ignore l'allusion, à grandes enjambées se dirige vers le poste équipage, pose le pied sur les premières marches, s'agrippant d'une main à l'encadrement de bois. Mais Paolig l'a rejoint et, avec une confondante rapidité, l'attrape par le col.

— Oh non, mon gars, tu ne t'en tireras comme ça. On a à parler, tous les deux.

Christian refuse de suivre Paolig sur son terrain, continue de forcer sur la note résolument désinvolte :

— Je vais faire du café, on en a sacrément besoin, toi autant que moi.

Il s'est engouffré dans l'échappée ; ne dépasse plus que sa tête que soudain, sans crier gare, Paolig prend pour cible, l'écrasant d'un formidable coup de poing sur l'arcade sourcilière. Christian s'écroule, au milieu du carré dans un grand fracas, évitant de justesse l'angle de la table. Il lui faut quelques bonnes minutes pour reprendre ses esprits, pour comprendre ce qui vient de lui tomber dessus. Totalement sonné, il pisse le sang... Paolig est devenu fou ; de là-haut, il le nargue :

— Et c'est que le début. Mais à force, tu finiras bien par me dire pourquoi tu préfères les Mauritaniennes ! Comme si t'avais pas ce qu'il te faut à la maison...

Une sueur froide mouille la chemise de Christian. Il n'est plus en mesure de réfléchir. L'instinct seul lui dicte de sortir de ce trou à rats, sinon Paolig aura le dernier mot. Et sans forces, Christian craint que ce dernier mot ne le soit réellement.

Paolig descend. Christian n'a pas peur, juste incroyablement mal. Il pressent la suite, s'y prépare, s'y résigne, mais elle ne vient pas, car les pieds de Paolig quittent brusquement la marche, son corps disparaît, tracté par une main inconnue qui l'a soulevé, extirpé de l'escalier, jeté sur le pont. Il a dû se relever car des pas se font entendre, puis une mêlée. Vacillant, aveuglé, Christian se force à remonter. Là-haut, son sauveur, Salim, a pris le relais, joue des poings contre Paolig, infatigable. Les coups pleuvent des deux côtés.

Les insultes fusent : Saligaud de Maure !

Paolig a acculé Salim près de la lisse, prêt à cogner, encore et encore.

Christian hurle :

— Arrête, bon Dieu, déconne pas !

Paolig n'écoute plus depuis longtemps, rien ne semble l'arrêter, ses forces ont décuplé, il est un fauve, un carnassier. Mais il a sous-estimé l'agilité de Salim qui d'un sursaut esquive un énième coup. Le poing trop puissant heurte le vide, entraînant Paolig soudain déséquilibré par dessus le plat-bord. Dans un cri, son corps bascule, pour aller s'écraser quelques mètres plus bas, en un monstrueux bruit mat.

Le bord est silencieux. Christian fait route vers le cap Blanc. Il a été décidé avec Germain qu'ils ne feraient pas mention de la mort de Paolig sur Radio Conquet à la vacation matinale. Ils attendront d'être à Douarnenez pour l'annoncer. Cela ne changera plus rien pour Paolig.

Sa dépouille est dans la chambre froide. Il n'y a pas eu de rapport de décès. Pas de médecin à Tachekché, pas de médecin pour constater que la tête de Paolig avait heurté une pierre en tombant de la hauteur du bateau, que son crâne s'y était fracassé. Quand Christian a dévalé l'échelle, qu'il s'est agenouillé devant son vieux copain d'autrefois, Paolig avait les yeux grands ouverts, effarés, de cette fin si inepte. Christian les lui a fermés, tandis qu'une rigole de sang déjà noir se mêlait au sable. Salim se lamentait :

« Patron, je voulais pas...

— Tu n'y es pour rien, Salim. Il t'aurait réduit en bouillie, et moi avec. »

Personne ne le voulait, sauf Paolig. Un coup de folie, rien d'autre, c'est ce que Christian a dit à Germain :

« Paolig avait trop bu, il m'a cherché des noises, sans Salim, j'y restais. Il était déchaîné, s'en serait pris à n'importe qui.

— Tu ferais mieux de te soigner, t'es pas beau à voir... »

Christian s'en fout, il ne voit que le cap Blanc, où le vent est venu aussi.

Paolig ne sera jamais seul, dans sa demeure de sable et de cailloux.

Aurait-il aimé être là ? A contempler la mer qui vient inlassablement heurter l'étrange endroit d'une platitude extrême, langue pointue d'un sable rouge qui, sous l'enclume du soleil, fait pourtant un peu froid dans le dos à cause des carcasses de chalutiers échoués dans ces bancs trompeurs offrant aux aigrettes, aux pélicans, des perchoirs rouillés, des garde-manger poissonneux.

Aidé de Nanou, Germain a fabriqué un cercueil qui n'en a tristement que le nom. Boîte de planches disjointes, dans laquelle ils ont installé Paolig sous la surveillance du phare éteint depuis des lustres, au cœur de ce plateau inhospitalier serti de caillasses. Une croix de bois nouée d'un bout du *Fleur de Sable*, simplement gravée « Paolig », marque l'emplacement. L'harmattan se chargera sans doute d'en effacer les lettres.

29

Douarnenez, début novembre 1969

Le *Fleur de Sable* est sous scellés au Port-Rhu depuis
deux mois et ça risque de durer, au dire du notaire de la
famille de Paolig :

« L'affaire n'est pas simple, vous étiez trois associés.
Pas question de laisser repartir le bateau sans liquider la
succession. »

Germain et Christian en font chaque jour l'amer
constat : les histoires d'argent ne se règlent pas facilement chez les Le Bihan. Un des frères a réclamé sa part,
les autres ont suivi : à cinq sur le coup, le dossier ne
sera pas clos de sitôt.

Les deux copains encaissent comme ils peuvent la
succession de catastrophes, la mort de Paolig,
l'immobilisation du bateau. Sans compter qu'avec
leur retour précipité, une campagne qui n'en a pas
été une, le budget de fonctionnement est soudain
grevé, les dettes ont fait leur apparition alors que
jusqu'ici les comptes avaient toujours été à flot. Il
faut trouver une solution rapidement, la banque

n'attendra pas ; la seule envisageable serait de repartir au plus tôt, sur un autre bateau. Christian et Germain font la tournée des grands langoustiers de Douarnenez : le *Joliot-Curie*, le *Claire-Jeanne*, *l'Iroise*, le *Notre-Dame de Rocamadour*.

— Ce n'est pas qu'on ne veut pas, les gars, mais y a pas de place...

A croire qu'ils portent la poisse.

— Pour la prochaine campagne, peut-être ?

Mais la prochaine, c'est quand ? Dans six mois au minimum, d'ici là ils auront eu le temps de laisser la clé sous la porte. D'ici là, l'huissier aura fait son sale boulot, saisi les biens de Christian, ceux de Germain, dont le père craint que le chantier ne fasse les frais des « conneries » de son fils.

Il leur reste un dernier recours, l'armement de France-Langouste, tout nouveau dans le paysage de Douarnenez, de ces grands navires dont Christian jurait ses grands dieux qu'il ne monterait jamais à leur bord et qui affichent des chiffres record : cinq cents kilos de langoustes par jour, exigences des quirataires[1] soucieux de rentabiliser en moins de cinq ans les investissements de plus de cent millions de francs que leur ont coûté ces mastodontes.

Le patron de l'*Astrid* est le seul à leur avoir proposé du travail :

« On fera la dernière campagne en Mauritanie sur six mois, après, direction l'Afrique du Sud. J'ai deux places à bord, départ début janvier. Salaire à la part. »

---

1. Actionnaires.

Christian et Germain savent pertinemment que, tout en gagnant leur vie correctement, ils entrent désormais dans la catégorie équipage, loin de ce que leur rapportait le *Fleur de Sable,* et que par conséquent plusieurs campagnes seront nécessaires avant de voir le bout du tunnel des remboursements. Ils acceptent les conditions, ont-ils d'autre choix ? Un seul argument, inavouable, a fait pencher la balance pour Christian : la possibilité – fût-elle minime – de revoir Mahira l'a emporté sur ses grandes théories de navires à trop haut rendement. Un espoir insensé car déraisonnable, quel prétexte inventera t-il auprès de son patron – que le terme est dur à avaler – pour s'éclipser ne fût-ce qu'une seule journée ? S'il n'avait ces dettes, il paierait à Germain l'équivalent de sa part pour une campagne et rejoindrait le désert. Paolig avait raison. Il est mordu, obsédé conviendrait mieux, ce qui n'arrange rien avec Elisa. Maintenant, il est déchiré en permanence, déteste ce qu'il vit, ce qu'il lui fait vivre, déteste ces sourires forcés qu'ils s'adressent chaque soir par-dessus la table sans grande conviction, les questions auxquelles il n'a pas de réponse qu'Elisa lui pose dix fois par jour :

« A quoi penses-tu ?

— A rien, bien sûr ! »

Ils s'éloignent chaque jour un peu plus, Elisa trouvant refuge dans son travail d'où elle rentre tard, Christian dans ses démarches, pour s'échapper de la maison et n'y revenir que lorsqu'il ne peut faire autrement, fuite en avant désagréable qui le rend d'humeur massacrante.

— Vivement que tu partes !

Elisa a trouvé le mot juste, est-ce la veille du départ ou le matin même, en tout cas l'heure n'est pas à la discussion mais Elisa le coince, alors qu'il sortait. Elle aussi va être en retard, n'a pas l'air de s'en soucier. Il n'avait jamais remarqué à ce point ses cernes, ni sa mauvaise mine. Elle a l'air épuisée, deux plis encadrent sa bouche.

— Christian, ça ne peut plus durer comme ça...

Il soupire, vraiment ce n'est pas le moment.

— Ce n'est jamais le moment, mais cette fois tu prendras quand même le temps de m'écouter. Je voudrais que tu sois à la maison parce que tu as envie d'être avec moi, pas parce que tu y es contraint. C'est tout ce que je te demande pour ton retour, que tu aies fait ton choix...

Elisa marche vite, autant pour combattre le froid humide que pour s'empêcher de regarder en arrière. Plus vite elle aura atteint les hauteurs de la rue Anatole-France, moins elle éprouvera la tentation de se retourner. Elle ne veut pas que les larmes viennent, pas en pleine rue, elle a réussi à les endiguer, va tenir jusqu'à l'école. Elle a accéléré le pas, mais c'est plus fort qu'elle, s'arrête, ne peut s'empêcher de regarder en arrière pour entrapercevoir Christian une dernière fois, avant qu'il n'atteigne le quai Grivart, pour le surprendre alors qu'il ne la voit pas. Elle patiente quelques minutes interminables, enfin la silhouette se profile, sac sur l'épaule, commence à descendre la rue. L'homme qui s'en va là-bas, ce grand corps mince, tête baissée, parce qu'il pense à autre chose – Christian pense toujours à autre chose –, est son mari depuis pas loin de sept ans. Un cap, à ce qu'il paraît. Elle connaît chaque centimètre de sa peau par cœur, mais pas ce qui se passe dans sa tête. Il s'en va pour ne revenir que dans six mois, les six plus longs mois de sa vie, elle en est certaine. Après, ce sera un nouveau départ, elle ne veut pas en douter.

Ce nouveau départ vaut pour elle aussi, à cause d'un très léger coup de canif dans le contrat qu'elle s'est autorisé. Elle ne sait pas pourquoi elle l'a fait, mais elle l'a fait, c'est arrivé une fois, une seule fois : son corps contre celui d'un autre que Christian, juste pour voir ce qu'elle pouvait ressentir, si sa peau pouvait se réveiller depuis le temps qu'elle dormait. L'exercice n'a pas été concluant, quoique sa peau se soit effectivement réveillée... Elle s'en est voulu, une fois rentrée chez elle, devant la pendule de Mélanie qui lui rappelait toutes les heures de sa vie avec Christian, a oublié aussitôt le nom de celui sous lequel elle venait de s'allonger. Aucune importance. Mais grâce à l'exercice en question, qu'elle assimile à de la survie, rien de plus, elle a pu comprendre qu'elle ne voulait que Christian. Tant pis si le biais pour arriver à cette conclusion est un peu tiré par les cheveux, elle en avait besoin ; la preuve, elle a enfin été capable de poser cet ultimatum à Christian. Sans l'autre peau, jamais elle n'aurait osé.

Alors qu'il contourne la dernière maison de la rue, Elisa imprime l'image de Christian sur sa rétine, dans sa mémoire ; elle a un peu mal au ventre, a appuyé sa tête contre l'angle de l'immeuble ; elle est tentée de l'appeler, de courir l'embrasser une dernière fois, mais la silhouette a disparu.

30

Au large des Canaries, fin janvier 1970

Au cœur de l'*Astrid* sur lequel ils ont embarqué, il y a trois semaines, Christian vient relayer Germain pour son quart. Il lui a apporté un café, habitude du *Fleur de Sable* qu'ils ont gardée. D'ordinaire, Germain ne traîne pas, retourne dans sa bannette finir une nuit qui sera de toute façon trop courte avant le branle-bas puisqu'on pêche tôt sur l'*Astrid*, une heure ou deux plus tôt que sur leur bateau. Mais cette nuit, Germain n'a pas envie de redescendre tout de suite, la perspective de sa bannette ne lui dit rien, d'autant que le baromètre ayant chuté de façon vertigineuse, annonce d'un coup de vent certain, il risque sous peu d'y être plus secoué que dans une machine à laver.

Alors il reste, sirote, tourne autour de la barre. Il ne sait pas pourquoi, il aimerait bien parler. Ça lui passe par la tête, comme ça :

— Tu le savais, que Paolig aimait Elisa ?

— Qu'est-ce que tu racontes ?

— Non, je te jure, il l'a même toujours aimée.

Un silence passe. Germain regrette d'avoir abordé le sujet. Tout juste s'ils n'entendent pas la voix de Paolig. Christian a posé sa tasse de métal au milieu des papiers, des cartes, de toute façon le café était déjà froid ; il se roule une cigarette, pour encaisser ce que Germain vient de lui apprendre. Il a une boule dans la gorge, puis brusquement, dans une quinte de toux, demande :

— Pourquoi tu ne me l'as jamais dit ?

— Je me le demande encore. Peut-être que ça aurait pu tout changer...

— Ouvre la porte, on étouffe là-dedans.

L'air tiède envahit soudain la passerelle. Les deux n'en mènent pas large, Christian s'embarque dans son passé, retrouve mille et un détails qui auraient pu lui mettre la puce à l'oreille, entame la litanie des *si* qui ne le mènera nulle part.

— Merde, c'est trop con, soupire-t-il.

Et, par le même étonnant phénomène qui a poussé Germain un peu plus tôt à se lancer dans les confidences, il lâche subitement :

— J'ai quelqu'un d'autre dans la tête.

— Ah ?

— J'arrive pas à me l'enlever... et je crois pas avoir envie de me l'enlever...

— Mahira ? hasarde Germain.

Christian ne s'étonne plus de rien, se contente de hocher la tête. Décidément Germain sait tout, sur tout le monde. Quand même, la question le démange :

— C'est quoi, cette manie de ne rien dire, si tu sais tant de choses ?

— A quoi ça servirait...

Christian s'énerve :

— La preuve que ça aurait peut-être servi, pour Pao-lig !

— Qu'est-ce que tu aurais fait de plus ou de moins, tu peux me le dire ?

Phrase qui calme Christian aussi sec.

— T'as raison. Rien de plus, sans doute.

Mais, disant cela, il pense le contraire.

— Qu'est-ce que tu comptes faire ? reprend Germain au bout de longues minutes.

— J'en sais rien, je tourne ça dans ma tête en permanence et je ne trouve jamais de solution. Je ne peux pas choisir... pourquoi je le ferai, au nom de quoi d'abord ?

— Et Elisa, elle sait ?

— Mais non ! Qu'est-ce que tu veux que je lui dise ? Que j'ai eu le coup de foudre pour une Mauritanienne, que j'en crève de ne pas la voir mais que je ne veux pas la quitter pour autant, qu'on peut très bien vivre comme ça, sauf que la vie à Douarn est de moins en moins facile, qu'elle m'a demandé de ne revenir que si je le voulais vraiment... choisir, toujours choisir. Qu'est-ce que j'en sais, moi ?

Soudain, il ajoute :

— S'il m'arrivait un truc, n'importe quoi, tu t'occuperais d'Elisa ?

— Evidemment, pourquoi tu me sors ça maintenant ?

— Et... et tu rechercherais Mahira ?

— Tu devrais reprendre un peu de café, je ne sais pas ce que tu as, cette nuit, c'est la tempête qui se prépare ou quoi ?

— Est-ce que tu rechercherais Mahira ? Si je te le demande, le feras-tu ?

— Oui, je... je le ferai.

— Elle attend un enfant.

Les nuages viennent de cacher la lune. C'est une mauvaise heure pour la visibilité, juste avant l'aube. Plus une étoile, une noirceur absolue que seules éclairent au loin les lumières vacillantes d'un cargo. Est-il si loin que ça, d'ailleurs, on dirait qu'il se rapproche dangereusement. Illusion d'optique, difficile évaluation des distances... ou plutôt le résultat prévisible de la migraine qui vient d'exploser dans la tête de Christian. Il est seul à la barre, a enfin réussi à convaincre Germain d'aller se coucher :

« Pas la peine d'être à deux, autant qu'y en ait un qui soit d'attaque demain matin pour la pêche... »

Pour la dixième fois, il se frotte les yeux : serait-il en train de dérailler ? Certains de ses maux de tête lui ont déjà valu quelques hallucinations, pourtant il en est certain, une ombre étrange s'avance là-bas, une proue gigantesque, une silhouette qu'il reconnaîtrait entre mille : le château, la mâture... la *Jeanne* fend la muraille liquide de toute sa hauteur. Non, il n'est pas fou. Le mouvement, la rondeur de la coque qui accompagne la vague en douceur comme si elle voulait l'étirer jusqu'à son extrémité. Tout est là, comme autrefois. Elle roule des hanches, s'approche, mastodonte qui cogne le flot, le cisèle, le transperce. L'*Astrid* semble minuscule, un fétu de paille qui tangue, léger malgré ses tonneaux comparé à la puissance métallique. La *Jeanne* va passer à quelques brasses de là.

Il veut voir ça de plus près pour le raconter à Germain tout à l'heure, bloque la barre avec deux bouts, histoire de maintenir le cap le temps de son échappée. Cinq petites minutes volées à son quart, il peut bien se les autoriser, ce n'est pas cher payé pour s'assurer qu'il n'a pas perdu la tête.

Sur l'aileron tribord, le vent s'agrippe à lui, ne le lâche pas, ce n'est plus le vent tiède tout en douceur, cette fois il siffle avec rudesse, brouillon, chagrin, bise aux rafales brèves comme des gifles. Jusqu'au pont ça secoue, Christian se tient où il peut, cœur et ventre un peu noués, à la limite de la fébrilité... et toujours cet étau insupportable qui lui enserre le crâne.

Une main sur la lisse, il avance en titubant jusqu'à la proue de l'*Astrid*, qui monte, descend, toque le brisant, dans des gerbes d'écume, comme piafferait un cheval. Christian ne comprend plus, ce n'est pas l'étrave grise qu'il a devant lui, ce n'est pas la *Jeanne*, exhumée de ses souvenirs, mais un bastion sorti des flots, un mur d'enceinte liquide, un rempart vert nuit aux veinules de marbre, au liséré d'écume, un grouillement fluide qui s'irise sous les nuages. Hypnotisé par la puissance de la forteresse infranchissable, il ne peut détacher le regard de ce titan qui vient de se dresser jusqu'à ce que son cerveau lui transmette le message.

Une vague scélérate...

La dévoreuse. Elle est là, face à lui, et Christian se demande jusqu'où le mur va monter, à moins que ce ne soit le bateau qui descende. Il a l'impression d'un monte-charge qui s'enfonce dans la gueule déjà ouverte d'une lame muraille. On n'en voit qu'une fois par vie, dit-on, celle-ci est pour lui.

Elle l'attend, mais elle ne l'aura pas.

Christian se met à courir, entre les chaînes, entre les bouts, pour retourner sur ses pas, pour atteindre avant elle le havre, la passerelle, la barre, l'arme qui fera plier la géante, lui fera rendre gorge. Il sait comment on s'y prend : ne pas lui offrir le flanc de l'*Astrid* mais son étrave, bille en tête, pour transpercer de plein fouet ce dragon liquide.

— Oh non, tu ne m'auras pas ! Sale garce !

Il court, il a oublié « une main pour lui, une main pour le bateau », il n'en a pas le temps, le pont est une patinoire sous ses bottes qui floquent contre le bois, mais il en déjoue les pièges, s'oblige à ne pas jeter un regard par-dessus son épaule, il va distancer l'ennemie. Plus que quelques marches et l'échappatoire...

Une ligne de crête d'une phénoménale violence s'abat soudain dans son dos ; fracassant tout sur son passage, la gueule hurlante l'avale, dans un fouillis de casiers, de cordages, de seaux, de filets, l'entraîne avec elle hors de l'*Astrid*. Rien, Christian n'a rien pour s'agripper dans ce maelström d'eaux vives où, pauvre pantin, il se débat, suffoque, digéré par l'ignoble siphon.

Remonter. Remonter. Loin de la vague. Elle passera et lui remontera, c'est mathématique. Pas de panique, il a appris comment se sortir d'une telle situation, connaît les gestes, les a répétés cent fois, à terre, en mer. On ne meurt pas comme ça, pas aussi connement. Pas lui. Tant de choses à faire encore, et cet enfant... Ce n'est pas son heure, ce ne peut pas être son heure. Il le saurait, il l'aurait senti, quand le temps est venu, on le sait viscéralement. Ce n'est qu'une erreur, une répétition générale, pour lui faire peur, lui montrer à quoi il peut s'attendre, après il en rira avec Germain : « Je reviens de loin, si tu savais... »

Peut-être qu'à bord aussi ils en prennent pour leur grade. La vague a dû tout secouer, ils tiendront, la barre bloquée les sauvera, ils vont se réveiller. Bien obligés ! La salope les aura sortis manu militari de leurs bannettes. Ils ne savent pas encore qu'à la passerelle il n'y a plus personne, et lui qui tourne dans cette soupe comme un vulgaire bouchon. Le manège va s'arrêter, là-haut, ils vont venir, lui lancer un bout, une bouée, il a assez de souffle pour les attendre.

— Merde, c'est pas vrai... Putain... mais vous m'entendez pas ?

Il sent la brûlure du froid s'infiltrer comme un venin. Les os gelés, il n'avait jamais éprouvé ça auparavant. Ne plus se débattre, ne pas user inutilement ses forces malgré l'insoutenable sensation d'aspiration ; il descend.

Putain, ce froid... Il va y arriver ! Il suit les consignes pourtant, ne pas se fatiguer. Il va remonter, il ne peut que remonter puisqu'il est un bouchon. Tous les bouchons remontent, à un moment ou un autre. C'est écrit.

Il fait si sombre, si froid.

Tout est noir.

On lui a cogné sur la tête mais il n'a plus mal.

Deux bras le frôlent, puis deux autres, telle une pieuvre géante. Deux bras blancs d'abord. Elisa est venue, mais elle s'éloigne rapidement, remonte. Il la suit des yeux un long moment, elle ne lui jette pas un regard, s'enfuit vers un carré de lumière...

Maintenant deux bras sombres l'enveloppent. Christian entend les bracelets.

Le caramel de sa peau nue, les pointes sombres de ses seins, Mahira danse, tourne autour de lui, offre son ventre à peine bombé où Christian laisse aller son visage, où il l'enfouit pour rejoindre le triangle noir et s'y perdre. Se perdre et se trouver. La lumière s'attarde au-dessus d'eux, caresse Mahira, fait briller le grain de sa peau, à la saignée du poignet, dans le creux de sa paume, sur l'attache de ses épaules, entre ses cuisses, là où repose la tête de Christian. Juste à la source, sa source, salée, marine... l'origine de son monde où il s'enivre éternellement.

Mahira.

Le melhafa dansant dans le vent du désert.

Epilogue

Douarnenez, avril 1980

Elisa pose la question :

— Tu l'as revue ?

Germain gagne trois secondes :

— Qui ?

— Elle... Mahira ?

De prononcer ce prénom à voix haute, d'en entendre la sonorité si douce qui lui emplit le palais, Elisa a l'impression que la Mauritanienne est entrée dans la cabine, qu'elle glisse de son pas léger ; elle entendrait presque les bracelets tinter, dans un crissement de sable.

— Oui.

Elle a mal. Tant pis, elle veut la fin de l'histoire, boucler la boucle, il lui manque quelques bribes, l'épilogue, mais il sera de son fait. Elle ne subira plus, tiendra les rênes, n'a aucune envie de ménager Germain, et son insupportable aptitude à ne rien livrer de ce qu'il sait :

— Et puis ? Mais va donc, bon sang...

Elisa a crié, parce qu'elle attend un mot qu'elle ne peut pas prononcer elle-même.

Est-ce parce que l'histoire se rapproche de plus en plus de lui, de son présent, que Germain a blêmi ? Il a refermé la cantine bleue, pour s'asseoir sur le couvercle, comme si le souffle lui manquait. Elisa ne se sent aucune indulgence, elle tourne comme un animal en cage, arpente ce périmètre si restreint. A s'en donner le tournis.

— Mahira est morte, il y a deux ans. Septicémie.

La phrase tombe des lèvres de Germain, au milieu des pas d'Elisa, comme une pierre jetée dans le port. Les ondes s'élargissent et Elisa reçoit la nouvelle, ne cille pas, frissonne, sent sa peau se hérisser.

— Et... et... l'...

Non, elle n'y arrivera pas.

Germain a-t-il pitié ?

— L'enfant ? Il a eu dix ans en janvier dernier. Il s'appelle... il s'appelle Yann et il a les yeux de son père.

On dirait que Germain s'arrache chaque mot :

— Il sait lire et écrire, il parle français et il aime la mer.

Elisa ne demande pas pourquoi Germain en sait si long sur cet enfant. Si elle parle maintenant, sa colère va tout éclabousser. Elle suffoque, se lève, resserre la bandoulière de son sac contre son manteau, s'en veut de l'espoir insensé qu'elle était venue chercher sur le bateau. Elle aurait préféré que Germain lui dise : « Christian vit quelque part dans le désert... »

Au lieu de cela, la trahison de son frère, toutes ces années : elle comprend mieux pourquoi il avait choisi de couper les ponts.

— Tu t'en vas ? lui demande-t-il.

— Je n'ai plus rien à faire ici. Tu peux garder les affaires de Christian, si tu veux.

— Tu ne veux pas en savoir plus sur l'…

— Non !

Ne plus entendre le mot. Jamais.

Mais Germain se lève, l'attrape par le bras.

— Mahira aurait aimé que le petit connaisse la ville de son père, que je l'emmène en mer. Elle m'avait fait promettre qu'il étudie ici.

Elisa le repousse.

— Eh bien, qu'est-ce que tu attends ? Ne te gêne surtout pas pour moi. Douarnenez est grand, on n'est pas obligé de se croiser. On a réussi à s'éviter tous les deux pendant des années, il suffit de continuer.

— Elisa ! On pourrait…

— Fous-moi la paix !

Elisa a poussé la porte du chantier, Germain est tout au fond, penché sur un bordé à raboter comme autrefois. Elle sourit : lui qui détestait ça ! Finalement, il a l'air d'avoir pris le coup de main.

Germain l'a aperçue, vient à sa rencontre en s'essuyant les mains sur son vieux pantalon. La gêne est tangible, les mains d'Elisa tremblent.

— On peut se parler ?

Il est étonné, un rictus le trahit une fraction de seconde.

— Oui, si tu veux, dit-il avant de crier aux ouvriers : Les gars, vous continuez, j'en ai pas pour longtemps...

Machinalement, Elisa se dirige vers la grève que viennent lécher quelques vagues d'écume sale. De loin en loin, en écho d'un moteur qui creuse la baie, elles s'énervent, puis le calme revient. Le soleil matinal accroche des taches pourpres aux coques des bateaux abandonnés dans le cimetière marin sous les arbres, gisants qui livrent la géométrie de leurs côtes brisées, de leurs panses d'écorché.

Elle avale sa salive, a ôté ses chaussures qu'elle balance par la bride, mais ne sait pas comment s'y prendre pour revenir sur le sujet qu'elle a si violemment enterré la semaine dernière. Charitablement, Germain lui tend la perche :

— Tu avais quelque chose à me dire ?

— Tu... tu peux me parler de Mahira ?...

La voix d'Elisa s'est mise à l'unisson de ses mains, tremble pareillement, pire, chevrote. Son menton tressaille.

— C'était... c'était une très belle personne...

Germain anticipe la réaction d'Elisa, ajoute, très vite :

— Je veux dire, quelqu'un de rare. Elle savait que tu existais... elle aurait aimé que tu connaisses le fils de Christian...

— Pourquoi es-tu retourné là-bas toutes ces années, car tu y es allé, n'est-ce pas ?

— J'avais promis à Christian, et puis je me suis attaché au gamin, et lui à moi aussi, je crois. Il m'appelle « papa » et...

Les larmes d'Elisa coulent ; elle ne comprend même pas pourquoi elle est cette stupide fontaine, serre soudain la main de son frère. Quand ils étaient enfants, elle avait toujours le dernier mot, aujourd'hui elle reprend sa vieille habitude :

— Si tu faisais venir ce petit, il y a une chambre à la maison, il serait bien... je crois.

Remerciements

Beaucoup ont rendu cette aventure possible.
Qu'ils soient ici remerciés.

A Douarnenez :
Bruno (†) et Dominique Jannig, Claudine Brossard,
Jean-Michel Le Boulanger
Nanou, Jacques et toute l'équipe de l'atelier du Skel-
lig, Yves Kernaleguen

A Paris :
Michèle Ségura-Coz
Anne Pavard, au Sirpa Marine

En Mauritanie :
Une mention spéciale à Louis Le Douguet
Sidi Limam Smola, Ali Marrec, Soukeïma, Amadou

Sur le porte-hélicoptères la *Jeanne d'Arc* :
Le commandant Patrick Augier et tous ceux qui ont
répondu à mes innombrables questions avec une patience
dont je les remercie encore :

CRC Xavier Prache, CF Didier Nyffeneger, Mjr Jean-Jacques Nadon, Mjr Pierre Le Galle, SM Charles Wassilieff, Mjr Georges Léon, Mjr Prat, Asp Edouard de Waal
QM Pons Padjidine
OE Emilie Duval, Anne Cécile Faucheux, Vanessa Presse, et Audrey Rous...
Et Jean-François Peraud, Sébastien Saunier, Fabien Puigbo

A New York :
Toute l'équipe du restaurant le Tout-Va-Bien, et tout particulièrement Jean-Pierre Touchard et Monique Péron
Séverine Picquet, Michèle Moreau, Hélène Semmel, Hilda. .

Et aussi :
Yves Bescond, Christophe-Luc Guillerm, Jean-Pierre Royant, Eric Josa, Fanch, Yvon, Brigitte, Marie, Delphine de Palémon, Camille, Sarah, Stéphanie, Dominique, Anne, Pascale, Sylvie Verdi, François, Pia, Geneviève, Jean Failler, Christophe Ciavarella, Yvon-Paul Coat, Michel Pagès, Hervé Le Coz, Estelle, Christine, Patrick...

Et... Arthur et Victor, qui me pardonnent à chaque fois ce que je leur fais endurer...

Bibliographie

Mauritanies, récits de voyages, Jean-Yves L'Hopital, Editions L'Harmattan

Pieds nus à travers la Mauritanie, Odette du Puigaudeau, Phébus Libretto

Afrique de l'Ouest, Guide du Routard Hachette

Histoire de la pêche langoustière, Françoise Pencalet-Kerivel, PUR

Douarnenez, histoire d'une ville, Jean-Michel Le Boulanger, Editions Palantines

La Cale ronde, Charles Madézo, Editions Coop Breizh

Le Douarneniste comme on cause, René Pichavant, Editions Bargain

L'Epopée de la sardine, Jean-Claude Boulard, Editions Ouest-France

La Jeanne d'Arc, Stéphane Dugast et Christophe Géral, Editions E/P/A

La Langouste d'or, Jean-Claude Boulard, Editions Libra Diffusion

Chasse-marée n° 48, « La fin des langoustiers »

Table

Prologue 11

DOUARNENEZ – 1954-1958 19

Chapitre 1 21
Chapitre 2.................................... 29
Chapitre 3 43
Chapitre 4 49
Chapitre 5 55
Chapitre 6 65
Chapitre 7 71
Chapitre 8 83
Chapitre 9 89
Chapitre 10 99
Chapitre 11 109

1964-1966 117

Chapitre 12 119
Chapitre 13 129
Chapitre 14 135
Chapitre 15 145

Chapitre 16 157
Chapitre 17 167
Chapitre 18 177
Chapitre 19 187
Chapitre 20 193
Chapitre 21 203
Chapitre 22 215

1969-1970 227

Chapitre 23 229
Chapitre 24 243
Chapitre 25 253
Chapitre 26 265
Chapitre 27 273
Chapitre 28 283
Chapitre 29 289
Chapitre 30 295

Epilogue 303
Remerciements 309
Bibliographie 311

Romans

Jean Anglade
Des chiens vivants
Sylvie Anne
L'Appel de la pampa
Jean-Jacques Antier
Marie-Galante, la Liberté ou la mort
La Dame du Grand-Mât
Le Sixième Condamné de
l'Espérance
La Prisonnière des mers du Sud
Erwan Bergot
Les Marches vers la gloire
Sud Lointain
    tome I *Le Courrier de Saïgon*
    tome II *La Rivière des parfums*
    tome III *Le Maître de Bao-Tan*
Rendez-vous à Vera Cruz
Mourir au Laos
Jean Bertolino
Chaman
Fura-Tena
Jean-Baptiste Bester
Bois d'ébène
A l'heure où dorment les fauves
Michel Caffier
Le Découvreur du Mississippi
Anne Courtillé
Le Mosaïste de Constantinople
Paul Couturiau
Le Paravent de soie rouge
Le Paravent déchiré
L'Inconnue de Saigon
Les Amants du fleuve Rouge
Le Pianiste de La Nouvelle-Orléans
Les Brumes de San Francisco
Paradis perdu
Cent Ans avant de nous séparer
Comme un parfum d'ylang-ylang
Annie Degroote
L'Etrangère de Saint-Pétersbourg
Alain Dubos
Acadie, terre promise
Retour en Acadie

La Plantation de Bois-Joli
La Baie des maudits
Les Amants du Saint-Laurent
Elise Fischer
L'Enfant perdu des Philippines
Hubert Huertas
Nous jouerons quand même ensemble
La Passagère de la « Struma »
L'Orque de Magellan
Terminus Pondichéry
Denis Humbert
Un été d'illusions
Gérard A. Jaeger
Pour l'amour de Blanche
Hervé Jaouen
L'Adieu au Connemara
Le Testament des McGovern
Suite irlandaise
Diane Lacombe
L'Hermine de Mallaig
La Châtelaine de Mallaig
Sorcha de Mallaig
Eric Le Nabour
Orages sur Calcutta
Les Démons de Shanghai
Les Jardins d'Istanbul
Sonia Marmen
La Vallée des larmes
La Saison des corbeaux
La Terre des conquêtes
La Rivière des promesses
Dominique Marny
Du côté de Pondichéry
Les Nuits du Caire
Cap Malabata
Mes nuits ne sont pas les vôtres
Du côté de Bombay
Juliette Morillot
Les Orchidées rouges de Shanghai
Michel Peyramaure
Le Roman de Catherine de Médicis
Le Pays du Bel Espoir
Les Fleuves de Babylone

Les Tambours sauvages
Le Temps des moussons
Les Roses noires de Saint-Domingue
La Porte du non-retour
Les Prisonniers de Cabrera
Bernard Simonay
Les Tigres de Tasmanie
La Dame d'Australie
Princesse maorie
L'Appel de l'Orient

La Prophétie des Glaces
Jean-Michel Thibaux
Le Roman de Cléopâtre
La Fille de Panamá
Tempête sur Panamá
La Pyramide perdue
La Cinquième Courtisane
La Danseuse sacrée
Colette Vlérick
Le Domaine du belvédère

Composé par Nord Compo Multimédia
7, rue de Fives, 59650 Villeneuve-d'Ascq

Cet ouvrage a été imprimé en France par

BUSSIÈRE

à Saint-Amand-Montrond (Cher)
en octobre 2010

N° d'édition : 8342/02 – N° d'impression : 103023/1
Dépôt légal : octobre 2010